徳 間 文 庫

南アルプス山岳救助隊K-9

さよならの夏

樋 口 明 雄

徳 間 書 店

目次

主な登場人物

山梨県警南アルプス署地域課山岳救助隊

星野夏実　山岳救助隊員。ボーダー・コリー、メイのハンドラー。巡査部長
神崎静奈　山岳救助隊員。ジャーマン・シェパード、バロンのハンドラー。巡査部長
進藤諒大　山岳救助隊員。川上犬、リキのハンドラー。チームリーダー。巡査部長
深町敬仁　山岳救助隊員。巡査部長
関真輝雄　山岳救助隊員。巡査長
横森一平　山岳救助隊員。巡査
曾我野誠　山岳救助隊員。巡査
杉坂知幸　山岳救助隊副隊長。巡査部長
江草恭男　山岳救助隊隊長。警部補

松戸颯一郎　白根御池小屋管理人
小林和洋　肩の小屋管理人

水越和志　北岳で発見された男性。記憶を失っている
水越真穂　和志の妹。甲府短大で山岳部に所属
水越節子　和志と真穂の母親
塚本悦子　真穂の同級生
松野佐智　真穂の同級生
青山章人　悦子の恋人。山梨北総合病院の診療放射線技師

谷口伍郎　山梨県警甲府警察署刑事課課長代理。警部
小田切直樹　山梨県警甲府警察署刑事課。巡査部長
菊島優　山梨県警刑事部捜査第一課課長。警視
永友和之　山梨県警刑事部捜査第一課。警部

猪谷康成　ノンフィクション作家。カーニバル広瀬というペンネームで活動

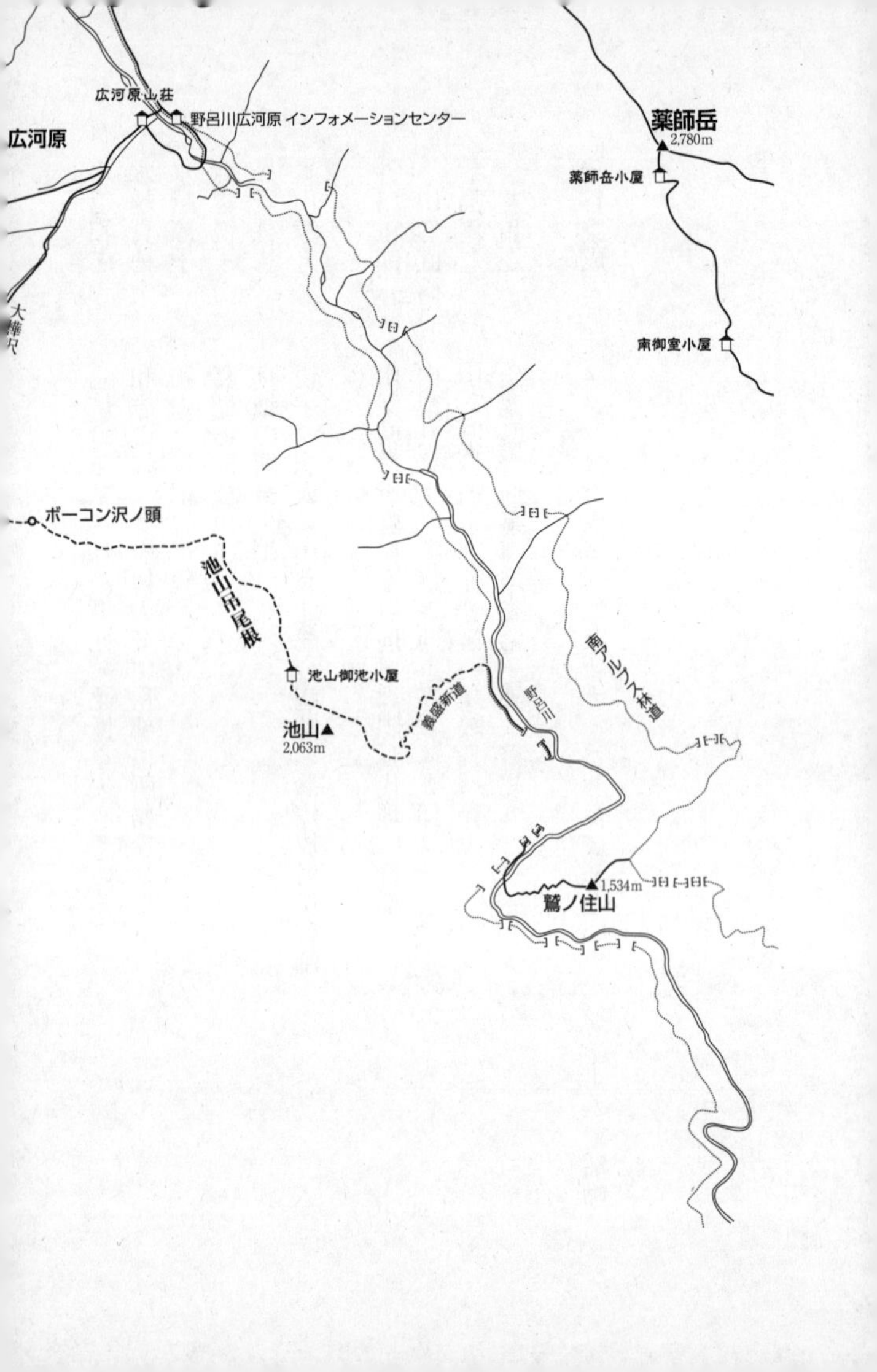

広河原山荘
野呂川広河原 インフォメーションセンター
広河原
薬師岳
2,780m
薬師岳小屋
南御室小屋
大樺尺
ボーコン沢ノ頭
池山吊尾根
池山御池小屋
池山
2,063m
義盛新道
野呂川
南アルプス林道
1,534m
鷲ノ住山

小太郎山
2,725m
小太郎尾根
2,230m
白根御池小屋
草すべり
小太郎
尾根分岐
北岳肩の小屋
3,000m
バットレス
中白根沢ノ頭
2,841m
二俣
両俣小屋
北岳
3,193m
横川岳
2,478m
左俣沢
八本歯ノ頭
八本歯のコル
北岳山荘
中白峰
3,055m
間ノ岳
3,189m
三峰岳
2,999m
農鳥小屋
西農鳥岳
3,051m
農鳥岳
3,025m

どうしてだかはわからないけれど、あなたはいつも、彼女が困っている時に助けてあげたり、不幸な時にそばにいたりしてあげるわ……色んなことを分けあってるみたいだわ。

マイクル・コニイ「ハローサマー、グッドバイ」より　千葉薫・訳

第一章

1

パタパタと空気を切るブレードスラップ音を響かせ、ヘリが近づいてきた。

夕焼け色に染まった空の下、黒々と連なる南アルプスの稜線《りょうせん》を越して飛来する小さな機影がくっきりと見えている。時刻は午後七時を過ぎ、すでに日没直前の刻。ヘリの飛行ができるギリギリの時間になっての出動だった。

飛来するのは山梨《やまなし》県の消防防災ヘリ〈あかふじ〉。

機種はシコルスキーS－76D。それまでの旧型機がリタイヤとなり、二〇一八年に新しく就航した機体は、航続距離や時間が飛躍的に向上している。上昇高度も富士山の標高を軽く超えるから、三一九三メートルの北岳《きただけ》なら余力を持って飛行ができる。

力強いターボシャフトエンジンの爆音が高まり、ヘリが指呼の距離まで接近すると、星野夏実《ほしのなつみ》はザックのショルダーストラップにつけたホルダーから、トランシーバーを引き抜いた。チャンネルを確認、ＰＴＴボタンを押しながら叫んだ。

「現場から〈あかふじ〉。こちらを確認できますか」

――〈あかふじ〉です。確認完了してます。どうぞ。

すぐに応答が来た。

「現場。準備完了です。そのまま進入願います！」

――〈あかふじ〉諒解《りょうかい》。

交信を終えた夏実は、トランシーバーを近くに置き、目の前の中年女性に声をかけた。

「これからあなたをヘリに収容します。すぐに病院ですから、あと少しだけ頑張ってくださいね」

岩場の段差にもたれるように座っていた彼女は、青白い顔で頷《うなず》き、少し充血した目で夏実を見つめた。

夏実は傍《かたわ》らに停座する救助犬メイを見た。トライカラーのボーダー・コリーが小刻みに体を揺らし、長い舌を垂らして見返してくる。

夏実とメイが定時パトロール中、都内の家族からの救助要請が白根御池《しらねおいけ》の警備派出所経由で飛び込んできた。新田知子《にったともこ》、四十一歳の女性で単独行。今朝、下山予定のはずだったが、この日の午後になっても連絡がなく、携帯もつながらなかったという。警備派出所から救助犬チームが各方面、三方に分かれて捜索。

要救助者を発見したのは夏実とメイのペアだった。

現場は北岳頂稜《ちょうりょう》から東へ、八本歯《はっぽんば》のコルに至る吊尾根の北側。山頂から尾根をたどり、下っていた夏実だったが、メイが登山道を外れた臭跡を嗅《か》ぎ当て、そのおかげで斜面の下に倒れていた要救助者を発見した。足場の岩が崩れて滑落したらしい。あいにくと所持していた携帯がマイナーなキャリアだったため、通報ができなかったようだ。

確認したところ、全身の擦《す》り傷《きず》と右足首の骨折があったものの、本人はいたって元気そうなので、応援の必要なしと判断。

警備派出所からの要請を受けた〈あかふじ〉が甲斐《かい》市のヘリポートから飛び立ったのが十五分前、あっという間に現場上空に到達していた。

「あなたも、私を見つけてくれたワンちゃんも苦労させてしまいましたね」

新田知子は涙があふれそうな目で見つめてきた。

夏実は笑っていった。

「こうして生きていてくれたことが、私たちの何よりもの歓びです」

「ありがとう」

彼女は何度も頷いた。

夏実たちの直上の空で定位していた、〈あかふじ〉は少しずつ高度を落としてきた。

メインローターから吹き下ろすダウンウォッシュが強まった。新田知子の髪の毛が大きく舞い躍った。メイの被毛も乱れている。

ヘリのサイドドアがスライドして開き、ヘルメットをかぶった降下隊員が回りながらゆっくりと下りてきた。

「ご苦労様です」

顔見知りの隊員が夏実と敬礼を交わし、手慣れた動きで彼女の下半身に黄色いレスキューハーネスを装着した。

カラビナの掛かり具合を指差し確認すると、彼女と向かい合わせになってホイストケーブルに捉《つか》まる。

「また北岳にいらしてくださいね。待ってますね」

声をかけると隊員にホールドされたまま、新田知子が頷いた。

「お気を付けて！」

夏実の声に、隊員は軽くサムアップを返してきた。

上空のヘリに向かって指をクルクルと回しながら、ケーブル巻き上げの合図を送った。機上から身を乗り出していた別の隊員が、ホイストケーブルのウインチを作動させ、向き合っていたふたりが地上から離脱、あっという間に空中に上昇してゆく。

その姿が小さなシルエットとなり、ヘリに収容されるのを見てから、夏実はトランシーバーで警備派出所に報告を入れた。

交信の合間、ヘリは大きくターンしながら機首を転じ、東に向かって夕空を滑るように去ってゆく。爆音とスラップ音が次第に小さくなり、静寂が戻ってきた。

夕闇の迫った北岳、三千メートルの尾根に冷たい風が吹いていた。

夏実はトランシーバーをホルダーに戻すと、足下に置いていたザックを背負った。

「メイ。帰ろうか」

傍らに伏せていたボーダー・コリーが嬉しげに小さく吼《ほ》えた。

尾根に戻るのに、思ったよりも時間がかかった。

薄闇の中、直登の荒々しい岩肌を、ヘッドランプの光とザイルを頼りに慎重に登攀《とうはん》してゆく。メイは別ルートを見つけ、自分の肢《あし》でとっとと登って先に稜線に陣取り、苦労して夏実が登ってくるのを楽しそうに待っていた。

ようやく到達し、ヘルメットを脱ぎ、汗を拭《ぬぐ》いながらザイルを回収した頃、すでにとっぷりと日が暮れて、辺りはまったくの闇となっていた。

帰途は八本歯コル経由で大樺沢《おおかんばさわ》沿いに下り、二俣《ふたまた》から白根御池へと戻る。

通い慣れたルートではあるが、左右が切れ落ちた尾根道ゆえ、油断なく足を運ぶ。暗闇にヘッドランプの光輪が揺れている。ペツル社の三五〇ルーメンの光量は夜間歩行に充分な明るさだが、真の闇ゆえにやはり心細さはある。

長い梯子《はしご》を下ってひと息ついた。まさにここは、八本歯のコルといわれる吊尾根の鞍部《あんぶ》である。この場所から登山道は分岐し、急斜面にかけられた梯子の連続となる。

下りにかかろうとしたときだった。

視界の片隅に何かが光ったような気がして、夏実は足を止めた。同時にメイが岩場に肢をそろえ、足下に並んだ。

次の瞬間、夏実は驚き、あっけにとられた。

頭上――夜空がまばゆく光っていた。

最初は稲光かと思った。だが違う。一瞬の輝きでなく、南の空にそれは定位していた。

青白い光が巨大なカーテンのように空にかかり、怪しく揺らいでいるのである。

それはまさしく極光――オーロラであった。

「嘘……！」

夏実は思わず独りで声を出した。

もちろん、オーロラであるはずがない。太陽からのプラズマが地球の両極の磁場に反応して発生する発光現象をそう呼ぶわけだから、日本で観ることは不可能である。

しばし岩場に棒立ちになり、空を見上げていた。

自分の目を疑ったが錯覚ではない。

夜空の光は面妖に、不規則に揺らぎ、明暗を変化させていた。よく見れば青だけでなく、赤や黄色、緑の輝きが混じり、それぞれがもつれ合うように形を変えて揺れ動き、妖精のように舞っているのである。

しかも不思議なことに距離感がまったくわからない。高い場所にあるのか、低いところか。あるいは遠くにあるのか、それとも近くなのか。

じっと見ているうち、その輪郭がおぼろげになり、次第に色褪《いろあ》せ、ゆらゆらと揺れながら漆黒の夜空の中にフェードアウトしていった。

やがて最後の光がふっと消え、夏実の前には星をちりばめた美しい夜空が広がるばかりとなった。

彼女は長い溜息《ためいき》をつき、それからハッと気づいて、ザックに手をかけた。

どうしてデジカメで撮影しなかったんだろう？

あまりに異様な出来事に、そのことをすっかり忘れていた。しかし、あれだけ大きな輝きだったから、きっと別のどこかから、他の人たちも目撃しているのではないか。明日辺りYouTubeなどにたくさん動画がアップされるんじゃないだろうか。そんなことを考えながら、傍らにいる相棒を見下ろした。

この子もさっきの光を見たのだろうか？

無意識にヘッドランプの照射を当ててしまい、メイは眩《まぶ》しげに顔を背けた。あわててスイッチを切ったが、三五〇ルーメンの強い光だ。さぞかし眩しかっただろう。

「ごめんね」

苦笑いをしてメイの頭を撫《な》でると、夏実は中腰のまま、また空を見上げた。

あの不思議な光は、二度と出現することなく、何ごともなかったかのように夜空一面に無数の星々がまたたいていた。

長い間、南の空を見ていたが、夏実はようやく視線を戻した。

小さく吐息を投げ、気を取り直した。ヘッドランプを点《とも》して、また歩き出そうとしたとき——。

妙な気配があった。

夏実は闇の中を凝視した。

自分が立っている岩場の少し先に、人影のようなものが見えている。

またしても驚いた。

たしかに人だった。闇に溶けるように、ぼうっと黒いシルエットになっているからわかりにくいが、男性のようだ。それも後ろ姿である。ほっそりと痩《や》せた体躯《たいく》で、身長が一八五センチ前後。四、五十リットルぐらいの中型ザックを背負っている。

幽霊だと思った。

感性が鋭い夏実は、ごくたまにそういう存在を見てしまうことがある。

息を吞《の》み、しばし硬直していたが、勇《ゆう》を鼓《こ》して後ろから声をかけた。

「あの……」

反応がないので慎重にゆっくり歩み寄った。

メイがついてきた。足音を立てず、耳を少し伏せ気味で歩いている。

その男性らしき人影の真後ろに、夏実たちは立ち止まった。

幽霊ではなさそうだった。ちゃんと実体がそこにある。

「すみません。南アルプス山岳救助隊の星野といいます。あなたは——」

声をかけると、長身の人影はゆっくりと振り向いた。

ヘッドランプの中心光を直接、顔に当てないようにした。淡い光の輪郭の中、その顔が闇に浮かび上がって見えた。七三分けの髪に肉付きの薄い、白い容貌《かんばせ》だった。年齢は二十代半ばから後半ぐらいだろうか。

黒曜石のように真っ黒な瞳。そこには感情というものが存在しないように思えた。茫洋《ぼうよう》としたその無表情さの中に、まるで等身大の人形がそこにいるような薄気味の悪さを感じ、夏実は緊張を解けなかった。

「おひとりのようですが、こんな時間にここで何を？」

質問を投げてみたが、口を閉ざしたまま、夏実を見つめている。

ふいに、その顔に変化が起こった。

光のない真っ黒な瞳が、かすかに色味を帯びたように見えたかと思うと、何度か瞬《まばた》きをして夏実を見つめた。眉根を寄せ、口元を歪《ゆが》めた。

「ぼくは……」

いいかけて目を泳がせ、困惑の表情になった。「ここでいったい何を？」

「もしかして道に迷われたんですか」

「いや」

彼は視線を逸《そ》らし、何かを思い出そうとするように、あらぬほうを見ていた。

「ここって、どこの山ですか」

「え」

何の冗談かと思った。「えっと、いちおう、北岳ですけど？」

「北岳……南アルプスの？」

「はい。北岳の八本歯のコルという場所です」

「八本歯のコル……」

妙な問答になってしまい、夏実は激しく困惑した。

転倒や滑落で頭をぶつけ、意識が混乱しているのかもしれない。そう思いながら、ヘッドランプの光で衣服などをあらためたが、破れたり、汚れたりしていないし、怪《け》我《が》をしているふうでもない。

「失礼ですけど、お名前は？」

「名前……」

また、目が泳いだ。

「ザックの中に、身分証になるような何かが入っていませんか」

彼は夏実の言葉をようやく呑み込んだように、頷いた。もどかしげにそれぞれのストラップを外し、ザックを足下に下ろした。膝《ひざ》を突き、雨蓋《あまぶた》を開くその手元をヘッドランプで照らした。すぐにふたつ折りの財布が見つかり、それを開いて見せた。

運転免許証だった。

「失礼します」

夏実が手にして、ライトの光を当てた。そこには本人と同じ顔写真があり、水越和志《みずこしかずし》と名が記載されていた。住所は東京都練馬区で、マンションらしき部屋の番号が読めた。

「水越さん？」

名を口にしてみたが、本人は虚《うつ》ろな表情で眉をひそめている。

やはり記憶喪失のように思えた。

足腰はしっかりしているようだし、自力歩行はできそうだが、さすがに麓《ふもと》までの下山はやめたほうがいいだろう。

「これから白根御池小屋まで、いっしょに行こうと思います。いいですか？」

彼は黙って頷いた。

ザックのホルダーからトランシーバーを引っ張り出した夏実は、PTTボタンを押す。

「こちら星野です。警備派出所、取れますか」

雑音のあと、隊長の声がした。

――警備派出所、江草《えぐさ》です。どうぞ。

「現場より帰還中、八本歯のコルで遭難者……らしき男性一名を発見。認知障害のようなものがありますが、意識は明瞭《めいりょう》。負傷は確認できず。このまま随行で帰還します」

――派出所、諒解。お気を付けて。

交信を終え、夏実はトランシーバーを仕舞った。

「行きましょうか」

そういって歩き出そうとしたとき、ふと思い出した。

「えっと、あの……さっき空に変な光のようなものがあったけど、それって見ました？」

だしぬけにそんなことを訊《き》かれたためか、彼はまた少し目を泳がせ、かすかに困惑の表情になった。

「いいえ」

「ごめんなさい。変なことをいって」

夏実は水越和志という男性とともに歩き、尾根から下るコースに足を踏み入れた。

メイがふたりについてきた。

2

標高二二三〇メートル。北岳登山道の中腹にある白根御池小屋に隣接して、山岳救助隊の夏山常駐派出所がある。二階建ての小さなログ造りの建物である。

コンクリの小さなステップを上って入ったところに、待機室と呼ばれる部屋があり、ふだんは出動を控えた救助隊員たちがそこにいる。大きな四角いテーブルと、その周囲に並ぶ椅子。壁際にはホワイトボードと並んで、北岳一帯の大きな山岳地図が張られている。

数名の隊員が並んで座り、向かいの椅子にポツンと座している長身の男性。

水越和志であった。

猫背気味にうなだれ、ぼんやりとした様子。

対面するのは夏実の他、神崎静奈《かんざきせいな》、深町敬仁《ふかまちたかひろ》、関真輝雄《せきまきお》隊員。そしてもうひとり、江草恭男《やすお》隊長だった。

夏実は不思議な光を空に目撃したことを含め、八本歯のコルでの一部始終をあらためて報告した。奇妙なことに、他の救助隊員であの光を見た者はいなかった。そのような登山者からの報告もなかったという。

山岳医療担当の関隊員が和志を診たところ、とくに外傷も、頭を打ったような様子もない。高山病などの兆候も見られず、いたって健康体であるという。

夏実がここに連れてきて三十分と少し。会話を交わしているうち、和志は少しずつ思い出してきたらしく、自分の名と過去の記憶を認識するようになっていた。

生まれは山梨県甲府《こうふ》市。数年前に東京の大学を卒業して、そのままあちらで就職し、港区にある広告代理店で働いている。登山が趣味で、まとまった休みが取れたら北アルプスなどによく通っていたという。現住所は都内練馬《ねりま》区大泉学園町《おおいずみがくえんちょう》。マンションの名前や部屋番号もはっきりいえた。

運転免許証などでそれらの確認が取れたし、夏実が甲府の実家に電話をかけてみると、母親という女性が出てきた。電話口の彼女の話では、たしかに和志は長男で大卒後、ずっと東京で働いているという。

趣味の登山に出かけるとき、あるいは下山後は、安否の報告のために必ず実家に電話を入れているそうだ。ところが、今回はそれがなかったという。その和志を北岳で保護したという話をすると、さすがに母親は声を失っていた。

依然として本人はまったく自覚がない。なぜ、こんなことになったのか。いったい何が彼の身に起こったのか。

室内にしばしの沈黙が流れていた。

やがて江草隊長が口火を切った。

「事情はともかく怪我もないことだし、良かったです。今夜は御池小屋でゆっくり休んでいただき、明日は下山していただきましょう」

和志は相変わらず俯《うつむ》きがちのまま、無言で頷いた。

「星野さん、付き添いで下山していただけますか。それから、念のために車で送ってもらっていいですか」

「えっと……東京まで？」

江草は神妙な顔でいった。「いや。ご家族がいらっしゃる甲府のご実家のほうがいいでしょう」

「わかりました」

夏実は一礼した。

「颯《そう》ちゃん、ごめんね。急にお願いして」

夏実の声に、白根御池小屋管理人の松戸《まつど》颯一郎《そういちろう》が苦笑いする。

「いいですよ。平日でお客さん少ないし、だいいち遭難事故なんだから当然です」

「やっぱり事故……なのかな」

「見たところ、ふつうじゃないですからね」

ふたりして、静かな食堂の窓際のテーブルで向かい合っていた。

時刻は十時を回り、周囲に客はいない。山小屋の消灯時間をとっくに過ぎているし、本来ならば従業員も就寝している頃である。食堂も照明を落とし、薄暗い非常灯だけだ。

「記憶喪失って初めてのケースですけど、頭をぶつけたりとかしたんでしょうね。だとしたら、明日、下山したらただちに医療機関で診てもらったほうがいいっすね」

「そうね」

本人は松戸とスタッフらに「お世話になります」と頭を下げはしたが、ほとんど会話を交わさず、しかしながら出された食事はきれいに平らげていた。

「ところで夏実さんが見たっていうその光ですけど——」

話を振られて思わず顔を寄せた。

「颯ちゃんも見たの？」

「いや」

眉根を寄せ、松戸が目を逸らした。「ちょうどその時間、夕食の後片付けで忙しかったし。でも、外に出てたスタッフに訊いてみたけど、やっぱりそんなものは見なかったっていってます」

「そうなのかあ」

夏実はがっかりして小さく吐息を投げた。

何しろ強烈な光だったから、屋外にいれば気づいたはずだった。

「もしかして夏実さんのほうが、救助中に頭をぶつけたりしたんじゃないすか？」

冗談とも本音ともつかぬ松戸の言葉だった。

「ヘルメットかぶってたし、そんな記憶ないけど？」

答えたとたん、松戸が笑う。

「冗談です」

頭の後ろに手をやりながら彼はいい、小さく欠伸《あくび》をした。

それを見て夏実は思い出した。

派出所の食事は輪番制。明日の朝と夜は当番だった。

「じゃ、そろそろ帰るね。今日はありがとう」

椅子を引いて立ち上がり、松戸に手を振って玄関ロビーに向かった。


山岳救助隊の夏山常駐警備派出所に戻り、誰もいない待機室を抜けて二階に上がる。

〈女子部屋につき、ノック厳守！　神崎・星野〉

そう書かれたプレートが張られたドアをそっと開くと、暗闇に寝息がかすかに聞こえている。眠っている静奈を起こさないよう、そろりと二段ベッドの梯子を昇り、薄い掛け布団に潜り込んだ。

なかなか眠気が訪れなかった。

両目を開いたまま、暗い天井を見つめ、あれこれと考えていた。

最初に目撃したオーロラのような謎の光。忽然《こつぜん》と現れた記憶喪失の男性登山者。ふたつの間に関係があるとは思えなかったが、奇妙なことが二度も続いて、まだ何か起こるのではないかと思ったりした。ともあれ考えれば考えるほど答えが遠のくような気がして、夏実は何度か寝返りを打った。

――ここって、どこの山ですか？

水越和志というあの男性が口にした言葉が、脳裡《のうり》によみがえった。

誰かに目隠しでもされて無理に連れてこられたならばともかく、ふつう北岳に登ってきた登山者がいう言葉ではない。やはり何らかの外的要因で重篤な記憶障害になっているのかもしれない。だとすれば、早く医療機関で脳の検査をしてもらわないと――。

あと、違和感。

これまで思っていたこととは別に、何か妙な心の引っかかりがあった。しかも、考えれば考えるほどわからなくなる。

そんなことを繰り返しているうち、いつしか夏実は眠りに落ちていた。

――時間だよ。起きて。

その声とともに、腕を摑《つか》まれて揺すられた。

ハッと目を開くと、すぐそこに静奈の顔があった。暗い中、彼女が手にした小さなライトが点灯している。

枕元に置いたデジタル時計が、「AM　4：07」と光って表示している。

起床予定は午前四時。いつもなら、その時間に自然に目が覚めるはずだった。

「ごめんなさい！」

あわてて身を起こすと、低い天井に額をぶつけた。

「いた！」

二段ベッドの梯子に摑まっていた静奈が苦笑した。「莫迦《ばか》ね、まったく」

器用な身のこなしで梯子を下りた彼女を追いかけて、夏実も床に下りた。壁の棚に置いていた充電式のランプを点《つ》けると、急いで隊員服に着替えをした。鏡の前でポニーテールに縛る静奈の隣に並び、ブラシで乱れた髪を梳《と》いた。

「外の発電機、回してくれる？」

階段を下りながら静奈がいった。

「わかりました」

狭いキッチンスペースに入る静奈と別れ、裏口からサンダル履きで屋外に出た。

真っ暗闇の中、ヘッドランプのスイッチを入れると、淡い光輪を頼りに別棟の発電室のスチールドアを開く。

ヤンマーの青いディーゼル発電機の燃料メーターを調べ、軽油が充分に入っているのをチェックしてから、燃料コックをひねる。スイッチを始動の位置まで回すと、すぐに発電機が震えて音を立て始めた。緑のパイロットランプが点灯しているのをチェックし、夏実は発電室の外に出て扉を閉めた。

急いで派出所に戻ろうとしたときだった。

背後に気配のようなものを感じ、彼女は肩越しに振り向いた。

驚いた。

少し離れた場所に人影がひとつ。

夏実は目をこらした。

痩せた男性のようだと思ったとたん、相手の正体がわかった。

「……水越さん？」

そうつぶやくと、夏実の足が向いていた。

まさに水越和志だった。

白根御池小屋の正面入口の外、外テーブルが並ぶ場所に彼は立っていた。

両手をだらりと垂らし、じっと夜空を見上げているのである。その長身瘦軀《そうく》の後ろ姿を、夏実は少し離れた場所から見つめた。

いやでも八本歯のコルで発見したときの情況を思い出す。

あのときも、こうして同じような感じでポツンと立っていたのだった。

「水越さん。こんな時間にどうしたんですか」

そっと声をかけてみたが、彼は振り返ることもなく、ただ夜空を見上げている。

夏実はゆっくりと歩いて隣に立ち、同じように上を見た。

よく晴れていて、夜空が澄み切っていた。木立の間に美しくきらめく星々。その合間を薄ぼんやりと白い銀河が流れている。

「きれいですね、夜空」

またも返事はなかった。

黙って見上げているうち、大きな流れ星がひとつ、真上を斜めにすっと滑った。

そのとき、ようやく違和感の正体に思い当たった。

視線を下げ、彼の横顔をそっと見た。すぐにまた目を逸らす。

確信と同時に不安がこみ上げてくる。

水越和志に対する違和感。それは〝色〟がまったく感じられないことだった。

幼い頃から夏実が持っている力――人の感情やさまざまな事象が、それぞれ異なる〝色〟となって感じる特殊な共感覚能力である。

今ではすっかり慣れてしまったが、若い頃はずいぶんと悩んだものだ。すなわち、どんな人にもそれぞれ特有の〝色〟があり、それはその人自身の運命や感情に連結している。ときとしてその〝色〟が、その人がいた場所に残滓《ざんし》となることもある。

ところが今、横に立っている彼には、まったく何の〝色〟も感じない。無色透明というか、摑み所のない、まったく空虚な存在に思える。

夏実は激しく混乱した。

決して過信しているわけではないが、それでも長年、この奇妙な能力と付き合ってきたわけだし、何しろ初めてのことだ。それがどういう意味なのかもわからず、ただ困惑するしかなかった。

突然、背後で光が灯《とも》った。

振り向くと、山小屋の一階、食堂の窓明かりだった。白根御池小屋も朝食の準備がスタートしたようだ。

「そろそろ、小屋に戻りませんか。風が冷たいし」

夏実にいわれ、和志はようやく視線を向けてきた。

双眸《そうぼう》が、まるで泣いていたかのように濡れているのに気づいた。能面みたいに無表情なのに——。

驚いたが、何もいえずにいた。

「行きましょう」

彼の腕をそっと摑み、ふたりで歩き出した。

――夏実。何やってんの。食事の準備、ひとりでやらせるつもり？

警備派出所のほうから静奈の不機嫌な声がした。

「ごめんなさい。すぐに行きます！」

返事をし、少し急ぎ足になった。

3

朝日の当たる白根御池小屋の前で、夏実は少し待った。

足下にはメイが行儀良く停座している。午前八時を少し回っていた。

七月初旬。北岳はサマーシーズンにさしかかり、小屋の前を行き来する登山者の数がめっきり増えた。表の窓口越しに生ビールを注文する人たちも多い。

やがて松戸といっしょに水越和志が出入口から出てきた。

登山スタイルでザックを背負っている。相変わらず茫洋とした表情だが、足取りはしっかりしていた。ただ……やはり〝色〟がなかった。まったくそれを感じ取れなかった。

夏実はそっと唇を嚙《か》んだ。

そんな彼女を見上げ、メイが少し心配そうに小さく鳴いた。

「水越さん。おはようございます。よく眠れましたか」

声をかけると、彼は少し笑った。

「おはようございます。おかげさまで」

はっきりした声で返事があって、夏実はホッとした。

「夏実さん、じゃ、よろしく」

松戸にいわれ、夏実とメイは和志と横並びになった。

「行ってきます」

松戸に送り出され、歩き出した。

昨日、江草隊長らと話し合った結果、甲府の実家まで彼を連れて行くことになった。とくに怪我もなく、ふつうに歩ける状態とはいえ、やはりこんな様子なので本人に何があるかわからない。かといってヘリ搬送するような病気や怪我でもない。

夏の盛期に最前線の救助隊員がひとり欠落するのは痛いが、仕方ないことだった。

森を抜けるトレイルを歩きながら、夏実はたびたび和志の様子を見、足運びを確認した。とくに異常もなく、彼は歩いていた。急な下りも段差も、難なくクリアしている。

「大丈夫ですか？　もしどこか痛むとか、気分が悪くなったらいってくださいね」

声をかけるたび、和志は頷き、返事をした。

そんな夏実の様子を、傍らを歩くメイが興味深げにじっと見ている。

広河原《ひろがわら》まで順調に下った。

サマーシーズンなので登山者とたびたびすれ違う。そのたび、「こんにちは」の挨《あい》拶《さつ》が行き交うが、和志はやはり俯きがちのまま口を開かない。救助犬のメイは有名なので、いっしょに写真撮影をリクエストされることもあったが、「急ぎなので」と丁重に断って頭を下げた。

野呂川《のろがわ》に架かる吊橋を渡り、対岸を歩く。

ここまで下ってくると、だいぶ気温が上がって、まさに夏を感じる。しかし川風が涼しく、汗ばんだ体に心地よかった。

野呂川広河原インフォメーションセンターの裏手に停めていた夏実の自家用車――オレンジと白のスズキ・ハスラーのドアロックを解錠した。荷物を下ろし、メイをドッグケージに入れてひと息つく。

和志はリアゲートの傍《そば》にポツンと立っていた。疲れているふうでなく、顔に汗をかいている様子もない。

　それを見て安心するとともに、妙な違和感もあった。下りとはいえ、二時間近く休まず、ずっと歩き続けていた。それなのにまるで公園のベンチにでも座っているかのように、和志は涼やかな顔をしていた。

「意外にタフなんですね」

　夏実が笑っていうと、和志は無表情に見返してきた。


　いったん南アルプス署地域課に立ち寄り、課長に報告書を提出し、要救助者を甲府の自宅まで送る旨を伝えた。

　ロッカールームに飛び込み、大急ぎで救助隊の制服から私服に着替えた。

　髪の毛を直しながら正面出入口に近いロビーに走ると、和志はうなだれた姿勢のまま、長椅子の端に座っていた。

「すみません。お待たせしました」

　足を止めて声をかけたとたん、夏実は驚いた。

　背を曲げて座る和志の姿。それが一瞬、おぼろげに揺らいで見えたのである。

　思わず、自分の目を疑った。

何度か瞬きをし、あらためて彼を見ると、とくに何の変わりもない。

「星野さん。どうされました？」

背後から声をかけられ、ハッと気づいた。

顔なじみの石塚頼子《いしづかよりこ》巡査長だった。警務課のベテラン警察官だ。

「あ。ごめんなさい。ちょっと立《た》ち眩《くら》みが……」

石塚巡査長がクスッと笑った。

「山のお仕事も大変ですね。あまりご無理しないでくださいね」

「ありがとうございます」

頭を下げ、向き直った。

和志は顔を上げ、夏実を見ていた。視線を合わせたが、今はとくに違和感もない。

気のせいだったのか、あるいは、やはり疲れがもたらした幻覚だったのか。

「行きましょうか」

夏実は和志を立たせると、署のロビーから外へ出た。

信玄橋《しんげんばし》を通って釜無川《かまなしがわ》を渡り、県道を一路東へ、甲府に向かった。

助手席に座る和志はじっと前を見ていた。ふたりの間に会話は少ない。

夏実はステアリングを握りながら、たまに彼の横顔を見る。〝色〟が感じられないのは同じだが、さっきのように彼の姿が幻のように揺らいで見えるようなことはなかった。

やはり、疲れのせいだろうか。

もしも何らかの疾患の前兆とかだったら……と、不安になったがあわてて想像を打ち消した。

赤信号になったのでブレーキを踏み、リアシートを倒したカーゴスペースを振り返ると、ドッグケージの中のメイが長い舌を垂らしながら、夏実をじっと見ている。目が合ったので、笑った。少し不安が消えた気がした。

県立美術館に近い住宅地に水越和志の実家があった。

二階建てでコンクリブロック塀に囲まれ、狭い庭があった。門柱に表札がはまっている。

路肩に車を寄せて停め、夏実は降りた。車の前から回り込んで助手席のドアを開いた。

「着きましたよ」

和志はゆっくりと視線を巡らせ、窓越しに自分の実家を見てから、下車した。

玄関の扉が開き、水色のサマーセーター姿の中年女性が出てきた。

母親の節子《せつこ》だった。電話の声よりも若々しい印象に思えた。

夏実のハスラーの傍に立った和志の前にやってきて、彼女はそっと息子の手を取った。

「和志……」

後《おく》れ毛がわずかにこめかみの辺りに張り付いていた。

和志は無表情に節子を見ていたが、ふいにその視線が別のほうに向けられた。そのとたん、彼の目に光が宿ったように見えて、夏実は驚いた。

あきらかにそれまでと違って和志の表情がクリアになっている。

その視線をたどるように向き直ると、玄関の開けっぱなしのドアのところに、Tシャツにジーンズの若い娘が立っていた。鼻筋が通った顔は、和志にどこか似ていた。

「お兄ちゃん？」

娘がそうつぶやいた。

すぐに辞去するつもりだったが、節子がどうしても和志のことを聞きたいというので、家に招かれてしまった。仕方なくハスラーの窓を開けて、メイのために熱気が車内にこもらないようにし、玄関の三和土《たたき》で靴を脱いで上がった。

木造りのキッチンテーブルの一角に座っていると、節子がアイスコーヒーを出してくれ、夏実は礼をいった。やがて新しいシャツとズボンに着替えた和志と、彼に付き添うようにさっきの娘がやってきて、夏実に向かって座った。

「和志の六つ下の妹なんです」

母親が座りながら紹介した。

「真穂《まほ》です」

和志に並んで座り、自分でそう名乗った。

彼女の黄色いTシャツを見て、夏実は気づいた。

「あ。そのTシャツ……甲府短大って書いてありますね」

真穂は自分の左胸の辺りに目を落とし、また夏実を見た。

「これ、山岳部のデザインマークなんです。部費で作って部員全員に配られたんですけど、実は家でも着てるんです」

夏実が笑った。

「私も甲府短大なんです。卒業はずいぶんと前だけど」

キョトンとしていた真穂が、いきなり破顔した。

「じゃ、星野さんは私の先輩なんですね」

明るい顔でいった。「もしかして、やっぱり山岳部だったんですか？」

夏実はかぶりを振る。「山を始めたのは警察に入ってから。それまでは愛宕山《あたごやま》だって登ったことがなかったのに」

愛宕山というのは、甲府市の外れにある海抜四二三メートルの小山のことだ。草木の生えた丘といったほうがいいかもしれない。

真穂と笑い合ってから、夏実はハッと真顔に戻った。

「あ。ごめんなさい。和志さんのことをお話ししなきゃいけませんね」

座り直し、夏実は北岳での一部始終を真穂と母親に語った。

救助のあとでの唐突な出逢い。そのときの印象。白根御池小屋に一泊して、今朝の下山まで。夜中にひとりで外に立って星空を見ていたことや、とりわけこの一件に関する彼女の主観は交えず、なるべく事務的に伝えるように努力した。

節子と真穂はじっと傾聴していたが、話が終わると神妙な顔でそろって頷いた。

納得しづらい話だろうが、夏実が嘘や虚言をいっているとは思わないはずだ。

傍らで和志は相変わらずうつむきがちに座っていた。

「登山中に倒れたり滑落したという話は、ご本人からうかがっておりませんし、とくに外傷も見当たりませんので、医療機関等にはかかってません。もしも必要でしたら……」

「大丈夫だと思います」

節子がそういって和志を見た。

なぜ和志が唐突に北岳にいたのか。そんな話は節子との電話でもしていたので、夏実は意図的に避けようと思っていた。互いに理解不能なことを、いくら蒸し返しても無意味だからだ。しかし、彼があそこにいたことはまぎれもない事実だった。

会話のほとんどは山の話や、地元の甲府の話題などに終始した。

「ごちそうさまでした。じゃあ、そろそろお暇《いとま》させていただきます。もし、和志さんに少しでも異常があったら、すぐにお医者さんにご相談してくださいね」

夏実は立ち上がり、今一度、テーブルに向かって座る和志を見た。

あのときのような違和感はなかったが、相変わらず〝色〟は見えなかった。

節子が和志を自室に連れて行ったので、玄関先まで見送ってくれたのは真穂だった。外まで出てきた。

ハスラーの車窓を下ろしていたが、やはり真夏日で車内に熱がこもっていたため、リアゲートドアを開いて、メイを外に出した。アスファルトに置いた水皿にたっぷり入れた水を舐《な》める姿を、真穂がじっと見ていた。

「ボーダー・コリー……茶色の毛が混じってるんですね」

「はい。トライカラーです。名前、メイっていいます」

「メイちゃん。可愛いです」

真穂は笑い、しゃがんでメイの背中をそっと撫でた。

その表情が暗いことに、夏実は気づいた。

「あの」

手を止め、顔を上げて真穂がいった。「兄に、何があったんでしょうか」

夏実は即答ができず、そっと唇を嚙んだ。

「正直、よくわかりません」

言葉を選びながらいった。「ただ、和志さんは昨日の夕刻、たしかに北岳にいらっしゃいました。どうしてあそこに立っていたのか、あれこれと考えてはみたんですけど、やっぱりわからないんです」

真穂は得心ゆかぬ顔のまま、わずかに視線を揺るがしていた。

「……でも、無事に連れて帰っていただいて、本当に感謝してます」

「いえ。仕事ですから」

夏実は無理に笑みを浮かべた。

玄関のドアが開き、母親の節子が出てきた。夏実の前に立って、あらためて深々と頭を下げた。

「このたびは和志がお世話になりました」

夏実はまたお辞儀をした。

「和志さんのこと、何かあったら、私に連絡いただけますか」

「ありがとうございます」

節子が礼を述べ、それから真穂の横に並んだ。

メイをケージに入れ、ハスラーのリアゲートを閉めたときだった。

ふと強い気配を感じたような気がして、夏実は肩越しに振り向いた。

水越家の二階の窓のひとつ。カーテンが少し開いて、その向こうに立っている人影が見えた。

和志だった。

まるで人形のように動かず、じっとそこに立っている。

夏実は少し胸の動悸《どうき》を感じたが、黙って運転席に乗り込み、エンジンをかけた。

緊張したままアクセルを踏み込み、車を出した。

ミラーの中、並んで立っている真穂と節子の姿が小さくなっていく。

4

階段を上って二階の自室に入り、少し乱暴にドアを閉めた。

そのまま窓辺の机に歩み寄って、椅子を引いて座り、頬杖《ほおづえ》を突いた。

しばし帰宅した兄のことを考えた。

母親が彼の部屋に連れて行くと、すぐにベッドに横になって眠ったそうだ。

いったい兄に何が起こったのか、わけがわからなかった。

いくら考えたところで何かが判明するわけでもない。なのに背もたれに背中を預け、椅子をリズミカルに左右に回しながら、いつしかまた無意味に思いをめぐらせていた。

母にしてみれば自慢の息子だった。

都内の大学の経済学部に入学し、卒業後、大手広告代理店に入社して四年目になる。その会社で同僚に誘われ、八《やつ》ヶ岳《たけ》に登ったのをきっかけに山にはまった。それからというもの、夏山シーズンはほぼ毎月、国内のどこかの山に登っていた。

仲間と登ることもあったが、単独が多かったようだ。

その際、必ず入山前と下山後は実家に連絡を入れた。

父の浩平《こうへい》が肺癌《はいがん》で亡くなって二年。一家の大黒柱を失った母はかなり落ち込んでいたが、そんな母を安心させるための気遣いだっただろう。

壁際の本棚に写真立てがある。

椅子から立ち上がり、それを取って戻ってきた。

四年前、四尾連湖《しびれこ》でカヤックに乗ったあとで撮影した家族写真。みんなで身を寄せ合い、笑っている。幸せそうな父と母。いつもは無表情な兄も、めずらしく屈託のない笑みを浮かべている。真穂がお気に入りの写真だった。

目の前に写真立てを置いて、それを見つめながら、なおも椅子を左右に動かした。

兄とのいろいろな思い出が頭に浮かんでくる。

記憶はおぼろげだが、和志は小さな頃は引きこもりがちで、アニメにゲームといったオタク趣味な子供だったらしい。たしかにいっしょに遊んだ記憶はあまりないが、家族でディズニーランドに行ったり、映画を観に行ったりはしていた。

とにかく変わった子だよ——というのが、親たちの常套句《じょうとうく》だったが、いつしかそれも聞かなくなった。おとなしい性格だったし、何よりも優等生だったことで、親たちは安心していたのだろう。

ふいに机上に置いていた電話の子機が、呼び出しの音楽を鳴らし始めた。

ナンバーディスプレーに表示されている液晶の電話番号は、03で始まっている。東京からかかってきているようだ。電話に出ようとしたところ、先に別の部屋で誰かが電話を取ったようだ。液晶表示が「カイセンシヨウチュウ」と変わったので、真穂は手を引っ込めた。

しばらく経つと「ホリュウチュウ」になり、程なく、部屋の外に足音がして扉がノックされた。

――真穂。ちょっといい？

節子の声だった。

ドアを開くと、彼女が入ってきた。その神妙な顔に少し不安になる。

「和志の会社の同僚っていう人から電話なの。二日間も無断欠勤してたから、心配して電話をくださったのよ」

いわれて初めて気づいた。昨日も今日も平日だから、本来は兄も会社に行っていなければならないはずだ。

「お兄ちゃんは？」

「ノックしたけど返事がないし、きっと寝てるのね。私、ちょっと混乱しているし、悪いけど、代わりに出てみてくれる？」

真穂は頷き、机の上にある子機を取った。

「妹の真穂といいます」

――突然にすみません。〈東亜《とうあ》通信〉の恩田《おんだ》といいます。今、お母様にもお話ししたところなんですが……。

男性の声だった。

三日ばかり有給休暇を取った兄は、山に出かけると上司や同僚に話していた。ところが、下山予定日の翌日になっても兄は出社してこない。電話やＬＩＮＥなどの連絡も取れないため、上司が心配し、自宅に行くようにいったらしい。和志のマンションに足を運ぶと、入口のドアには施錠がされたままだった。

――さすがに心配になって、警察に捜索要請をしようと思ったんですが、そちらのご自宅の連絡先を控えていたものですから、お電話させていただきました。

「ご迷惑をおかけしました。すみません」

――で、和志さんはそちらにいらっしゃるんですね。お母様のお話だと、北岳で保護されたっていう話ですが、本当なんですか。

「ええ」

仕方なく、真穂は聞いた話をそのまま恩田に伝えた。

——たしかに、南アルプスに登山しにいくという話はうかがっていたんですが、同じ南アルプスでも、静岡県にある赤石岳《あかいしだけ》に登る予定だったはずなんです。それがどうして北岳だったのか……。

「そうでしたか」

——とにかく、ご無事が確認できたので良かったです。

「今は眠っているようなんですが、起きたらすぐに連絡させますね」

——お願いします。

連絡先を聞いて電話を切ると、すぐそこに立っている節子と目が合った。

今し方の会話を聞いていたのだろう。少し顔色が悪く、緊張したような表情だった。

「和志だけど、しばらくうちにいてもらったほうがいいんじゃないかしら」

不安な声を洩《も》らす母に、真穂は同意するしかなかった。

夕刻近くになって、和志は自室から出てきた。

よく眠っていたのか、疲れは取れた様子だったが、依然として顔色が少し悪く、表情も冴《さ》えない。応接間のソファに猫背気味に座ってぼうっとしていたが、そのうちに夕食の時間となった。

テーブルに節子と向かい合い、和志は真穂と並んだ。

食欲がないようで、あまり箸《はし》が進まない。隣の真穂も、向かいの節子も、そんな彼を気遣い、話しかけたり、茶を勧めたりしたが、やはり遠慮がちだ。

会話も途切れ、気まずい沈黙が続いた。

フッと節子が笑ったので、真穂は驚いた。

「何だか葬式の後みたいね。せっかく和志が帰ってるのに」

自嘲《じちょう》とわかって真穂は無理に笑みを浮かべた。

「お兄ちゃん、もう二年も戻っていなかったから、良かったね」

ふと思い出し、真穂はいった。「会社に連絡したの?」

すると和志が小さく頷いた。

「少しの間、休みをいただくことにした」

「じゃ、しばらくの間、うちにいられるのね」

真穂の顔を見て、和志が笑った。「そうだね」

「だったら病院に行ってみたら? 怪我はしてなくても記憶障害みたいなものがあるし、やっぱり気になるじゃない?」

節子に諭され、和志は少し迷っていたが、承諾した。

「明日にでも行ってくるよ」

母はホッとした様子だが、それからまた沈黙が続いた。

静かなキッチンに食器の音だけが聞こえている。

5

灰色のトヨタ・アリオンを路肩に寄せて停めると、谷口伍郎《たにぐちごろう》警部が降りた。同時に運転席から小田切直樹《おだぎりなおき》巡査部長が降りる。ともに甲府警察署刑事課に所属し、谷口はちょうど五十歳で小田切は三十歳と、二十もの年齢差がある。

ふたりは夏の日差しに熱せられたアスファルトを踏んで歩きながら、ポケットから引っ張り出した白手袋をはめた。

すでに一帯は通行止めとなり、黄色い規制線のテープが渡されていた。周辺にパトランプを載せた警察車輛が数台、停まっていて、制服警察官や私服の捜査員がいた。デジカメのシャッター音が何度も繰り返されている。膝にサポーターをつけ、路面に腹這《はらば》いになっている鑑識官らの姿もあった。

現場は甲府駅に近い狭い路地だった。周囲は居酒屋や雀荘などが並ぶ猥雑《わいざつ》な街区で、夜は賑《にぎ》わうのに、昼間は嘘のように閑散《かんさん》としている。そんな場所に死体が転がっていた。

被害者は俯《うつぶ》せの状態で、建物と建物の間にはまり込むように倒れていた。

青系統のワンピースを着て、キャンバスのショルダーバッグを肩掛けしたままだった。ローファーが片一方脱げ、少し離れた場所に転がっていた。早朝、新聞配達の青年が路上にポツンと落ちたその靴を見つけ、奇異に思って視線をやると、建物の隙間《すきま》に倒れている女性を見つけた。

最初は酔い潰れて寝ているのだと思ったらしい。揺すっても動かず、死んでいるとわかって、その場から携帯で通報してきた。

「〝マルガイ〟の身元は？」

路地に入りざま、谷口が捜査員たちに声をかけると、現場に先に着いていた尾見《おみ》という同僚が振り向いた。長身で口髭《くちひげ》を蓄えた中年の刑事だ。

「市内に住んでる派遣社員らしい。さっき家族に連絡して確認が取れた。だが、情況からして、どうやら俺たちの出番じゃなさそうだぞ」

「本当か？」

谷口はビニールシートがかけられた遺体にかがみ込み、そっとめくった。

俯せの恰好《かっこう》だが、顔は横向きになっていた。そっとのぞき込み、顔をしかめていった。

「小田切。ちょっと来てみろ」

相棒の刑事がやってきて、谷口とすれ違うように建物の間に入り、しゃがみ込んで遺体の顔を見るなり、渋面となった。

「うわ。何すか、これ」

血の気が引いた顔を向け、小田切がささやくような声でそういった。

谷口は応えられず、依然として遺体を見つめていた。

路面に横向きになった被害者の顔。その両目にふたつの孔《あな》がうがたれ、流れ出した血がアスファルトの上で赤黒い色になって固まっていたのである。

「たしかに、こいつは俺たちの仕事じゃないな」

暗い声で谷口がつぶやく。

間違いなく他殺死体。しかもきわめて異常な犯行である。

県警が出張ってきて、今日のうちに〝帳場〟と隠語で呼ばれる捜査本部が甲府署に立ち上がるだろう。

甲府市内、繁華街での女性殺人事件が、ローカルテレビ放送の夕方のニュース番組で報道されていた。

居間の液晶テレビで、真穂はそれを見ながら顔をしかめていた。

被害者は甲府市内に住む派遣会社の社員で、名は鹿島智恵美《かしまちえみ》、二十七歳。死因は出血性ショック死だが、鋭利なもので両目を刺され、傷は深く、脳まで達していたという。

真穂は大学の講義が午前中だけだったため、午後に帰宅して以来、居間でテレビを観ていた。ポテトチップスをテーブルに置き、ときおりアイスティーを飲みながら食べていたが、その手がいつしか止まっていた。

ニュースキャスターの女性は通り魔による犯行かなどと報道している。いずれにしても、若い女性が両目を刺されて死ぬなんて、考えただけでも恐ろしい。猟奇殺人という言葉が脳裡に浮かび、背筋が寒くなって、真穂は少し身を固くした。

午後から外気温が三十五度になると報道されていた。おかげで朝からエアコンがフル稼動している。

居間のドアが開き、エプロン姿の節子が入ってきた。テレビを観るなり、いった。

「何か事件？」

真穂はしかめ面《つら》で頷く。「甲府駅近くで若い女の人が殺されたって」

「あら。いやだ」

彼女の母は隣に座り、興味深そうな顔でニュース番組に見入った。

犯行現場の図面が映し出され、早朝の新聞配達員が発見したという遺体の、簡単なイラストが描かれていた。

「ここらへんって、お父さんが元気な頃に、仕事仲間と梯子酒してたところよ」

「そうなんだ」

犯行時刻は午前一時頃だという。

繁華街のまっただ中にある狭い路地だが、昨今は甲府駅周辺もドーナッツ現象となって、駅近辺はシャッター街と呼ばれていた。つまり閉店が多く、まれに開いている飲み屋も、ほとんどが日をまたがない時間のうちに閉めてしまう。そんながらんとした暗い路地に、コンビニの明かりだけがポツンと灯っているような状態らしい。

警察の捜査によると、被害者の女性は甲府駅近くの居酒屋で会社の同僚たちと閉店まで飲んだあと、歩いて帰宅途中だったらしい。午前一時なんていう犯行時間、現場は閑散として人通りもなく、おかげで目撃者もまったくいなかったのだろう。

「真穂の大学も近くなんだから、あなた、くれぐれも気をつけてよね」

節子にいわれ、少し肩をすぼめてみせた。

「大丈夫よ。夜遅くまで遊び歩いたりしないから」

ニュースがスポーツ関係の報道になったとき、玄関のドアが開く音がした。

足音がして、和志が入ってきた。

「お帰りなさい。どうだった？」

節子に訊かれて彼はいった。

「あれこれと調べてもらったけど、とくに何もなかったよ」

今朝から市内の総合病院に行って、検査を受けてきた。脳神経外科でＭＲＩによる検査をし、脳内の異常を調べてもらった。さらに心療内科に回され、記憶喪失の原因を探ったが、やはり明確な理由は判明しなかったらしい。

若年性認知症の可能性もあったが、長期的に経過を見ないとわからないし、おそらくストレスのような要因による一時的な記憶障害ではないかと、担当医師がいっていたという。

節子が出してきた冷たい麦茶を飲みながら、和志は居間のソファでそう説明した。

昨日と比べて顔色も良く、話す口調もずいぶんと明るい。

真穂は安心した。

同時にふと、あることに気づいた。

兄が帰宅したときからあった違和感の正体――。

三十五度を超える外の気温の中を歩いて帰ってきたにしては、和志はまったく汗もかいていない。それどころか、暑そうな様子もなく、むしろ涼しげな顔でふたりの前に立っていたのである。

6

白根御池から小太郎《こたろう》尾根までの急登――通称〝草すべり〟を、大勢の登山者たちが登っている。ちょうど昇ったばかりの朝日を受け、カラフルなザックや登山着が芥子《けし》粒《つぶ》のように小さく、点々と列を作って、少しずつ動いている。

夏実はいつものように派出所を出て、御池の畔《ほとり》に立ち、登山者たちを見上げる。

気温はすでに二十度を超えていた。

山の空気は乾いていて涼しいが、背中にまともに陽光を受けながらの登山は、さぞかしつらいだろう。

ふだん山で鍛えて健脚な救助隊員なら、一時間と少しで登れる草すべりだが、一般のコースタイムは二時間半となっている。北岳登山のハイライトというか、ある意味ではいちばんの難所ともいえる。しかしここをクリアすれば視野が大きく開け、小太郎尾根分岐から標高三千メートルの肩の小屋までを結ぶ、気持ちのいい稜線歩きが待っている。

この草すべりはバットレス下の左俣《ひだりまた》コースすなわち大樺沢ルートとならんで事故の多い場所だが、そのほとんどが下りのときである。もとより登りよりも下りのほうが地面までの目線が長くなることにくわえ、頂上までのルートを往復して帰ってくるときは疲労が蓄積し、自覚している以上に足腰の筋肉の機能が低下している。さらに草すべりは岩場のような難所でなく、もうすぐ山小屋に着けるという安心感があって気がゆるむ。

ここでの事故の多くは、転倒や滑落による下半身の負傷だ。

いつもの朝の日課である犬の訓練に入ろうとしたとき、ちょうど警備派出所の出入口から大柄な杉坂知幸《すぎさかともゆき》副隊長、対照的に痩せた体軀の曾我野誠《そがのまこと》隊員が飛び出してきた。ふたりとも、いかにも押《お》っ取《と》り刀といった様子で、走りながらザックを肩掛けしている。

続いて神崎静奈が出てきた。折りたたみ式のスクープストレッチャーをザックに取り付けていた。

夏実は駆け寄って声をかけた。「出動ですか」

「登山者から通報が入ったの。二俣で人が倒れているって」

二俣――ここから近い場所だ。

派出所に飛び込むと、待機室にいた江草隊長と目が合った。

「ハコ長。私も行きます！」

ところがいつもと違って、江草が複雑な表情を見せているのに気づいた。

「何か？」

「実は、あんまり若い娘さんにいい情況じゃないんですが」

言葉を濁すように、彼がいった。理解できず、夏実は困惑する。

「静奈さんだって、若い娘ですけど」

「いや。まあ、そうなんですが……」

「とにかく出動します！」

そのまま奥にある備品室に入った。

壁に掛けてある自分の装備を取って、すぐに外に出た。

御池から森を抜ける狭い登山道を走った。

途中、何人かの登山者とすれ違ったが、話を聞く余裕もない。通行の邪魔にならないよう、そのたびに道を譲り、また走る。アップダウンをいくつかクリアし、最後の坂を一気に駆け下りると、夏実は二俣に到着した。

少し前まで、ここは登山者用のバイオトイレが二基あったが、今は撤去されている。大樺沢の開けた渓谷に、東の空に昇った太陽が光を落とし、大小の岩が眩しく照り返していた。その中途に数名の人影が立っている。夏実はそこに向かった。

先に到着していた静奈たちが、あっけにとられたような姿で佇立《ちょりつ》している。

他に通りかかったらしい男女の登山者が三人ばかり。

夏実はそこで足を止め、見た。

燦々《さんさん》と降り注ぐ日差しの下、大きく平らな岩の上に白い裸身が俯せに横たわっていた。

大柄な男性のようで、筋肉質の体。毛むくじゃらの手足が長かった。短い頭髪は鮮やかなブロンドで、赤いバンダナを鉢巻きのように巻き付けている。

Tシャツと短パン、トランクスが近くの岩場にくしゃくしゃにして置かれていた。

トレイルランニングシューズらしき対《つい》の靴が、その横に転がっている。すなわち頭に巻いた赤いバンダナ以外、まったくの全裸なのである。

「星野さん。見ないほうがいい」

杉坂副隊長の声がしたが、遅かったようだ。

男の剝《む》き出しの生尻をまともに見て、夏実は思わず目を背けてしまう。頰が紅潮しているのを自覚した。ハコ長が渋った理由がやっとわかった。

「外国人ですね。生きてるようだけど」

曾我野の声。呆《あき》れた顔でつぶやいている。「しかし、なんでまた……」

ふいにかすかな羽音がして、どこからともなく飛んできた羽虫が男の白い尻に止まった。黄色い縞模様に小さな翅《はね》。一見、ミツバチのようだが、ハナアブの類《たぐ》いらしい。登山者の汗を舐めにくる虫だ。

全裸の男の左手がのろりと動き、自分の尻をピシャリと叩《たた》いた。羽虫はまた羽音を立てて、どこかに飛び去っていった。全裸の男は尻の、虫が止まっていた場所をポリポリと掻《か》いていたが、ふいにその手を止めた。

おもむろに両手を突いて上半身を起こし、ゆっくりと夏実たちのほうを見た。髭面の若い白人だった。

寝ぼけた顔で眉根を寄せ、目をしばたたいた。

「――What's going on?」

男が英語でいった。

そのまま岩の上に立ち上がった。正面を向いて。

「夏実。見ちゃダメ！」

とっさ静奈に目を塞《ふさ》がれたが、すでに遅かった。


「――で、なんであんなところで全裸で寝てたんだ」

調書を傍らに、ボールペンを振りながら曾我野が問い詰めた。

御池の警備派出所、待機室の大きなテーブルを挟んだ向かい側に、くだんの大柄な白人が座り、うなだれていた。もちろん今は着衣姿で、白のTシャツにモスグリーンのショートパンツ。足下はキーンのトレイルランニングシューズ。日焼けで赤くなった髭面。頭には相変わらず赤いバンダナを巻き付けていた。

二俣の現場から派出所まで、彼は夏実たちとともにトボトボ歩いてきた。その間、ほとんど会話がなかったため、ようやく取調が始まったばかりだ。

「ええ気持ちやったから、つい……」

癖がほとんどない流暢《りゅうちょう》な日本語だが、関西訛《なま》りである。

杉坂副隊長が曾我野の隣に座っていた。

夏実と静奈は少し離れた席に並んで、呆れた顔で彼を見ていた。

名前はニック・ハロウェイ。二十八歳のアメリカ人だった。

カンザス州出身で、来日して大阪の大学を卒業し、ＩＴ関連の職に就いていたが、今はフリーターらしい。アルバイトなどで日銭を稼ぎながら、時間を作っては国内あちこちの山に登っているという。

日本語はもっぱら大阪周辺で憶えたということだった。

「いくら気持ちよかったからって、あんな場所で全裸で寝ていいってもんでもないだろう？　少なくとも、あそこは一般の登山者が往来する場所なんだから」

杉坂副隊長が呆れ顔でそういった。

「堪忍な」

ニックと名乗った男がしおれた様子で答えた。

曾我野が鼻息を洩らし、いった。「単独？」

「もちろん独りや」

「身分を証明するようなものは？」

曾我野の容赦ない語気に夏実が苦笑した。

「それって何だか、尋問みたいです」

曾我野がムッとした顔を向けた。「夏実さん。我々は山岳救助隊員である前に警察官なんです。不審者に尋問して何が悪いんですか」

「それはそうだけど……」

「彼がしでかしたことは、明らかに刑法一七四条の〝公然わいせつ罪〟および軽犯罪法第一条二十号の〝公衆の目に触れるような場所で公衆に嫌悪の情をもよおさせるような仕方で尻、腿《もも》その他身体の一部をみだりに露出した者〟に該当します」

「やけに詳しいじゃない」

腕組みした静奈がいうと、曾我野は小さく咳払《せきばら》いをする。

「警察官として当然です。これでも次回の昇任試験を目指しておりますので」

思わず静奈と目を合わせた夏実は、曾我野にこういった。

「もしかしてわいせつ罪と軽犯罪法違反で逮捕するんですか？」

「初犯ですし、大目に見てもいいと思います。これは説教ですよ」

曾我野がいってから、「あっ」と声を洩らした。

いつの間にかニックが中腰に立ち上がり、向かいに座る静奈の片手を取っていたのである。しかも真顔で彼女の顔を見つめている。

「ねえさん、美人やなあ」

静奈は無表情のまま、もう一方の手で容赦なくニックの手の甲をはたいた。

派手な音がして、ニックはあわてて自分の手を引っ込めた。

「Oops!」

手をかばっていたニックが、次の瞬間、両肩を持ち上げて笑った。

「あんたら、ホンマにポリスなん？」

曾我野がムッとした顔になった。「そうだ。ジャパニーズ・ポリスマンだ」

「証明できる？」

「もちろん――」

ズボンや胸ポケットに手をやって警察手帳を探っていた曾我野が、ふいに気づいた。

「もしかして、おちょくってんのか！」

夏実がたまらず噴き出した。

続いて静奈、そして杉坂副隊長が笑い始めた。

7

カツカツという音が、暗い路地に響いている。

自分の靴音がやけに大きく聞こえるので、少し歩みを遅くしてみたが、なぜだか音の大きさは変わらない。

足を止め、そっと左右を見た。閑静な住宅街。小さな公園や団地の共同ゴミステーションがある。彼女の他に、誰ひとりいない。

時刻は午前二時を過ぎたところだった。

楽しい一夜になるはずが、とんだ顚末《てんまつ》だった。

彼氏のマンションの部屋でふたりきり。いっしょに酒を飲みながら何気ない会話をしていて、ふとしたことで発覚した。別の女性との交際を、彼氏がうっかり口を滑らせたのである。行った覚えのないデートの話をされ、そこで気づいた。彼氏はあわてて訂正したものの、けっきょく火に油を注ぐことになった。

二股をかけられていたのだった。

なんだかんだといいわけをし、とうとう開き直った彼氏の頬を平手で叩き、そのままマンションを飛び出した。

泣きながら歩いているうちに、自分がどこにいるのかもわからなくなった。

仕方なくスマートフォンを取り出し、自分のいる場所を地図で表示した。自宅まで数キロあったが、とっくにバスも電車も終わっているし、タクシーを捕まえられるような場所でもなかった。乗車賃の持ち合わせもないため、トボトボと歩いて帰るしかなかった。

三十分も歩いているうち、いつしか涙も涸《か》れていたが、同時に心細さを感じた。深夜の住宅地である。こんな人けのない暗がりを歩いていると不安に駆られ、いろんな想像が頭に浮かんでしまう。おかげで彼氏とのいやな出来事を忘れられそうだったが、だからといって嬉しいはずがない。むしろ歩けば歩くほど、時間が経てば経つほど、不安はいや増してくる。

足音が後ろに聞こえたような気がして、何度か立ち止まり、振り向いた。

もちろん錯覚、気のせいだったらしい。

しかし寂しげな街灯がポツンと路上に光を落としていたり、明かりが消えた家々が闇に暗く沈んでいたりする。そんな夜の景色を見ていると、名状しがたい恐れがじわじわと心の中から滲出《しんしゅつ》して、体をそっと包み込む。

そういえばあの彼氏、Ｊホラーとかいうジャンルの映画が大好きで、何度かデートで劇場につきあわされたものだ。観たときはさほどでもなかったのに、なぜか今になって映画の恐怖場面が脳裡によみがえってきた。あわててそれを打ち消すように、また足早に歩き出した。

猫背に俯きがちに、なるべく早足で。

こんなことになるんだったら、無理をしてでもあいつの部屋にとどまるべきだったかもしれない。あるいはタクシーを呼んでもらうとか……。

背後に足音が聞こえた。

彼女はまた足を止めた。

恐る恐る肩越しに振り返る。たしかに聞こえていたはずの別の足音が消えていた。しんと静まりかえった深夜の住宅地。どこか遠くで救急車のサイレンが鳴り、別の場所から犬が吼える声がかすかに聞こえていた。あとは深い静寂だけだ。

ゆいいつ明かりがあると思ったら、古い電話ボックスだった。今どき誰も使わないだろうそれが、路肩に淡く青白い光を灯しながらポツンと立っていた。意味もなく、しばしそれをじっと見つめ、向き直ってまた歩いた。

自分に合わせるように、また足音がついてきた。

素早く後ろを向いた。道路の向こうは暗闇でまったく見えない。目をこらして見ていると、その闇の中にもっと黒い何かが潜んでいて、しかもゆっくりと近づいてくる。かすかな足音が聞こえた。

恐怖に突き上げられ、走った。もはや後ろを振り向かず、夢中で駆けた。人がいる場所を目指そうと思った。車の往来があるような街路。できたらコンビニエンスストアがないだろうか。いや、交番か駐在所があればもっといい。十字路を曲がり、T字路を折れ、何度も足がもつれそうになりながらも走り続けた。

やっと商店街のような場所に出た。

ところが雑貨店や酒屋、理髪店。いずれもシャッターが下りたり、明かりが消えている。

足が止まり、絶望に硬直しそうになったとき、前方に小さな光が揺れているのが見えた。驚いて目をこらすと、白い自転車に乗った人影だった。

街灯の下を通ったとき、警察官の青い制服が見えた。

彼女はホッとして、そこに向かって走り出そうとした。

刹那《せつな》、背後から誰かが腕を回してきて、羽交《はが》い締《じ》めにされた。

悲鳴を放とうとしたとたん、冷たい掌《てのひら》で口を塞がれた。そのまますさまじい力でズルズルと後ろに引きずられ、狭い路地に引き込まれた。

昼間の熱気をためたアスファルトの上に、仰向けになった彼女は、自分の傍に立つ人影を見上げた。その口元に、小さな笑みが浮かんでいるのが見えた。


翌朝、午前九時。

〈甲府市内女性殺人事件特別捜査本部〉と〝戒名〟が書かれた甲府署大会議室で、菊《きく》島《しま》優《ゆう》刑事部捜査第一課課長の主導による捜査会議が進行中だった。

よく所轄《しょかつ》に捜査本部が立つと、警視庁や県警本部などから〝管理官〟が派遣されてきて事件の統括をするが、山梨県警では基本的に本部の捜査一課長が出張ってきて捜査の陣頭指揮を執《と》る。

菊島警視は去年、警務部監察課から刑事部へ異動となり、県警の女性警察官としては初めての捜査本部長に任命されたのだった。中肉だが肩幅があり、背筋が伸びていて、濃紺のパンツスーツが似合っている。四十を過ぎたようだが、その年齢を感じさせないのは、美貌と、独特の気迫ゆえかもしれない。

会議が進んでいる最中、県警通信指令室から緊急の連絡が飛び込んできた。

――至急、至急！　甲府市宮原《みやばらちょう》町において女性の遺体があるとの一一〇番通報を受理。現場は住宅地を抜けたところにある用水路で、被害者はコンクリ橋の下で半ば水に浸かっている状態で発見された。通報してきたのはジョギング中の初老の男性で、被害者の両目に鋭利な凶器による刺し傷が見られるとのこと。現在、機捜2および4が現場急行中。各班各要員はただちに現場に向かえ。

ざわついた会議室で菊島警視が喧噪《けんそう》を収め、県警と甲府署の捜査員たちを落ち着かせた。舞台女優のように凜《りん》としてよく通る声のおかげで、たちまち会議室が静まり返る。

「臨場してみないとわかりませんが、手口からしておそらく同一犯による犯行と思われます。すみやかに現場に向かってください」

菊島警視の声を合図に、捜査員たちがいっせいに立ち上がり、会議室の出口へ走る。谷口警部は相棒の小田切巡査部長とともに椅子を引いて立ったが、真っ先に駆け出した県警本部の捜査員たちを見送るだけだ。谷口は刑事課長代理という役職とはいえ、所轄の出る幕はないのだから仕方ない。

——谷口さん。

後ろから声がかかって振り向いた。

見れば、スタイルのいい、サマースーツ姿の男性。

永友和之《ながともかずゆき》警部だった。年齢は谷口より五歳下で当然、後輩にあたるが、準キャリアとして県警に引っ張られ、今は立場が逆転している。それでも先輩として敬意を払ってくれるのが永友らしい。

「トモさん、何か？」

谷口は昔なじみの呼び方でいった。

「あの辺に詳しいでしょうから、いっしょに現場を踏んでもらいたいんですが」

「それはいいですが……」

「じゃ、すぐに行きましょう。小田切さんも、車を出してもらえますか」

「わかりました」

小田切が少し緊張した顔で応えた。


「菊島さん、久々にお目にかかりましたが、何だかずいぶん変わられた印象です」

助手席の谷口がいうと、後部座席にいた永友が鼻息を洩らした。

「いろいろとありましたからね」

何やら含んだような永友の口調だった。

「三年前でしたか、結婚されたとうかがっていたので、てっきり名字が変わったかと」

「それが──」

永友が言葉を切ったので、谷口は振り返った。

「式を挙げて間もなく、旦那さんを事故で亡くされたようです」

暗い顔から目を離し、谷口はまた前を向いた。「そうでしたか」

昔の菊島警視は部下に手厳しいという評判の、まさに典型的なキャリア警察官だった。それがまるで人が変わったかのように、穏やかなキャラクターになっていた。もしかすると背景に、彼女のつらい過去が影を落としているのかもしれないと、谷口は思った。

現場に到着して谷口たちは車外に出た。

規制線をまたいで入ると、鑑識課員たちが写真を撮っている中、被害者はコンクリの用水路から引き上げられ、路肩に横たえられていた。永友が近づいてしゃがみ、手袋をはめた手でそっと顔を覆う布を持ち上げる。

少し離れて谷口は小田切とともに見ていたが、若い女性の顔。両目が赤くえぐれているのに気づいて、思わず目を背けた。

「同じ手口ですね。おそらく犯人《ホシ》も同一人物でしょう」

顔をしかめながら永友がいった。

離れた場所で、こちらに背を向けてしゃがみ込んでいる若い刑事の姿もあった。こんな無残な遺体を見れば無理もないと思う。谷口は重い気分に沈みながら、隣にいる小田切にいう。

「若い女性が二度続けて、それも同じ殺され方。それもきわめて悪質というか、猟奇的な犯行だな」

「二度あることは三度……ですかね。もしも連続猟奇殺人となりゃ、いやでも世間を騒がすことになりそうですが」

別の捜査員がやってきて、永友の前に立った。

「被害者《ガイシャ》は中央市《ちゅうおう》西花輪《にしはなわ》在住で、名前は新川今日子《しんかわきょうこ》、二十九歳。甲府市内の信用金庫につとめているそうです。バッグに入っていた社員証から身元が判明しました」

「前のガイシャとの関係は？」

「別班が当たっているところです」

「ありがとう」

永友は礼をいい、谷口たちのところに歩いてきた。

「ガイシャに衣服の乱れがないし、調べないとわかりませんが、どうも今回も性的暴行が目的ではなさそうです。おそらく通り魔、それも異常者によるものでしょうね。だとすれば、こいつはうちの管内最悪の連続殺人事件になる予感です」

「犯行時間はまた夜中ですかね」

「ガイシャの腕時計が壊れて止まってるんですが、おそらく倒れたときの衝撃か、何かにぶつけたためと思われます。かりにそれが犯行時刻だとすれば、殺されたのはゆうべの二時二十五分頃ということになります」

「前の案件もですが、いずれも午前様なんですね」

「バッグの中身からして仕事帰りだったようですが、残業だったにせよ、タクシーに乗らないのも変だ。この辺りで、どこか若い女性が行くような店などはありますか？」

そう訊かれて谷口は考えた。

「どこをどう歩いても住宅地ばかりです。夜中までやってる飲み屋などはありません。だいぶ離れた場所に〈イオンモール〉がありますが、もちろん深夜は営業終了してます」

「だとしたら、知り合いの家かな」

友人、あるいは恋人の家が近くにあるのかもしれない。しかし、真夜中に女性ひとりが歩いて帰宅するのは不自然だし、家が西花輪であれば、距離がありすぎる。

「目撃者はいないんでしょうか」

「ちょうどその時刻、近くの花輪駐在所の警察官が自転車で近くを警ら中でした。ただし、犯行にはまったく気づかなかったようです」

「防犯カメラの類いもなかったわけですね」

「繁華街ならともかく、ここらはさすがに無理でしょう」

「じゃ、我々も周辺の聞き込みをしてみます」

「お願いします。私は別の車で本部に戻ります」

永友に挨拶をし、谷口は小田切とともに歩き出した。

8

「お兄ちゃん。大丈夫?」

そう、声をかけてから真穂は気づいた。

この言葉、昨日から何度目だろう?

サッシ窓を開けっぱなしにした二階の自室で、和志は窓辺に寄りかかるようにして、外を見ていた。気温は三十五度になり、蒸し暑い日だった。エアコンがあるのに、和志は窓を開けて外気を入れている。風がまったく吹かないので、当然、部屋の中も暑かった。

グラスに入れたオレンジジュースを盆に載せて運んできた真穂は、兄のそんな姿を見て、ふと刺すような不安に駆られた。

和志はゆっくりと振り返り、笑みを浮かべた。

「別に、何でもないよ。大丈夫だから」

妹からグラスを受け取り、和志は美味《おい》しそうにジュースを飲んだ。

喉を鳴らして一気飲みすると、グラスの底で氷をカランと鳴らして真穂の盆に戻した。その飲みっぷりにあっけにとられていた真穂は、思わずクスッと笑った。こういうところはいつもの兄だ。

「頭痛とか、体の不調みたいなものはないの？」

「どこも悪くないし、気分も爽快なんだ」

そんな返事のわりには、やはりなんとなく様子が変だと思う。窓辺にもたれて黄昏《たそが》れたように外を見ているなんて、それまでの兄の性格からして、ちょっとなかったことだ。

「ところで……北岳、どうだったの？」

傍らの机に盆を置いて訊いてみた。

和志はかすかに目を泳がせたが、また笑っていった。

「記憶が途切れてるから何だか話しにくいんだけど、いい山だったよ。さすがに日本で二番目に高いだけあって、景色も良かったし」

「会社の人の話では、北岳じゃなく赤石岳に登るはずだったんでしょう？　どうして予定を変更したの？」

「それが、よくわからないんだ。何も憶えてないし……」

兄は力なくそういった。

「実は……来月ね。大学の友達と北岳に登る計画があるの」

真穂がそういったとたん、和志の様子が一変した。

眉根を寄せて険しい表情になっていた。

「……北岳、行くんだ」

「え」

和志は暗い顔で口を引き結び、窓の外に目を戻した。そのまま、遠くをじっと見つめているのである。

「どうしたの」

ところがそれきり、兄は何もいわない。まるで家に戻ってきたときのように、虚ろな表情になっていた。そんな和志を見ていると、ふっと兄の姿が消え入りそうな気がして、真穂はまた不安になった。

「お兄ちゃん……」

いいかけたときだった。

突然、窓の外でゴウッと音がした。

地鳴りだと気づいた直後、部屋の壁がミシッと音を立てた。

アッと思ってそこに目を向けたとたん、立っていた床がユサユサと揺れ始めた。

「じ、地震！」

次の瞬間、縦揺れが突如として横揺れに変わって、部屋全体が大きく揺さぶられた。

天井が、壁がミシミシと鳴り、サッシの窓がガタガタと音を立てる。机が揺れ、そこに載せていた盆がずれていき、ふいに床に落ちた。フローリングの上でグラスが壊れ、氷と破片が散乱した。

真穂は思わず兄の背中にしがみついていた。

「心配しなくてもいいよ、真穂」

和志の声に我に返った。兄は穏やかな表情で妹を見ていた。

「思ったほどたいした地震じゃないよ。すぐにおさまるから」

気がつけば、揺れが終わり、静けさが戻っていた。

天井の真ん中に取り付けた照明器具の紐《ひも》が、振り子のように揺れているばかりだ。

部屋の外にバタバタと騒々しい足音がしたと思うと、乱暴に扉が開き、母の節子が血の気を失った顔で部屋に飛び込んできた。

「凄《すご》い地震だったけど、あなたたち、大丈夫？」

真穂は黙って頷いた。

自分が兄の背中に手をかけたままなのに気づき、そっと離した。

「私は大丈夫だけど」

そういって、兄を見た。

和志は穏やかな顔をしていた。おかげで真穂は少し安堵《あんど》した。

「あら、大変」

節子が床に散らばったグラスの破片を見て、身をかがめて拾おうとした。

「お母さん。手を切ったりするから、私がやるよ」

真穂がガラス片のエッジに気をつけながら、指先でそっとつまんでは盆の上に載せていく。和志も黙って手伝ってくれた。

節子がひとり部屋を出て、やがて箒《ほうき》とチリトリを持って戻ってきた。微小な砕片を掃きながら掃除していると、遠くでサイレンの音が聞こえてきた。

「どこかで火事のようね」と、節子が不安そうにいう。

真穂は顔を上げ、窓外を見た。住宅地の屋根が並ぶ景色の中に、火災の煙らしきものは見えなかった。ちょうど昼時だから、火を使っていた家があったのかもしれない。

「延焼したりしなきゃいいけど」

心配そうにいう節子を見て、和志がいった。

「甲州街道沿いにある和食の店だよ。天ぷら油がひっくり返って火が出たんだ。隣の建物二軒に燃え移ったところで消し止められたってニュースでやってた。だから大丈夫」

真穂は手を止め、思わず和志を見つめた。

「ちょっと。あんた、何いってんの」

節子にいわれ、和志は母の顔を見てから、目をしばたたいた。

ふいにごまかすように笑みを浮かべた。

「ごめん。前にテレビで観たことと混同してた」

そういって頭を掻くと、和志は長い吐息を洩らし、そこに何か意味があるかのように、窓の外を見つめるのだった。

　真穂は母と目を合わせてから、困惑した顔で兄を見つめた。

9

　ギラギラと陽光が降り注ぐ大樺沢沿いの登山道を、救助隊員たちが一列に走っていた。

　先頭は進藤《しんどう》諒大《りょうた》、続いて関真輝雄、星野夏実。しんがりを少しつらそうな顔で横《よこ》森《もり》一平《いっぺい》が続いている。数年前は新人でも横森はすでに古参に近い。が、やはり元機動隊員らしい大柄な体は、いくら鍛えても山を走るには不向きである。

　汗だくであえぎながら走る横森をたびたび振り返りながらも、夏実には同情する余裕もない。一刻も早く現場に到着しなければならないためだ。

　およそ三十分前、御池の警備派出所に連絡が飛び込んできた。

　左俣コースと呼ばれる大樺沢沿いのルートで、地震によって発生した落石に遭遇し、五名の登山者パーティのうちひとりが、頭に直撃を受けたらしい。他のメンバーからの携帯電話による通報であった。

正午過ぎに発生した、長野県松本市を震源とした地震は、南アルプス一帯では震度五を記録していた。長野県内では怪我人が数名、山梨県でも甲斐市で一名が軽傷、甲府市内では火災が発生したとの報《しら》せだった。

ここ北岳では――。

地震発生直後、各山小屋同士の無線連絡で被害は報告されなかった。

しかし、北岳頂稜東斜面、バットレスと呼ばれる大岩壁で、一部、岩塊の崩落があったという、登山者からの目撃報告があった。それでなくともバットレス下部といえば、日頃から落石の多い危険地帯である。過去にはテントでビバークしていたクライマーが、大規模崩落で亡くなった事故もあった。

何か大事がなければいいがと思っていた矢先だった。

現場は一般登山道と、バットレス沢との合流点。そこに〝大岩〟と呼ばれる大きな岩があって、なぜかその付近で事故が多発するといわれていた。

夏実たちが近づいていくと、トレイル上に登山者が十人ぐらい立っているのが見えた。落石事故に遭ったパーティは五名だというから、残りは通りがかりの登山者たちだろう。いずれもザックを背負ったままだから、それとわかった。

いつ、なんどきまた余震が発生し、ふたたび落石が降ってきてもおかしくない。

否応《いやおう》なしに、さらに急ぎ足になる。

「山岳救助隊です！」

先頭の進藤が到着して声をかけた。

全員がすでに振り返っている。

夏実たちも追いつき、現場の様子を見る。

要救助者は彼らのすぐ前、岩と岩の間のゆるい斜面に、仰向けに横たわっている。

痩せた中年男性だった。Tシャツに登山ズボン、ヘルメットはかぶっておらず、額から流血している様子だ。傍に三十リットルぐらいのザックが転がっていた。

「ここは危険ですから、そこから下がって！」

隊員の中でいちばんバテていた横森が、持ち前の大声で登山者たちに声かけをする。再度の落石の危険性があるのみならず、無関係な人たちは救助の邪魔になる。中には興味本位でスマホで撮影したりする、非常識な人間だっている。

要救助者の様子を見ているのは関真輝雄。医師免許を持った隊員だ。意識の有無、出血などの外傷の様子は当然として、顔色や目つき、呼吸の状態などを最初に見てから触診し、脈をさぐる。

とりわけ落石が頭に当たったというパーティ仲間の証言が気になる。意識障害はないようだが、脳へのダメージは考慮しなければならない。こういう現場ではオーバートリアージが必要で、すなわちまず要救助者の最悪の情況を想定し、関の問診や触診による判断で徐々にレベルを下げてゆく。

「指の動きが見えますか？」

男性の前で指を動かしながら、関が訊いている。

一連の問診をしてから、彼がいった。

「この状態では歩かせないほうがいいと思う。星野さん、ヘリ搬送の要請を！」

関にいわれ、夏実は足下に置いたザックのホルダーからトランシーバーを引っ張り出す。

「現場から派出所。星野です」

――こちら派出所、深町です。どうぞ。

「〝現着〟しました。〝要救〟は出血がかなりありますが意識明瞭、ただし、落石が頭を直撃しているため、自力歩行は無理なようです。ヘリ搬送をお願いします」

――派出所、諒解。現在、〈はやて〉がスタンバってますので飛んでもらいます。

深町たちは事故の報告から予察して、市川三郷《いちかわみさと》の県警航空隊にあらかじめ連絡を入れてくれていたのだろう。

「お願いします。現場から、以上」

通信を終えたとき、関がまたいった。

「とにかくこの場所は危険だ。落石のおそれがない場所まで〝要救〟を運ぼう」

進藤がザックを下ろすと、雨蓋を開き、スケッドストレッチャーを取り出した。柔らかくて頑丈な特殊構造になっていて、寝袋のように丸くして小さく収納できる優れものだ。

夏実がアシストして、男性をストレッチャーの上に横たえさせた。全員で手早く各ストラップを装着し、安全を指差し確認する。

夏実たち四人の救助隊員が左右から保持し、要救助者の男性を運び始める。

遠巻きに見ていた他四人のパーティメンバーがいっしょに歩き出した。夏実は要救助者の搬送をしながら、彼らから事故当時の情況をうかがった。

要救助者の男性は川津信也《かわづしんや》という名で、年齢は四十歳。他のメンバーとともに都内の山岳会に所属しているという。事故のときはパーティの最後尾を歩いていたらしく、ふいの地震で足を止めた直後に、バットレスから音を立てて落ちてきたソフトボール大の岩が当たったという。すぐに倒れたのではなく、しばらく頭を押さえて立っていたそうだが、おびただしく血が流れてきたとたん、顔色を失ってその場に座り込んだ。

そんな事情からして、おそらく貧血だろうと夏実は思った。自分の血を見て目が眩むのはよくあることだ。しかし岩の直撃ゆえに脳へのダメージは考えられる。なるべく早く医療機関に運んだほうがいいだろう。

そう思ったときだった。

だしぬけに足下の地面が震えた。

夏実は驚き、他の救助隊員たちと目を合わせた。

「余震だ……でかいぞ」

横森がつぶやいた直後、大地がユサユサと揺れ始めた。

夏実は本能的に振り返り、バットレスを見上げる。標高差六百メートルの大岩壁。その中途のゴツゴツした岩稜《がんりょう》が、かすかに薄茶の煙を洩らしている。

すぐに揺れが収まったが、バットレス中腹の土煙はますます大きくなっていく。

「落石が来ます！」

向き直りながら夏実が叫んだ。

「急げ！」

進藤が声を放ち、ストレッチャーを保持する四人全員が必死に駆け出した。周囲にいたパーティメンバーの登山者たちも、焦った顔でいっしょに走った。

　こういう事態に直面すると、人は本能的に下に向かって逃げようとする。しかし、それは自殺行為だ。だから、落石が落ちてくると想定されるコースから見て右側の斜面を駆け上った。

　突然、口笛のような音が聞こえた。

　夏実が走りながら、その方角に目を向けると、小高くなったところに大きな岩が積み重なっている。その上に人がひとり立っていた。

　さっき鳴らしたのは、指を口に入れて吹く指笛のようだ。しきりにこちらに向かって片手を大きく回して招いている。

　あそこに上がれば、きっと落石をかわせるはず。

「進藤さん！」

　夏実が叫ぶ。進藤が、関と横森が頷く。

「みなさん。あっちへ――！」

　他四人のパーティメンバーに声をかけたとき、バットレス中腹から大きな岩が剝離《はくり》するのが見えた。それはゆっくりと落下を始め、〈Bガリー大滝〉とクライマーたちが呼ぶ岩壁に激突して、派手に砕けた。

　それらは手前にある木立で止まったかと思われた。

しかし次の瞬間、木立がガサガサと揺れた。驚く間もなく、繁《しげ》みを抜けて、いくつかの大きな岩塊が夏実たちに向かって転げ落ちてきた。

「早く！」

小高い場所にある岩に向かって全員で走り出したとき、パーティメンバーの若い女性が悲鳴を放った。見れば、躓《つまず》いたのか、足を滑らせたのか、前のめりに倒れ込んだところだ。

俯せのまま立ち上がれずにいる。

助けにいこうにも、夏実はストレッチャーのバンドから手が離せない。四人で保持しないと不安定になり、仰向けに寝かされている要救助者が投げ出されてしまう怖れがあった。

ゴツゴツという複数の岩がぶつかる音が近づいてきた。

バットレスから転げ落ちてきた数個の岩塊が、まさに目の前に迫ってきた。

夏実は硬直した。

その刹那、彼らの傍をすり抜けるように、ひとりの登山者が大股で走ってきて、倒れた女性をすかさず助け起こした。

白のTシャツ。モスグリーンのショートパンツにトレイルランニングシューズ。

軽量そうなデイパックを背負っている。赤いバンダナを金髪の頭に巻いた顔を見て、夏実は驚いた。

あの男だった。

さっきは遠くて分からなかったが、三日前、二俣で保護した白人——たしかニック・ハロウェイと名乗っていた。指笛で夏実たちを呼んだのは彼だったのだ。

ニックは女性の手を取って自分の肩にかけ、素早く歩き出した。

「Hurry up !」

叫び声とともに、ニックは女性をアシストしながら夏実たちを追い抜かし、さっきの岩の上にいっしょに這い上がった。夏実たちも彼に続き、他のパーティメンバーらも全員がそこに上がった。ニックもストレッチャーを引っ張り上げるのに加勢してくれた。

その直後——

すぐ目の前を、大きな岩が地響きとともに不規則にバウンドしながら駆け抜けていった。

もうもうと土煙が上がり、たちまち視界が塞がれてしまう。

やがてそれが風に流されたとき、独特のきな臭さの中、大樺沢の手前付近にいくつかの岩が積み上がって止まっているのが見えた。いちばん大きなものはバスタブほどもあった。夏実はそれを信じられない思いで凝視していた。

パーティメンバーのひとり、四十ぐらいの男性がその場にへたり込んだ。顔が真っ青だった。他の登山者たちも一様に血の気を失った顔で落石のデブリを見つめている。

夏実は金縛りに遭ったように硬直していたが、ようやく緊張を解き、ホッと息をついた。

「間一髪だったな……」

関が片手で額の汗を拭いながらいった。

夏実たちは保持していたストレッチャーをゆっくりと岩の上に下ろした。

「大丈夫ですか」

要救助者の様子を見ると、男性本人は目を見開いたまま、困惑したような様子で見返している。自分たちに何があったか、よくわかっていないのだろう。

事故現場を見物していた他の登山者たちは、ずいぶん下のほうまで下りていたおかげで、落石の被害を免れたようだ。彼らを早々に追い払っておいて良かったと、夏実は思った。

「危ないところやった。九死に一生ゆう奴や」

妙な関西弁に気づいて夏実が見ると、ニックが岩の上で胡座《あぐら》をかいていた。狼狽《うろた》えた顔をそろえて立ち尽くすパーティメンバーの男女とは対照的に、やけに落ち着いた顔をしているものだから、夏実は思わず笑う。

「あの……ありがとうございます」

礼をいうと、ニックが髭面を歪めて子供のような笑顔になった。

「ええねん。それよりも、ここから早《はよ》う移動せんと次の落石が来るで」

夏実はまたバットレスを見上げる。

「〈はやて〉があと五分で到着する。少し開けた場所まで〝要救〟を運ぼう」

航空隊との連絡を終え、トランシーバーを手にしたまま、進藤がそういった。

夏実は空を見上げてから、他の隊員たちとストレッチャーのスリングを摑んで要救助者を持ち上げた。

「みなさん。移動します。ついてきてください」

ストレッチャーを運ぶ隊員たちのあとを、パーティメンバーの登山者たちが歩き出す。

しんがりを短パンに赤いバンダナのニック・ハロウェイが続いた。

ひとりだけ、妙に楽しそうな様子だった。

要救助者をホイストで吊り上げて収容した県警ヘリ〈はやて〉が高空に飛び去っていくと、爆音が次第に小さくなっていく。

残されたパーティメンバー、四人の男女はとくに大きな怪我もなかったため、先に白根御池小屋に向かって下りるように伝えた。

彼らを見送ってから、夏実たち救助隊員らはすぐに撤収作業にかかった。進藤は御池の警備派出所に報告の連絡を無線で送り、夏実たち他の隊員はストレッチャーをたたみ始める。それを離れた場所からニックが見ていた。

「テキパキと無駄のない働きぶりでんなあ」

顎髭を撫でながらニックがいうので、夏実は思わず肩を持ち上げてまた笑う。

「仕事ですから」

進藤がそういうと、ニックが大きく頷いた。「せやな」

外見にまったく不似合いな関西弁に、今度は救助隊員全員が噴き出してしまう。

「ヨセミテにおったときも、ボランティアで何度か遭難者の救助をしたけど、あんたらのほうがよっぽどプロやな」

すると関が振り向いた。「ヨセミテに行ったことあるんですか?」

「こう見えても、いっときやけど、あそこでパーミット（許可証）を取得して山岳ガイドをやってたんや。エル・キャピタンの〝ノーズ・ルート〟を三時間で登ったこともあるで」

「エル・キャピタンの〝ノーズ〟って、たしか何年か前、平山ユージ氏が二時間半で登った記録がありましたけど、本当だとしたら三時間は凄い」

そう、関がいった。

「ヒラヤマとハンス・フローリンのペアや。二時間三十七分と五秒やったな」

ニックは顎髭を撫でながらいう。「せやけど、それから四年後にオノルドとフローリンゆうクライマーが二時間二十三分四十六秒で登って世界記録更新や」

やけに詳しいので夏実は驚いた。

「エル・キャピタンって、ずいぶん大きな花崗岩《かこうがん》の一枚岩ですよね」

「高さが九百メートルぐらいだそうだ」と、進藤。

「九百メートル……」

つぶやきながら、夏実は背後の岩稜を見上げた。北岳バットレスは六百メートル。それよりもさらに三百メートルも高さがある岩壁を、そんな時間で登れるというのだから驚く。

「でも、そんな実力がありながら、どうしてニックさんはヨセミテのガイドをやめて、日本に来たりしたんですか？」

関に訊かれたとたん、ニックの顔が少し暗くなった。

「いろいろあったがな」

それまでの満面の笑みが消えていた。

夏実はそんなニックの中に奇妙な〝色〟を感じた。それまでに彼に感じたことのない悲しい感覚をともなうものだった。

関も言葉の接ぎ穂を失ったようだ。

それきり夏実たちは会話をやめ、作業に集中した。

10

三人目の被害者が見つかったのは、甲府市内の河川敷だった。

今朝早く、濁川《にごりかわ》の堤防をジョギングしていた中年の夫婦が、走りながら何気なく川に目をやると、前方にかかる橋の下に水色の何かが見えた。当初はそこにゴミが落ちているのだろうと思っていた。

ところが近づくにつれ、それはゴミではなく、水色の服のような何かが汀《みぎわ》の藪《やぶ》に埋もれるように横たわっていた。ふたりは橋の上から見下ろし、それが〝人の形をした何か〟だと気づいた。

「てっきりマネキン人形が捨てられてるんだと思ったんです」

妻のほうが証言した。「きれいな水色のドレスだし、なんてもったいないって……」

甲府署の谷口は堤防の上に立ち、ガードレール越しに事件現場を見下ろしていた。今朝早くから三十度を超す猛暑日で、ワイシャツがすでに汗に濡れ、体に張り付いている。髪の生え際からも止めどなく汗がしたたってくる。襟元のボタンをふたつ外し、しきりとハンカチで額を拭った。

現場一帯の捜索が終了し、警察車輛はあらかた引き上げていた。今は橋のたもとに二台ほど停まっているきりで、そのうち一台は谷口と小田切の乗る灰色のアリオンだった。遺体は検分され、具体的なことが分かるまで捜査会議も開かれない。だから、谷口は現場に残ってあれこれと考え事をしていた。

つい三十分前まで、この現場は大勢の警察官が行き来し、新聞やテレビの取材、さらに大勢の見物人もいて、ごった返していた。それが今、嘘のように静かになっている。

濁川は狭い河川だ。沿道から河川敷に下りるには、かなり急傾斜のコンクリートの壁を伝わねばならず、警察官らは苦労して道路とそこを行き来していた。しかも藪がかなり深く、茅《かや》やススキが生い茂って、遺体はそこに埋もれるように俯せになっていたようだ。

交差点に停めていた警察車輛のほうから、小田切が小走りにやってきた。律儀にネクタイを締めていたはずだが、今はさすがにゆるめていて、それが走る動きに合わせて揺れていた。

昨日の地震のとき、小田切は署の給湯室にいて、棚から落ちてきた湯飲みが顔に当たったという。左の眉毛の上に絆創膏《ばんそうこう》を貼っていた。

「ガイシャの身元が判明しました。木下恭子《きのしたきょうこ》、三十歳。市内の病院に勤務する看護師で、準夜勤の帰りに犯行に遭ったようです」

彼の前で小さな手帳をポケットから出し、小田切がいった。「前のふたりと同じく、鋭利な凶器による両目への刺創が見られ、傷は脳の内部まで到達しているようです。おそらく凶器は鋭利な先端を持った棒状の何か。前の二件と同じものだと思われます。今回も性的暴行等の痕跡は見られず、死因は脳組織、脳幹の損傷と、出血多量によるショック死です。それからガードレール越しに河川敷まで転げ落ちたのか、手足や顔に擦り傷が多数あったようです」

澱《よど》んで流れる川を見下ろしながら、谷口は報告を聞いていた。

最初の犠牲者に続いてふたり目の女性も、身元および犯行に巻き込まれたときの情況が確定していた。付き合っていた男性と夜中に喧嘩《けんか》になり、そのマンションからひとり去った直後、犯罪に遭って命を落としたのだった。

その彼氏という男性に事情聴取もしたが、殺人につながるような動機もなく、打ちひしがれた様子で彼は警察署を去って行った。それから間もなくして、この三つ目の事件が発生したのである。

対岸の川畔《かわばた》に白鷺《しらさぎ》の姿があった。ススキの藪を背にして浅瀬に立ち、じっと流れを見下ろしている。さっきまではいなかったはずだが、よそ見しているうちに舞い降りてきたのだろう。

谷口はその姿を見ながらいった。

「自分で道路から川に落ちたとは考えにくい。やはり投げ落とされたんだろうな」

「今回の事件《ヤマ》が前の二件と違うのは、ガイシャの住所がずいぶん離れた場所だということです」

「この近所に住んでいなかったのか」

小田切は頷いた。「住所は大月《おおつき》市でした。両親と住んでいたそうですが、自宅から甲府の病院に電車で通勤していたようですね」

「もしも自分でこんな場所まで来なかったとすれば、〝マル被〟がここまで運んできたのかもしれんな。だとすれば、別の場所で殺されて、ここで遺体を遺棄された可能性もある」

「鑑識が車輛の痕跡を拾っていると思いますが、それは考えられますね。しかし、〝マル被〟が車を足に使ってるとしたら、捜査範囲をかなり広げなければ」

小田切は谷口の隣でガードレールに尻を当ててもたれた。ギラギラと照りつける太陽を眩しげに見上げた。「それにしても動機が不明です……それとも、ただ殺しだけが目的なんでしょうかね」

「いわゆる快楽殺人だとしたら、ホシにとって動機なんてどうでもいいんだろうさ」

「うちの管内じゃ、シリアルキラーなんて初めてのケースですから、本部もかなり混乱してますよ。ニュースやワイドショーでもかなりの騒がれっぷりですし」

谷口は鼻に皺《しわ》を寄せ、息を洩らした。

対岸にはまだ白鷺の姿があった。

浅瀬に立ち込んだまま、相変わらずじっと流れを見ているようだ。餌を探しているのか、あるいはただ、そこにいるだけなのかは判然としなかった。

11

講義が終わって教室にいた学生たちが、椅子を引いて立ち上がり始めた。さっきまで教壇にいた若い教授が、ＰｏｗｅｒＰｏｉｎｔのスクリーンをオフにし、ホワイトボードの手書きを消し始めている。

水越真穂は欠伸をかみ殺しながら、ノートをたたみ、筆記用具をしまい始めた。

商学部の講義でもとりわけ退屈な会計学の授業だったから、ずっと眠気をこらえながらの九十分だった。周囲の学生はあからさまに机に伏せて寝ている者も何人かいた。ゼミならばおおっぴらに寝るわけにもいかないが、大きな教室ではよくある風景だ。

荷物をまとめて立ち上がったとたん、後ろから名を呼ばれ、振り向いた。

塚本悦子《つかもとえつこ》と松野佐智《まつのさち》が教室の出口近くに立って、小さく手を振っている。他の学生たちがふたりの傍を通って教室を出ていく。ふたりとも講義に遅刻して教室に入ってきたから、後ろの方の席についていたのを思い出した。

真穂は手を振り返し、ふたりのところに行った。

教室がある3号館を出て、三人で横並びにキャンパスを歩いた。夏の日差しが燦々と降り注いでいる中、大勢の学生たちとすれ違う。甲府市の真ん中にあるが、立木や植え込みなどの緑が多いおかげで市街地よりも少し涼しく感じる。

「昨日の地震、びっくりしたね」

悦子がさっきまでの話題を急に変えた。

「そうね。ちょっとパニクった」

真穂が笑う。

「私、ちょうどスイミング・スクールのプールで泳いでたのよ。プールの水が波打って、さすがにビビったわ。悲鳴を上げた子もいたし。佐智は何してた？」

「私、路上教習中だったから気づかなかったの」

眼鏡を掛けた小柄な佐智がそういった。背中に流したストレートのロングヘアが可愛く似合っている。

「赤信号で停まったら、目の前の信号機が揺れてたから、やっとわかった」

「路上教習って、じゃあ仮免に受かったのね」

佐智が少し恥ずかしげに頷く。

少し前から、佐智は自動車学校に通っていた。仮免許の試験に一度落ちているという話だったが、二度目は大丈夫だったらしい。車に乗っているときは、さすがに大地の揺れは感じにくいだろう。

「真穂は？」と、悦子に訊かれた。

「お兄ちゃんの部屋にいたの」

兄とふたりでいるとき、ふいに家が揺れ始めた。オレンジジュースのグラスが落ちて割れ、あわてて飛び込んできた母といっしょに掃除をした。

「お兄さん。たしか大学卒業して東京で働いてるって？」

「今、こっちに帰ってきてるの」

なんと応えていいかわからず、少し迷った。「ちょっとノイローゼ気味」

「まさかブラック企業だったりして」

悦子がいい、佐智と笑い合った。

「そうじゃないけど、少し心の病気かな」

「鬱病《うつびょう》だったら、ちゃんと心療内科とかにかかるようにいったほうがいいよ。外見からわからずに意外に病状が進んでることがあるっていうし。とくにお酒を飲む人は依存症になりやすいそうよ」

「兄はお酒はぜんぜんだから」

「そういえば、たしか地震のとき、真穂の家の近くで大きな火事があったよね。そっちは何もなかったの？」

「うん」

生返事をしてから、思い出した。

甲州街道沿いの天ぷら料理屋からの出火だった。こぼれた油に火が点いて、一気に燃え広がったという。店の左右に並んでいた雑居ビルと不動産会社の支店がある建物に延焼したが、さいわい死傷者は出なかった。

まだ消防車のサイレンが鳴っている最中、兄は「大丈夫」といった。テレビで観たから、と。それがどういうことか、まったくわからなかったが、あとでニュースを観て驚いた。兄が口にしていた情況とまったく同じことが起きていたのだ。

それを悦子たちに話しても仕方ないだろう。いたずらに好奇心をあおるだけだ。

おそらく偶然だろうが、それにしても気味の悪い話だった。

「ね――」

悦子に肩を軽く叩かれ、真穂は気づいた。「え？」

「さっきから何をぼうっとしてんのよ。来月の北岳の話、してたんだけど」

「あ。ごめんね」

とたんに悦子が噴き出した。

「ホント、どうかしてるよ。もう一回いうけど、私たちの北岳行きに青山《あおやま》さんを誘ってみようと思うんだけど」

「いいんじゃない？」

反射的にそういってしまった。青山章人《あきひと》は悦子の彼氏だ。

山梨中央大学医学部を三年前に卒業し、今は甲府駅近くの山梨北総合病院で診療放射線技師をしている。何度かモデルにスカウトされたほどイケメンでスタイルのいい青年だった。悦子とは二年前、山で知り合ったという。

来月の北岳山行は山岳部のイベントではなく、あくまでも悦子たち個人の計画だから、学外の人間が同行しても問題ない。

「真穂のお兄さんも山やるんでしょ？　何ならいっしょにどう？」

悦子にいわれて考えてしまう。

そんな彼女の横顔を見て、悦子が笑った。

「そうだよね。調子が悪くてお家に戻ってるんだから、山になんか登れないよね」

真穂はちらと見てから、誤魔化すように笑う。

北岳に行くといったときの兄の顔を思い出し、ふと不安になった。

「明日、山に持って行くものの買い出しに行かない？　甲府駅前に〈山風《やまかぜ》スポーツ〉っていう大きなアウトドアショップができたから、行ってみたいんだけど」

悦子がいうと佐智が嬉しそうに笑った。

「ちょうどテントを新しく買おうと思ってたんだ」

「真穂は？」

悦子の顔を見て、彼女は頷いた。「とくに欲しいものはないんだけど、私も行くね」

帰宅すると、居間のテレビの前で母の節子が立ちんぼになって、ニュースを観ていた。

ローカル枠らしく、甲府で起こっている連続猟奇殺人事件について報道されていた。レポーターが三つ目の犯行現場である川の傍に立ち、マイクを手にしゃべっている。

「ただいま」

真穂が声をかけると、節子はハッと気づいて振り返った。「あ、お帰り」

妙に真顔な母の顔に気づいた。

「例の事件？」

節子が頷いた。「何だか現場がだんだんうちに近づいてるみたいで、怖くなったの」

「そんなことないよ。ふたつ目の事件はけっこう近かったけど、今度はむしろ遠くなってるじゃない。あまり気にしないほうがいいよ」

「そうかしらねえ」

節子は腕組みをしながら不安な顔である。

ふと思い出したように真穂を見た。「あなたも山に行くんだったら気をつけてよ」

「何いってんのよ。通り魔だか何だかわかんないけど、街中ならともかく南アルプスの山の中で出くわすはずがないよ。お母さん、心配しすぎ」

真穂は笑うが、節子は顔色を曇らせたままだ。

「お兄ちゃんは？」

「二階にいるけど」

真穂は階段を上った。並びの自室に荷物を置くと、隣の兄の部屋のドアを軽くノックした。すぐに「どうぞ」と声がする。ドアを開いて部屋を覗《のぞ》いた。

和志は机に向かって座り、ノートパソコンを開いていた。もともと兄がこちらにいたときに使っていたもので、少し大きなデザインの旧型マシンだった。

その姿がふつうの兄に思えて、真穂は少し安堵した。

和志が画面から目を離し、真穂を見ながらいった。「お帰り」

「ただいま」

　パソコンの液晶画面に山の写真が映っている。

「何を見てるの？」

「ちょっと北岳のことを調べてる」

　まるで近くの公園に散歩に行くような感じで、そんなことをいうので、真穂は驚いた。

「まさか、お兄ちゃん。また北岳に登るつもり？」

「真穂たち、来月の八日から行くんだろう？　天気とかどうかなって思って」

「何をいってるの。八月八日じゃなくて、いちおう四日から二泊ほど予定してるけど、だいいちそんな先の山の天気なんてわかんないでしょ」

「そうか」

　奇妙な兄の言動に、またかすかな不安を覚えた。

　パソコンの画面にはたしかに肩の小屋から見上げた北岳の画像が映っている。しかしそこは天気予報のサイトなどではなく、〈山ＬＯＧ〉という山行記録を会員がアップする専用ページのようだ。

「山行だけど……中止にできない？」

「え」

唐突にそんなことをいわれ、面食らってしまった。というか、悲しくなってしまう。

「どうしてそんなことをいうの。私が北岳に行くのは何かまずいことでも？」

和志は少し暗い表情になり、黙り込んでしまった。

真穂はふと思った。

兄が記憶を失った状態で北岳にいたことと、こうして山行を止めようとしていること。何か関連があるんじゃないだろうか。そんな思いを巡らせているうちに、ふと得体の知れない不安に襲われ、背筋が寒くなった。

翌日はやや曇りがちだったが、いかにも甲府の夏らしい蒸し暑さが街を包んでいた。

真穂はTシャツに短パンの軽装で出かけ、甲府駅行きのバスにひとり乗り込んだ。

途中、道路工事のために道が渋滞し、しばしバスが進まなかったため、少し焦った。

平和通りと呼ばれる駅前のメインストリート。市役所前の停留所で下車すると、すぐ目の前のビルに〈山風スポーツ〉の大きな看板がかかっていた。

横断歩道を渡っていると、ビルの正面入口脇に塚本悦子と松野佐智が立っているのが見え、思わず手を振った。ふたりは笑いながら手を振り返してきた。

「ごめん。バスが工事で進まなかったから遅刻しちゃった」

いいわけをいうと、悦子が笑う。「真穂の遅刻はデフォルトだからね。だけど、来月の山行のときは寝坊したりしないでよ」

「わかってる」

そういって、あらためて正面入口のガラス扉越しに店内を見た。

ザックや登山靴などがズラリと並ぶ広いフロアに、大勢の客がいて、商品を見たり、店員と会話をしたりしている姿があった。

「いつの間にか、こんな大きなショップができてたのね」

「神戸に本社がある新しいチェーン店らしいよ」

佐智がいうので思い出した。

「そういえば登山雑誌の広告で見たことがある。でも、たしか高級ブランドばかり扱ってるっていうイメージだけど？」

「大丈夫。国内の格安メーカーとかも品ぞろえがたくさんあるそうだから」

悦子が笑みを浮かべ、真穂の肩を叩いた。「とにかく入ってみようよ」

自動ドアが開いて店内に入ると、たちまちエアコンの涼しい空気が体を包んでくれ、外のうだるような暑さを瞬時に忘れるほどだった。真穂はホッとしてふたりと微笑《ほほえ》み合い、さっそく商品棚を見て回った。

とくに欲しいものはないと悦子にいってしまったが、実のところ、テント泊での食事のメインとなるドライフード類が著しく不足していたのを思い出した。ザックの軽量化のためには、なるべく生ものの持ち込みはひかえて、ドライフードに頼ることになる。もっとも昨今のドライフードは、昔に比べて格段に味が良くなったといわれる。

テナントビルの一階から三階までが、このショップのフロアになっていて、それぞれ一般のキャンプコーナーから本格登山コーナー、冬場のスキーコーナーまであった。ウェア類、テント、登山靴は二階と壁に案内板があったので、真穂たちはさっそく階段で上がってみた。

佐智はテントの買い直しを考えているということで、さっそくそのコーナーに行った。悦子はレインウェアを新調したいといい、登山ウェアのコーナーに向かう。真穂はどうしようかと迷った末、悦子に付き合うことにした。

売り場の担当係は若い女性店員で、茶髪をポニーテールに結んだ髪型がよく似合っていた。〈村木〉と名札がついたその店員は、各メーカーのレインウェアをいくつか紹介して、長所と短所を的確に教えてくれる。

とくに重要なのが防水性能だが、たたんだときのサイズや重量も考慮しなければならない。今はゴアテックスのような防水透湿素材がメインとなり、その性能も重視されるという。そんな説明をしながら、女性店員はいくつかのメーカー品を推薦した。

「安心できるいいものをお求めのお客様は、パタゴニアさんとか、ザ・ノースフェイスさんとかの海外メーカー品を選ばれるんですが、やはりダントツで人気なのは国内メーカーのモンベルさんですね。もちろんミズノさんとか、ファイントラックさんなんかもよく売れてますよ。いずれも性能的にいって海外ブランドとそう変わらないんです」

そんな説明を聞きながら、真穂と悦子は色とりどりのレインウェアを手にしてみた。

ふと視線を移すと、登山靴コーナーで男性店員と話している小柄な女性の姿が目に飛び込んできた。ジーンズに黄色いTシャツ。ショートボブの髪に見覚えがあると思ったら、やっぱりそうだ。

「星野……さん？」

つぶやいた声が聞こえたのか、彼女が振り向いた。やはり山岳救助隊の星野夏実だった。

向こうもこちらに気づいたらしい。パッと笑顔になり、小さくお辞儀をしてきた。

真穂は嬉しくて、思わず小走りに駆け寄った。

「偶然ですね」

「ええ、ホント」

夏実は登山靴を選んでいた。男性店員がいくつかの種類を出し、それを試し履きしているようだ。ザンバランというメーカーの靴を履き、紐を縛っているところだった。登山靴の場合、靴下を二重履きにするのが基本であるがゆえ、夏実は少し厚めのウールのソックスを重ね履きしている。

「一日、お休みをいただいたんで、山靴を買いに来たんです」

彼女は店員に試し履きした靴の購入を伝えた。レジでクレジットカードを渡して精算を終えた。購入した靴が入った紙袋を受け取り、夏実は少し嬉しそうに振り返る。

真穂が不思議に思った。

「山岳救助隊って装備は支給品じゃないんですか」

「もちろん制服制帽は支給されるんだけど、靴とザックは自前なんです」

「意外だけど、どうして？」

夏実がまた笑う。口の両側に小さな笑窪《えくぼ》ができるのが可愛い。

「隊員がみんなして同じ体型ならともかく、それぞれが違いますよね。とくに足の形はまるで違うし、厳密にいえば左右の大きさだって違います。ザックも人それぞれで、各員の体型に合わせて自分で選ぶんです」

「なるほど」

納得して真穂が頷く。

「ずっと巣鴨《すがも》にあるゴローっていう山靴専門のショップでオーダーメイドした靴を履いてたんですけど、何しろ私たちってハードな使い方をするから、すぐにビブラムソールが減ってしまうんです。張り替えてもらう間の予備靴がどうしても必要だから、買いに来たんですよ」

山岳救助が仕事の夏実なら、靴底のソールの摩耗《まもう》は相当なものだろうと真穂は想像した。

「真穂さんも、どこかの山に？」

彼女は後ろに立っている悦子を振り返った。

「大学の友達と北岳に登る予定なんです。それでちょっと買い出しです。ここ、新しい店だから気になっていたし」

「北岳にいらっしゃるんですね。いつ？」

「八月四日から二泊の計画です」

「二泊、縦走ですか？」

「最初の日は肩の小屋でテント泊して、二日目に頂上を踏んでそのまま間《あい》ノ岳《だけ》まで往復して、その夜は白根御池小屋でテント泊してから下山っていう予定です」

「健脚コースですね。お天気に恵まれて、素敵な山行になればいいですね」

「ありがとうございます」

そういってから、真穂はふと和志のことを思い出した。

「実は、兄のことで折り入ってご相談が……」

声をひそめていったとたん、夏実の笑顔が消えた。「いいけど。お兄さんに、何か？」

そこに買い物を終えた悦子がやってきた。

「どなた？」

「星野夏実さん。南アルプス市で警察官をしていて、山岳救助隊員なの」

真穂が紹介すると、悦子は興味津々な様子で夏実を見ていたが、深刻な真穂の様子に気づいたらしい。

「どうしたの？」

「ごめん。ちょっと星野さんとお話をしなきゃいけないことがあって、先に失礼するね。佐智にもよろしく伝えて」

悦子は途惑いながら真穂を見てから、頷いた。

「じゃ、明日は山行計画の打ち合わせ、遅刻厳禁だよ」

「うん。午後六時から〈エスカール〉で」

真穂は夏実と歩き出しながら悦子に手を振った。


平和通り沿いにある〈ソレイユ〉という喫茶店のテーブルに、真穂は夏実と向かい合って座っている。ふたりともアイスコーヒーを飲んでいた。

店内はほどよくエアコンが効き、ジョージ・ウインストンのピアノ曲が控えめに流れている。客席はほぼ埋まっていたが、運良く窓際のふたり掛けのテーブルが空いたばかりだった。表の往来を車がひっきりなしに行き交っているが、窓が防音のおかげで騒音がほとんどなかった。

和志が家に帰ってからの出来事を、真穂は夏実に話した。

数日前、地震直後の火災をなぜか兄が知っていたことや、真穂の北岳山行に関する奇妙な言動など。最初は夏実に疑われたり、笑われることを覚悟していたが、終始一貫して彼女は真顔で耳を傾けてくれた。

話しているうち、真穂には夏実のことが警察官というよりも、まるで姉のように思えてきた。それだけ気が許せる相手だったのだろう。

「こんな不思議なことって、夏実さんは信じます?」

いつしか彼女のことを、下の名で呼ぶようになっていた。

「そうね。はっきりとはいえないけど、世の中って常識で理解できないことっていっぱいあると思うし、私もちょっとその気があるっていうか……」

まずいことをいってしまったというふうに、夏実はふと口をつぐんで笑った。

「もしかして夏実さんって、霊とか見ちゃうほうなんですか」

「あー、見るというか、山っていっぱい人が亡くなってる場所だからね」

「そうなんですね」

なぜか少し頰を染めている夏実を、真穂は見つめてしまう。

「たしかに和志さんを初めて見つけたとき、ふつうという感じじゃなかったし、ふいに目の前に立ってたような気がして、最初はやっぱりお化けの類いかと思いました」

夏実は窓越しに往来を見つめ、少し間を置いていった。「それにあの、不思議なオーロラみたいな光も……」

「オーロラ?」

夏実は真穂をちらと見てから、少し恥ずかしげに肩を持ち上げた。

「お兄さんを発見する少し前なんだけど、オーロラによく似た不思議な光が空に輝いてたんです。すぐに消えてしまったんだけど」

「そんなお話、初めて聞きました」

夏実がもうしわけなさそうに苦笑した。「ごめんなさい。公務だったし、私情を挟むというか、何しろ変な話だし、あのときはちょっと口に出せなかったんです」

「それで、夏実さんは何だと思います、その光？」

「わかんないです。何しろ、救助をやった直後で疲れていたし、自分の錯覚だったんじゃないかなと思ってます。だからこれ、あんまり気にしないでください」

ごまかすように笑い、夏実はいった。「それでお兄さんはどんな感じなんですか」

真穂は下を見て、少し言葉を選んだ。

「元気がないことはたしかです」

「何か精神的なトラブルを抱えてらっしゃるとか」

「声をかけるといつもの兄なんです。だけど、何気なく見ると、やっぱり違和感があるんです。ちょっと存在感が薄いっていうか、体全体が色褪せてるような感じ」

夏実が驚いて真穂を見つめた。

「〝色〟……」

「今にも消えてなくなりそうな気がして、だから朝になるたび、兄の部屋を覗いて本人がいるとホッとするんです」

真穂はかすかに眉根を寄せた。「変ですよね。こんな話」

「ううん。変じゃないです。でも、わかります。あなたの気持ち」

「もともとあのとき、兄は北岳じゃなくて、赤石岳に登る予定だったそうなんです。なぜか、それが急に行き先を変更したみたい」

「赤石岳……。南アルプスの南部で、静岡県にある山ですね。諸事情で登山の予定変更はよくあることだけど、それがどうして北岳になったのかな」

真穂は首をかしげた。「お兄ちゃんに訊いたけど、何しろ記憶がなくなってたっていうし、理由はわかんないです」

「ですよね」

「でも、私が来月、北岳に行くことを止めたがってるみたい」

夏実が驚いた。「そうなんですか」

真穂は兄のそぶりを思い出しながらいった。「はっきりとは口にしないんです。きっとそれがどういうことなのか、兄自身にもわかっていないんだと思います」

「困りましたね。そんな理由で北岳登山をやめるわけにはいかないでしょうし」

「はい」

「とにかく北岳には私たちが常駐していますから、何かあれば力になれると思います」

「ありがとうございます。心強いです」

真穂はそういい、氷が溶けかかっていたアイスコーヒーのストローに口を付けた。

胸のうちを夏実に打ち明けて、少しは心が軽くなった気がした。

しかしそれでもなお、なんとなく得体の知れない不安が胸の奥に渦巻いている。

12

――谷口警部、あとでこちらへ。

〈甲府市内女性連続殺人事件特別捜査本部〉と〝戒名〟が書き換えられた捜査会議のあとで、菊島優警視にマイクで呼ばれ、谷口は驚いた。

別の誰かのことかと一瞬、思った。しかし県警と甲府署の関係者で谷口という名の捜査員は自分ひとりしかいないし、マイクに顔を寄せた菊島警視は、あまたいる捜査員の中ではっきりと自分に視線を向けていた。

会議が終わっていっせいに立ち上がり、ぞろぞろと会議室を出て行く刑事たちの中、谷口は仕方なく椅子を引いて立ち上がり、菊島のところに行った。

長い黒髪を後ろで縛った菊島は、体にフィットした濃紺のパンツスーツ姿で姿勢良く直立しながら、谷口と対面した。

「私に何か……」

やや緊張した声で、谷口が声をかけた。

菊島は端然とした表情で彼を見て、こういった。

「ちょっとそこまでお付き合いください」

だしぬけに踵《きびす》を返し、歩き出す。

谷口は仕方なくそのあとを追いかけた。

大会議室を出て通路を歩き、角を曲がる。突き当たりの窓辺に永友和之警部が立っていて驚いた。すでに示し合わせていたかのように、菊島は彼の隣に立った。

「会議で話したとおり、近日中に四件目の事件が発生することが考えられます。そこで折り入って相談があるんですが、永友警部をリーダーとして所轄の刑事課員に別動班を作っていただきたいのです」

「別動班ですか」

「〈遊撃班〉というべきかもしれませんが、地の利を得たあなたがた所轄ならではのフットワークを生かして専門チームを作り、我々県警や特捜本部の縛りのない自由な捜査で、次の新たな犯行を未然に防いでいただきたいんです」

「しかし……」

さすがに狼狽えながら、谷口は訊いた。「そんな重要なことは、捜査会議で決めるべきではありませんか」

当然のことである。たとえ県警本部の捜査一課長といえど、特捜本部そっちのけの独断でそんなことを決めていいはずがない。ことが明らかになれば、周囲からの反発は目に見えている。

「分かっています。しかし、この事案はあまりにも常軌を逸している。県警始まって以来の大きな事件で社会的な影響力も大きい。そんな状況下で、型にはまった動きしかできない私たちの従来の捜査では、やはり解決が困難だと思います。だから、こちらも少々ルールを破ったやり方で対処しないといけないと思うんです」

谷口は少したじろいだ。あくまでも菊島の目は本気だった。

「永友さんも同意というわけですね」

菊島に肩を並べて立ち、彼は頷いた。「というか、私の発案なんです」

そんな言葉に谷口がまた驚く。

「で、どうすれば？」

「アメリカで犯罪心理学をかじっていた友人がいて、東京からこちらに来てもらってます。作家というかフリーライターなんですが、特異な殺人事件を扱ったりプロファイリングの専門家です。まず、彼と会って情報交換をしてくれませんか」

そういって彼女は紙片をそっと差し出した。

ふたつ折りになったものを広げると、ボールペンらしき手書きで猪谷《いがや》康成《やすなり》とあり、傍らにホテルの名と、本人のものらしい携帯の電話番号が記されていた。肩書きも何もない。

「ちょっと変わった人物ですが、そっちの分野の第一人者です。よければ永友警部といっしょに面会してみてください。私からの紹介といえば通じます」

「わかりました。あとのメンバーは？」

「人選はあなたがたにお任せします。が、くれぐれもこの一件は内密に」

谷口は黙って頷いた。

目の前に立つ永友を見てから、かすかに眉間に皺を刻んだ。

複雑な心境だった。

「〈遊撃班〉のメンバー編成に関しては、小田切くんに一任しておきました」

灼熱《しゃくねつ》のような日差しの下、甲府駅前の平和通りを歩きながら、谷口伍郎がいった。

「あいつは課内でも人望があるから、それなりの要員が集まると思います」

「助かります」

並んで歩く永友和之が頷いた。

「しかし……この件。正直、面食らいました」

小さく吐息を投げ、谷口がそういった。「トモさんはどう思われます？」

「いかにも菊島さんらしい、変則的なラフプレーですね」

「変則的なラフプレー、たしかにそうですね」

「ご存じのように、あの人はもともと警務部監察課のほうでバリバリにやってこられたキャリアです。その前は生活安全部に在籍されていて、地域特別指導官として各所轄を回り、監督指導する仕事をされていたようです。時代劇でいう幕府の巡検使、あるいは八州廻りなどと揶揄《やゆ》されていたそうですが」

谷口は思わず笑った。「それはいい得て妙だ」

「昔はもっと堅物でルールに厳格、それどころか鬼のように恐ろしい人だといわれてた」

「その話、少し耳にしたことがあります。でも、今は角が取れたというか、だいぶ変わられたような印象です。結婚された直後に旦那さんを事故で亡くされたとうかがいましたが、その辺が原因ですかね」

「あの人が変わったのは北岳のおかげだと思います」

唐突な言葉に谷口は面食らう。「南アルプスの、北岳ですか」

永友が目を細めて頷いた。

「少し前にあそこの山小屋でテロ事件がありましたよね。あのとき、たまたま菊島さん、指導官として南アルプス署に出向かれてたんです。まさにあの白根御池の警備派出所に行かれていた折、あの重大事案が発生しました」

「そうだったんですか」

「〝独立愚連隊〟などといわれた山岳救助隊の面々ですからね。菊島さんとはまさに水と油のような関係だったと思いますが、けっきょく、連中に感化されたということなんでしょうね」

谷口は一度だけ、永友とともに南アルプス署に出向したことがある。

テロ事件のあとの別事案だったが、宝石店強盗事件の被疑者を追跡するため、永友とふたりして雪の北岳に入った。たまたま谷口に登山経験があったがゆえの選抜だが、はからずも高山病にかかって周囲に迷惑をかけてしまった。

山岳救助隊の隊員たちのことを思い出したとたん、懐かしさのようなものが胸中にあふれてきた。

「今でも、ふとしたことで彼らの顔が浮かぶことがあります」

「やけに個性的で人間臭い連中でした。何しろ、身の危険を顧みずに人の命を救う仕事ですからね。あれこそまさに警察官の本分といえるかもしれません」

ふたりは甲府駅近くの〈城南ホテル〉というビジネスホテルの前にやってきた。十階建てのビルを見上げ、自動ドアを開いて入った。

エアコンで空調されたロビーのひんやりとした空気に、谷口はホッとし、ズボンのポケットから出したハンカチで額の汗を拭った。フロント受付の女性に永友が警察手帳を提示すると、話が伝わっていたようで、すぐに五階の部屋を告げられた。

エレベーターで五階フロアに昇り、部屋のドアをノックした。反応がないので、もう一度ノックしようとしたとたん、解錠される音がして、ドアが開いた。

そこに立っていた人物を見て、谷口は驚いた。

黒髪をチリチリにパーマをかけ、丸眼鏡《まるめがね》の黒いサングラス。口の周りにうっすらと髭を生やし、派手な色柄のアロハシャツにダブダブのズボン。足下は素足で部屋のサンダルをつっかけている。ひと昔前のヒッピースタイルのような中年男だった。

電話の声は落ち着いた感じだったため、すっかり意表を突かれてしまった。

「どうぞ」

無愛想にいい、ふたりを部屋に招くや、男はさっさと窓に近いテーブルに置いたノートパソコンの前で足を組んで座る。液晶画面にはテキストの文字がビッシリと並び、カーソルが点滅している。

「山梨県警の永友です。こちらは甲府署の谷口といいます」

ふたりして名刺を差し出すと、男は面倒くさそうに傍らのポーチから名刺入れを取り出した。それを二枚ほど出してくる。

受け取って見ると、こうあった。

著述業

カーニバル広瀬《ひろせ》

永友があっけにとられた顔でこういった。

「カーニバル広瀬って……あの『怪物たちの時代』の？」

彼は渋面を向けてきて頷いた。

ふだん本を読まない谷口も、そのタイトルは知っている。たしか二、三年前だったか、内外の猟奇殺人を扱った問題作としてベストセラーになったノンフィクションで、徹底したリアリズムを売り文句にした露骨な描写のおかげで、世間では賛否両論が騒がれた作品だった。

「俺のペンネームだよ。猪谷康成なんて本名じゃ、本が売れないなんていわれてね。ま、おかげで名前ばかりが先走りした感があるけど」

そういって猪谷は片膝に乗せた足で貧乏揺すりした。

「菊島さんとはどういう……」

谷口は思わずそう訊いた。

「大学以来の付き合いだ。あいつとは法学部の同期でな。犯罪心理学のゼミでいっしょだった。卒業して菊島は山梨県警に入って出世街道一直線。こっちはしばらくプー太郎でね。二十年もライター稼業をやってるうちに、やっと名が売れてきた」

猪谷は大げさに顔を歪めて笑った。「しかし、久しぶりに会ってびっくらこいたよ。

大学時代からとびきりの美女だったが、いつの間にか色気の塊みたいないい熟女になりやがって。こちとら多忙の身だったが、あんなのに頼まれちゃ断るに断れないだろ？」

谷口は何といっていいか途惑い、永友とふたりして口を閉ざすばかりだ。

猪谷はまた少し貧乏揺すりをし、こういった。

「今回の事件だが、ざっと資料に目を通しておいた。何を訊きたい？」

「まず、猪谷さんが考えてらっしゃる犯人像です。もし、具体的に何かあれば、ですが」

彼は腕組みをした。丸形のサングラスのおかげで目が見えなかったが、谷口たちのほうをじっと見ているのがわかった。

「推定される犯人は、甲府市内在住の、二十代から三十前半の男性……」

「ちょっと待ってください」

唐突に話し始めたので、谷口があわててICレコーダーを取り出し、スイッチを押した。「どうぞ、続けて」

「高学歴で、比較的裕福な家の人間。痩せ型か中肉タイプ。車は白か灰色の普通車、おそらくプリウスのようなハイブリッド車だろう。定職は持たず、フリーかあるいは失業中」

あまりに具体的な言及に谷口は驚いた。

「どうしてそこまで？」

「簡単な推理だよ、ワトソンくん」

猪谷は大げさに笑みを作った。

無精髭の生えた口元を撫でながら、彼はいった。

「——三つの殺人に共通していること。まずは若い女性が被害者であるにもかかわらず、性的暴行がないことだ。しかも犯行時間が真夜中で、人目に触れない現場である。死因はいずれも鋭利な凶器による両目の貫通。争った形跡がなく、すみやかに犯行が行われたと思われる。通り魔のような衝動的な殺人ではなく、被害者の日常を監視して計画的な犯行に及んだ可能性が高い。あるいは顔見知りか、被害者が安堵するようなタイプの人物だろうな」

谷口はICレコーダーで録音しながら、猪谷の言葉に聞き入った。

「市内在住で、二十代から三十代前半の男性といわれましたが」

猪谷はサングラス越しに永友を見た。

「遠方からわざわざ出張してきて、連続殺人を起こす可能性がないこと。警察の目を逸らす誘導だとしても、そこまで計画性のある連続的な犯行は考えにくい。性的暴行が目的じゃないのは、今どきの若者はセックスに関しては淡泊だから、別の快楽のために猟奇殺人をしていると思われる。犯人の年齢を特定したのは、やはり犯行時間と関係がある。公共交通機関がない場所での犯行もあるから、当然、自分の車か、それに相当する移動手段を持っているだろうし、車は目立たない色をしているはずだし、排気音が静かなハイブリッド車である可能性が高い。となると、だ。やはりある程度の収入あるいは蓄えがある人間だろうし、それにしては深夜の犯行ができることから、毎朝通勤するような職には就いていないということだよ」

「高学歴といわれましたが？」

「児童虐待だとか衝動殺人のような即物的事件の犯人はともかくとして、何かに執着するフェティシズムを動機とするシリアルキラー的犯罪に関していえば、やはり高学歴でＩＱが高く、しかもハイソな家庭の犯人が多いんだ。社会に大きく影響を与えたテロ事件の犯人もそうだ。オウム真理教であの一連の犯行に及んだ奴らを見ればわかるだろう？　外国でもＩＳ（イスラム国）が犯行声明を出した〈スリランカ連続爆破テロ事件〉の犯人グループも富裕層の出で、高学歴の人間が多かった。つまり親が立派で家が裕福。何らの苦労もなしにチヤホヤと甘やかされて育った者が、その反動みたいに反社会的な思想に走ったり、異常習癖を得てしまうケースは日本だけじゃなく、外国でも顕著に見られたんだ」

谷口は彼の言葉を聞きながら、なるほどと思った。

「注目すべきは、三人の女性の死因だな」

「目の刺創ですね」と、永友がいう。

「そうだ。眼球から脳の深部に及ぶ穿通性《せんつうせい》外傷。おそらく凶器はバーベキューの串みたいに長く、鋭利な金属だろうね。いずれもかなり深い脳損傷だから、一度、突き刺せばそれで被害者は死ぬはずだ。それをあえて両目で二度、行っているのは、犯人の異常性を物語っている。というか、どうやら〝目〟に対する何らかの執着心があるようだな」

「執着心……」谷口がつぶやいた。

「そう。目に対するトラウマ、あるいは恐怖心」

猪谷はつぶやくようにいい、ゆっくりとサングラスを外した。

ヒビ割れたような切れ長の目だった。その片目を自分で指差し、ゆっくりと指先を近づけていった。猪谷は片眉を上げ、その目を大きく開く。

谷口は思わず息を呑んだ。

「というわけで、今日はここまで」

そういって猪谷は笑い、組んだ足を激しく貧乏揺すりさせた。

「しばらくこのホテルに滞在するから、また何か訊きたいことがあったらどうぞ」

サングラスをかけると、自分のパソコンに向かってマウス操作をし、キイボードを叩き始めた。谷口はあっけにとられてその様子を見ていたが、ふと、黙って永友と目を合わせてしまった。

13

午後二時を回って、さっきまでバットレスのすぐ真上にかかっていたはずの太陽が、少しばかり西に傾いていた。

草すべりの急登に刻まれたジグザグコースを、夏実は救助犬メイといっしょに下りてきた。いつものパトロールからの帰りである。

白根御池の畔にハコ長こと江草隊長が立っていた。

夏実は手を振って、彼のところに歩み寄った。

「定時パトロール終了しました」

江草が微笑みながら腰をかがめ、メイの頭を撫でた。ボーダー・コリーが尻尾《しっぽ》を振る。

「ご苦労様でした」

「盗難案件は？」と、夏実が訊いた。

「今日は報告なしです。今のところ、ですが」

池の周囲にある幕営指定地には、いくつかのテントが残されていた。

ほとんどの幕営の登山者たちは早朝にテントをたたみ、荷物に入れて草すべりを登り、あるいは二俣経由で北岳の頂上を目指して出発していた。

デポ（残置）されたテントが少ないのは、登山中の盗難が多くなったせいだ。

北岳のあちこちの山小屋に併設されたテント場でも事件があった。

それも今シーズンだけで四回。いずれも、被害額が数万円かそれ以上。中には十万円以上のテントが、貴重品やそのほかの物品――メーカー品のレインウェアやザックとともに消えた。夜中、テントの外に置いていた登山靴が盗まれたことすらある。

同様の盗難案件はここ北岳のみならず、各地の山で増えていた。犯人はそれをしれっとネットオークションに出品したりするそうだ。発覚して逮捕されるケースも多いが、未解決のままの盗難事件も少なくない。

そんな昨今の事情に、夏実は心を痛めてしまう。

「昔は、山をやる人に悪人はいないなんていわれた時代もあったんですがねえ」

白髪の交じった顎髭を撫でながら、江草が寂しげにつぶやく。「世の中、便利になったぶん、人の心がだんだんとすさんでくるようで、なんとも悲しいですな」

夏実は応えることもできず、黙って御池のテント場を見つめた。

白根御池小屋でも一度、外トイレにある寄付金箱がこじ開けられ、中の硬貨がごっそりと持ち去られてしまったことがあった。トイレットペーパーが勝手に持って行かれるのは日常茶飯事で、そのため管理人の松戸は予備のペーパーを置かないことにしたらしい。

どうしてこんな山に来てまで、他人のものを盗むようなことをするのか。夏実にはまったく理解できない。

ふと、下界を騒がしている事件を思い出し、口にした。

「そういえば甲府でも怖い事件が続いてますね」

江草は眉をひそめた。「今朝から県警本部で署長会議があって、うちの署長も出張っていたようです。何にせよ、早く解決することを祈るばかりですね」

先日、甲府のアウトドアショップで再会した水越真穂のことが思い浮かんだ。

少し心配になったが、いくら同じ市内の事件だからといって、彼女がそれに巻き込まれるなんてことは、確率的にまずないだろう。それに真夜中にひとりで出かけるような娘でもないようだし。

そんなことを考えて、不安をそっと押し込めた。

警備派出所に戻ると、奥にある犬舎とドッグランのほうから大きな声がしていた。静奈がいつものように空手の型を稽古しているのかと思ったが、違ったようだ。男の派手な笑い声が聞こえて驚いた。

派出所の前で江草と別れ、メイを連れて行ってみると、柵で囲われたドッグランの中に静奈と救助犬バロンにくわえ、大柄なTシャツに短パン姿の男がいる。くしゃくしゃのブロンドヘアに赤いバンダナを巻いた顔を見て、すぐにわかった。

ニック・ハロウェイだった。

大型犬であるジャーマン・シェパードのバロンとニックが、ドッグランの中で走り回っていた。バロンが追いつく寸前、大柄な体に似合わぬ素早い身のこなしで躱《かわ》し、すかさず反対方向に走る。バロンがまた追いかける。ニックはそれを手玉に取るように、サッと巨軀をひるがえし、またあらぬほうへと逃げる。

バロンもニックとの遊びに夢中のようで、目を輝かせながら長い舌を出し、四肢《しし》を躍動させて走り回っていた。

夏実とメイは、静奈の傍に行った。

「あれって……？」

「犬の声がするから驚いて派出所から出てきたら、勝手に犬舎からバロンを引き出してたのよ。叱りつけようとしたら、この有様。もう怒るに怒れなくて、さっきから呆れて見てるだけ」

夏実は肩を持ち上げて笑った。

「何だか静奈さんまで手玉に取られてるみたいです」

「そう？」

腕組みをし、柵に背をあずけている静奈は、まんざら不機嫌でもなさそうだ。

「それにしても何なの、彼？」

「いやぁ、何っていわれても……」

答えに窮《きゅう》した夏実だが、この白人の登山者が静奈にぞっこんであることは明らかで、それを口にするのもさすがにはばかられた。

――Good boy！

素《す》っ頓狂《とんきょう》な声でいいながら、ニックがバロンを捕まえ、いっしょにその場に倒れ込んだ。バロンは嬉しそうに尻尾を激しく振りながらニックにのしかかり、顔をなめ回した。まるで十年来の友のような、お互いのスキンシップだった。

夏実の足下で停座していたメイまでもが、それを見て興奮したのか、激しく尻尾を振っている。

――セイナ！ Come on！

バロンとじゃれ合いながら、ニックが手招きした。

静奈は腕組みのまま、眉を寄せて溜息をつく。

「バッカじゃないの」と、つぶやいた。

「でも、あんなにバロンが打ち解けてる人って、もしかして初めて見たかも」

夏実をちらと見て、静奈が肩をすぼめた。

「ところで、どうして彼はいつも北岳にいるんですか。山小屋に泊まってるとしたらお金がかかるし、テント泊だって……」

「白根御池小屋のスタッフになっちゃったらしいの」

夏実が静奈の横顔を見つめた。「えー、マジですか？」

静奈が弱った顔で頷いた。

「松戸くんがすっかり彼のことを気に入っちゃって、その場で採用決定」

「いいんですか、そんなことで」

「それは松戸くんに訊いてよ」

静奈はニコリともせずにいう。「今朝から見かけないと思ったら、さっそく五百ミリリットルの缶ビールを四箱、麓から歩荷《ぼっか》してきたって」

「あれって、ひと箱で十二キロぐらいありますよね。四箱で四十八キロ！」

「それも二往復。合計で八箱。休憩なしだったそうよ」

ニックが大柄な体に背負子《しょいこ》を担ぎ、そこにビールの紙箱四つを小さなビルディングのように積んで、森の中の急登を登ってくる姿を想像してしまった。あっけにとられた夏実は、バロンとじゃれ合うニックをまた見つめた。

メイが嬉しげに吼えた。パタパタと尻尾で地面を叩いている。

14

けっきょく山行計画の打ち合わせと称した飲み会となってしまった。

午後六時に旧岡島百貨店跡地近くのバル〈エスカール〉に集合したのは、真穂を入れて四人。悦子と佐智にくわえ、悦子の彼氏である青山章人。山梨北総合病院の診療放射線技師すなわちレントゲン技師が仕事だという。真穂が会ったのは初めてだったが、テニスシャツにジーンズといったラフな着こなしが似合う噂《うわさ》通りのイケメンで、ドクターというよりも韓流スターのような雰囲気でスタイル抜群の好青年だった。

悦子も鼻筋の通った美女だから、似合いのカップルといえる。

生ビールで乾杯して、ワインに日本酒と酒が進むうち、章人はすっかり真穂たちとも打ち解けて、冗談を交えた雑談を交わしながら、山の話に花が咲いた。

章人は高校時代から登山が趣味で、大学では登山部。もちろん今でも現役であちこちの山に登り、悦子とは中央アルプスの宝剣岳《ほうけんだけ》で知り合ったそうだ。

以来、ふたりであちこちの山に登っているという。

メンバーのほとんどが北岳は初めてだったが、佐智だけが二年前の秋、単独で登っている。

「そういえば佐智って、よくソロで登山してるよね」

少し赤ら顔になりながら悦子がいう。

佐智はほとんど酒が飲めないので、ノンアルコールビールやソフトドリンクだった。

「うん。やっぱり独りが気楽だから」

佐智が少しはにかんで答える。肩をすぼめる仕種《しぐさ》が可愛かった。

そういえば、以前は薄化粧でファッションも地味だった彼女だが、最近は少し色っぽくなってきた感じがする。

「去年はたしか、甲斐駒《こま》ヶ岳《たけ》にも登ったんだよね。女子独りって怖くないの？」

「慣れたら平気。車を買ったら、もっとあちこち行こうと思ってる」

「あ。運転免許取れたんだ」

佐智が目を細めて笑った。「うん。何とか合格したよ」

ふたりの会話を聞きながら、真穂は考えた。

最近は若い女性の単独行がけっこう流行《はや》っていて、ＹｏｕＴｕｂｅなどでも動画が観られる。ほとんどがテント泊で、かなり本格的な重装備で登っている。もっとも真穂たちだって、パーティ登山をするが、今の時代は大きなテントに複数が寝ることはあまりせず、各人がそれぞれのソロテントを設営するのが主流となっている。

それがゆえ、パーティ登山とはいえ、全員のザックにはそれぞれのテントやシュラフなどが収まっていて、おかげでかなりの重さになっているのである。真穂も山に登るときは十五キロ以上を担いで登ることがめずらしくない。そのつらさがあるからこそ、頂上を踏んだときの達成感と爽快感がやみつきになるのだと真穂は思う。

みんなで盛り上がるうちに、いつしか映画や音楽の話になり、ＹｏｕＴｕｂｅやＳＮＳのことになったり、芸能人のスキャンダルに飛んだり。章人はめまぐるしく変わる話題にちゃんとついてきて、ときどき小粋なジョークを飛ばして真穂たちを笑わせてくれる。けっして気取りを見せずにあくまでもナチュラル。そんなところが真穂には好印象で、悦子がうらやましくなったぐらいだ。

二時間、三時間と飲みながら話しているうち、真穂はすっかり酔いが回っていた。

カラオケに行こうといいだしたのは悦子だ。

すでに時刻は午後十一時を回っていた。門限を過ぎたからとひとり付き合いを断った佐智と別れ、真穂たち三人は、悦子が行きつけのカラオケボックス店に向かうことにした。駅前から少々離れているが、学割が効いて安く、ドリンクも安価だという。

そのカラオケボックスで三人、マイクを握りながら、午前二時の閉店まで歌った。

閉店のアナウンスで渋々、歌を中断し、お開きとなった。

支払いは章人が持ってくれ、真穂は礼をいって三人で店を出た。店員にタクシー二台を呼んでもらっていた。しばらくして、まず一台が到着した。

「私はあとのほうで帰るから、ふたりとも先にどうぞ」

真穂はタクシーに乗り込む悦子と章人に手を振った。

彼らが去って行き、しばし待ったが、二台目のタクシーが来る様子がない。不安になってカラオケボックスの店員が一台しか呼んでくれなかったのかと思い、店に引き返そうとしたが、すでに扉はロックされ、店内は非常電源の明かりが青く灯っているだけだった。

真穂は酔いに火照《ほて》った顔で、溜息を投げた。

さらに十五分近く待って、諦《あきら》めた。

大通りに向かって歩けば、流しのタクシーが捕まるかもしれない。そう思いながら、ひとり夜道を歩き出す。

昼間の熱気が残っていて、アスファルト舗装の道路は蒸し暑かった。

あちこちに街灯が灯っているが、人けがまるでなく、車も通りかからない。店舗はあったが、いずれもシャッターが下りているか、明かりが消えている。コンビニもなかった。たまに路肩に立つ飲料の自動販売機が、青白い光を路上に投げている。

真穂は肩掛けしていたバッグから、スマートフォンを取り出した。液晶画面にマップを表示させ、自分のいる場所を確認しながら、大通りを目指して急ぎ足になる。

いつの間にかすっかり酔いが抜けて、不安が脳裡を占めていた。いくら楽しかったとはいえ、こんな時間まで引っ張ってしまったことを後悔した。

午後十時頃に母の節子に電話を入れ、遅くならないように帰るといったが、今頃、兄とふたりして心配しているかもしれない。とはいえ、こんな時間に家に電話をするのもはばかられた。

兄の携帯にかけたかったが、北岳から彼が戻ってきたとき、なぜかスマホを持っていなかった。おそらく東京のマンションに置いたままなのではないかと暢気《のんき》にいっていた。

とにかくタクシーに乗れば大丈夫。そう思いながら、足早に歩き続けた。

いやでも連続猟奇殺人事件のことを考えてしまう。

あえてそれを意識から押し出すようにして、もうすぐ登る北岳のことを考えた。そうしているうち、夏実の顔が思い浮かんだ。山岳救助隊というが、小柄で、少女のような顔をした娘だった。

兄を山で発見し、家に連れ帰ってきた恩人だが、真穂は夏実のことが好きだった。まるで昔からの仲良しのように、彼女に親近感を覚えていた。そんなことを考えているうち、次第に心を占める不安が薄らいでいった。

ようやく大通りに出た。

スマホのマップによると〈伊勢通り〉とある。繁華街ではないが、県道らしく、たまに車の往来がある。しかしトラックや工事の車輌ばかりで、タクシーは通りかからない。

真穂は足を止めた。

どこかで声を聞いたような気がしたのだ。

それも悲鳴のような――。

一気に恐怖がこみ上げてきて、真穂は肩をすくめて周囲を見回した。

立ち昇る熱気に揺らぐようなアスファルトの往来。左右はシャッターを下ろした店舗に駐車場。ブロック塀。少し先にある交差点の信号が赤く点滅している。

気のせいだと思って、また歩き出そうとした。

今度ははっきりと聞こえた。間違いなく悲鳴だった。女性の声だ。

意外に近いような気がし、真穂はそろりと歩いた。点滅中の赤信号の下、十字路にさしかかったところで、ふいに右を向いた。

やや狭い路地、四角い郵便ポストの向こうの路肩に、二台ばかり車が駐車している。一台は軽トラックで、もう一台は黒っぽい普通車のようだ。いずれも無人らしい。反対側は明かりの消えた二階建ての白い家がある。その前に〈売り物件〉と書かれた大きな幟《のぼり》が立てられていた。

その傍に人影があった。

真穂はドキリとした。緊張に体がこわばり、金縛りに遭ったように動けなくなった。

人影はふたつ。ひとつは直立していたが、もうひとつは路上にあった。その人物の足下に横たわっているようだ。

酔っ払って寝込んだ人間を介抱しているのかと思った。

しかし、そうではない。横たわった人影は薄手のドレス姿でパンプスを履いた女性のようだ。が、ピクリとも動かない。

じっと見ているうち、直立した人影はゆっくりと真穂のほうに向き直った。その右手に、何か細い棒のようなものが握られているのに気づいた。

人影がゆっくりと歩き出した。

真穂に向かってくる。

逃げようと思った。しかし体が動かない。恐怖に硬直したままだった。

悲鳴を放とうとしたが、喉がつぶれたように声が出ない。

さらに人影が近づいてきた。背後の街灯のおかげで、真っ黒な影法師のように見える。それがカツカツと足音を立ててやってくる。右手に握られた細い棒。

ようやく足が少し動いた。

ゆっくりと後退った。そのまま向き直って、よろよろと走り出す。

十字路を曲がって伊勢通りを駆けた。後ろを振り向く余裕もなかった。ただひたすら、無我夢中で走り続けた。

誰もいない往来に、自分の足音が響いている。

いくつかの十字路を過ぎたところで、ふいに足がもつれた。

硬いアスファルトの上に突っ伏すように転がった。両膝を思い切り打ち付け、痛みにくぐもった悲鳴を洩らす。とっさに身を起こそうとして、熱気を含んだアスファルトに手を突き、顔を上げた。

肩掛けしていたはずのバッグが、少し前に飛んで落ちている。

肩越しに背後を見た。

街灯に照らされた暗い街路が延びているばかりで、さっきの人影はなかった。

ホッとしたものの、恐怖感は相変わらずだった。まだ、そこらにいるかもしれないという疑心暗鬼。ふいにあらぬほうから、黒い影が飛びかかってくる――そんなホラー映画のようなことを想像して、真穂は震え上がった。

緊張に体をこわばらせているうち、右手にスマホを握ったままなのに気づいた。それがまるでお守りのように思えた。よろりと立ち上がると、スマホを通話モードにし、震える人差し指の先で〝110〟をタップした。

呼び出し音が二度。

――こちら警察一一〇番です。事件ですか、事故ですか？

警察官らしい男性の声がした。

真穂はとっさにスマホを耳に当て、いった。

「助けてください。早く来てください……」

言葉の途中で声につまり、真穂は泣き始めた。

水越節子と息子の和志が車で駆けつけてきたのは、午前三時半を過ぎた時刻だった。

甲府警察署の刑事第一課フロアの片隅。パーテーションで仕切られた狭い応接室にあるソファに、真穂はうなだれて座っていた。向かいのソファに座った谷口と永友が、彼女から話を聞いていたところだった。

母と兄が飛び込んできたとたん、真穂は思わず立ち上がり、節子と抱き合っていた。

節子も泣きながら娘の背中に手を回し、いっしょに泣いた。

「お母さん。ごめんなさい」

真穂はしゃくり上げながら謝った。

甲府署から電話をかけたときも、真穂は夜更けまで遊んでいたことをしきりに母親に謝っていた。同じことの繰り返しだが、やはりいわずにいられないのだろう。

谷口と永友もソファから立ち上がり、節子に挨拶をした。

「とにかく娘さんがご無事で良かったです。真穂さんが目撃された相手が、例の連続殺人事件の被疑者かどうかは特定できませんが、情況からして危ない目に遭ったことはたしかだと思います」

「ありがとうございます」

真穂から手を離し、節子が頭を下げた。

会話の最中、兄の和志はふたりから少し離れ、なぜか無表情に立っていた。

谷口にはそんな和志の様子が奇異に思えた。

妹が危ない目に遭ったというのに、まるで他人事《ひとごと》のように感情をあらわにしていない。落ち着き払った様子に思えたが、そうではなく、マネキン人形がそこに立つような、無機的な存在に感じた。

いつしか自分の息子を思い出していた。

妻との離婚とともに、いっさい会わなくなった。もう二十歳《はたち》になるはずだ。

小学、中学とふつうに成長してきたと思ったのだが、息子が高校になる頃、奇妙なことに気づいた。終始無表情で、感情をほとんど見せないのだ。

反抗期なのだと思っていた。

入学してまもなく登校拒否をするようになり、自室に引きこもった。家族との会話はほとんどなく、ひたすら部屋でパソコンと向き合って、ゲームなどをしているようだった。そんなことが続くうちに、妻が限界になった。谷口が仕事の多忙でろくに家に帰らず、息子との接点がほぼなかったことを責めた。そのことで、息子がこんなことになったのだという。

心療内科にかからせてみると、担当医がこういった。

――あなたの息子さんは反社会性パーソナリティ障害……すなわち、ある種のサイコパスだと思われます。

感情に乏しく、何かに感動したり、好き嫌いがはっきりといえず、さらに自分や他人の痛みを感受できない心を持っているというのだ。

ショックを受けた。

どうやれば治癒できるのかと訊いたが、担当医は首を横に振る。サイコパスというのは、先天的な個性のひとつであって、鬱などのメンタル疾患ではない。だから治るということはないという。

それからまもなく妻は息子を連れて家を出て行った。今は連絡を取り合うこともない。母子ともども、どこで何をしているのか、谷口はまったく知らない。

そんな息子の面影が、目の前にいる和志にも感じられた。

何よりも印象的なのが、光を失った両目だった。まるで一対の黒い空洞のように、それは感じられた。多くの人は目から知性や感情をくみ取れるものだが、それがまったく伝わってこないのである。

まるでふたつの深淵《しんえん》がそこにあるようだった。

谷口は心の傷をえぐられたように、和志をそっと見つめた。

「真穂さんの証言によると、現場で目撃した該当の人物の他、もうひとり別の人間が路上に倒れていたということでした。パトカーの警察官が現場および周囲をくまなく捜したのですが、怪しい人物は見当たらず、倒れていたという人の存在も確認できませんでした」

永友がそう説明した。

真穂からの通報を受け、甲府署のパトカー要員が現場に急行した折、谷口も自宅から押っ取り刀で駆けつけた。

彼女はすでに甲府署に保護されて、現場にはいなかった。付近を調べたが、争ったような痕跡も見当たらない。

現場で警察官が聞いた証言によれば、〝人影〟は右手に長い棒のようなものを持っていたというが、顔や服装すなわち人相着衣はまったく記憶になかったそうだ。一方、路上に倒れていた人物は女性らしく、薄手のドレスに白っぽいパンプスを履いていたという。

間もなく到着した鑑識が検索を始めたため、谷口は仕方なく甲府署に向かった。

真穂の母親と兄が駆けつけてきたのは、その直後だ。

「お嬢さんの情報は貴重な証言として、今後の捜査に役立たせていただきます」

そういって永友が一礼した。

真穂たち三人は、節子の自家用車で帰宅したが、念のためにパトカーを一台、自宅まで随行させることになった。そのほうが安心するだろうとの永友の計らいである。

甲府署の正面入口から彼らを見送った永友と谷口は、節子のワゴンRと署員のパトカーが去って行くのを見送り、署内に戻った。

「これって、四件目の事件……につながるんでしょうか」

階段を上りながら谷口がいう。

「怪しい人影と倒れた人物という目撃証言だけで、加害者はともかく肝心の被害者が特定できないわけですからね。明日は捜索の範囲を広げてみますが……」

「その人物が凶器らしい、長い棒のようなものを持っていたという証言が気になります」

永友が頷く。「もしもそれが犯人だとすれば、おそらく一連の犯行に使われた凶器だと思いますが」

そのとき、一階フロアに乱雑な足音がして、ふたりは足を止めた。階段の途中から振り返ると、鑑識課員が三名、あわただしい様子で走ってきたところだった。

顔見知りがひとりいたので、谷口が声をかけた。

「正木《まさき》さん。何か見つかりましたか」

彼は足を止め、いった。「現場から血痕が見つかりました。これからサンプルを鑑定にかけます。それと、女性用の眼鏡が近くに落ちていました。レンズが両方ともひどく割れていました」

永友と思わず目を合わせた。

「血痕と眼鏡……」と、永友がつぶやく。

「〝マルガイ〟はもしかしたら、現場から連れ去られたのかも？」

「たしか、真穂さんの証言で、近くに軽トラックと黒っぽい車が停まっていたと」

すると正木がいった。

「軽トラは現場に隣接する商店の所有車でしたが、黒っぽい車はありませんでした」

「〝マル被〟の車だろうな」

永友がそうつぶやいた。

15

水越家のブロック塀に寄せて、夏実はハスラーを停める。路肩に余裕があるのでハザードランプの点灯はしなかった。車を降りると、門柱の横を抜けて玄関のチャイムを押した。足音がしてドアが開き、出てきたのは母親の節子だった。

夏実の顔を見て、少し驚いた表情になった。

「真穂さんのことで、ちょっとお見舞いに……」

節子は少し嬉しそうに目を細めた。

「中にいますから、どうぞ」と、招き入れられた。

前にも通された応接間で、真穂はポツンとソファに座り、テレビを観ていた。母が夏実を連れて入ってきたので驚いて、パッと立ち上がった。

「夏実さん……？」

「ごめんなさい。心配になって来ちゃいました。お節介だったかもしれないけど」

「でも、お仕事はいいんですか」

「ハコ長……うちの隊長から特別に許可をもらったから大丈夫です」

そういいながら、持参した紙袋を差し出した。

受け取った真穂が袋の中を見て驚いた。

「美味しそうなブドウ！」

夏実がニッコリ笑う。「南アルプス市名物のデラウェアです。公僕としてこんなことしちゃいけないんだけど、あくまでも個人としてです。でも、いちおう内密にね」

真穂は夏実を見て笑みを返した。「ありがとうございます」

「ところで……怖い目に遭われましたね」

真顔に戻って夏実がいった。

「もう落ち着きました。びっくりしたけど大丈夫です」

真穂はかすかに眉根を寄せた。「でも、たまたまというか、偶然だとは思うんだけど、まさか自分があんなことに巻き込まれるなんて」

「きっと運が悪かったんですね。でもその埋め合わせに、これからいいことがいっぱいありますよ」

夏実の笑顔に釣られるように、真穂がまた微笑んだ。

「それにしても真夜中というか、ずいぶん遅い時間に事件に遭われたんですね」

「母にも叱られました」

真穂は少し恥ずかしげに俯いた。「悦子たちとみんなで、北岳登山の打ち合わせだったんです。それが流れでカラオケボックスに行くことになって、気がついたらもう……」

「あー、わかります。私もお休みのときに羽目を外すことがありますよ」

「夏実さんもカラオケ、好きなんですか？」

「演歌からJ-POP、洋曲まで何でもOKです。真穂さんは？」

「私はレパートリー狭いから。最近はもっぱら〈ANGELS〉ばっかりです」

「それって素敵」

夏実は思わず口にしてしまった。「実はヴォーカルの安西友梨香《あんざいゆりか》さん、ここだけの話ですけど、私の山友達なんです」

「えー、マジですか？」

顔を赤らめて真穂が素っ頓狂な声を放った。

応接室のドアが開き、盆を抱えた節子が入ってきた。

「もう、真穂ったら大声ではしゃいじゃって」

そういいながらも、母親は嬉しそうに笑みを浮かべ、ふたりの前に麦茶のグラスと茶請けの洋菓子を置いた。「どうぞ」

「いただきます」

夏実はペコリと頭を下げ、麦茶を飲んだ。

喉が渇いていたので、ひと息でグラスを空けてしまった。

「あらあら」節子が笑いながらいった。「お代わり、持ってきますね」

「すみません」

夏実が恥ずかしげに肩をすぼめた。

「ところで……お兄さんはお元気？」

「兄はゆうべの事件から、ずっと部屋にこもってます」

真穂は心配そうな顔で天井を見上げ、小さく溜息をついた。

「さぞかしあなたのことが心配だったでしょう」

「やっぱり、北岳に行くなっていうんです」

夏実は驚いた。「どうしてなんでしょうね」

「なぜだかわからないけど。だから、私なんだか心配になっちゃって」

「こんなことがあったし、山行を少し先延ばしにするのもいいかもしれませんね」

するとと真穂が小さくかぶりを振った。

「予定通りに行こうと思います。せっかく計画を立てたんだから、みんなに悪いし、それに山のきれいな空気を吸って気分転換したいんです」

なるほどと思った。

一連の犯罪はすべて甲府市街地で発生しているし、この際、いったん町場から離れて、心をリフレッシュするほうがいいのかもしれない。

母親が麦茶と氷が入ったポットを持ってきて、お代わりをグラスに注いでくれた。

「何だかあなたたち、昔からの友達同士みたいね」

グラスを夏実の前に置きながら、節子が微笑む。

真穂が少し恥ずかしげにいった。「夏実さんがこうして来てくださって、おかげで凄く元気をもらいました」

「そういっていただけると、来た甲斐があります」

夏実がまた笑った。

小一時間、話をしてから、夏実は水越家を辞去した。

真穂と節子が玄関先まで見送りに出てくれ、ふたりに手を振りながらハスラーに乗ろうとしたとき、道路の向こうから黒いトヨタ・カムリがやってきて、すぐ目の前で停車した。驚いた夏実が見ていると、ドアが開いて出てきたのは顔なじみの刑事たちだった。

山梨県警の永友和之警部と甲府署の谷口伍郎警部である。

「あなたはたしか、南アルプス署の――」

永友にいわれて夏実が頭を下げた。「その節はお世話になりました」

彼と会うのは少し前の宝石店強盗事件以来だった。捜査のために永友は谷口とともに、南アルプス署に出向してきて、ふたりとも北岳に登ったのである。

「そうか。お兄さんを北岳で発見したのは星野巡査だったんですね」

永友の言葉に夏実が恥ずかしげにこう返した。

「おかげさまで巡査部長になりました」

「それは存じませんで失礼しました」と、永友が照れ笑いする。

母の隣に立っている真穂が驚いていた。

「夏実さんたちって、お知り合いだったんですね」

「はい。警察の世界って案外狭いんです」

そういったのは永友だった。「山岳救助隊との付き合いも、まあ腐れ縁ですかね」

「ところで、今日は……」

少しいいにくそうに、節子が訊いた。

「実は鑑識が調べた結果、例の現場からA型とO型の二種類の血液が検出されました。それから婦人用の眼鏡も落ちていました。被害者は特定できずに不明のままなんですが、やはり一連の事件の犯行現場だったと本部は判断しております」

「そうでしたか」

節子のみならず、真穂も暗い表情になった。

「すみません。こんな話をお伝えするのはどうかと思ったのですが、職務上、否応なしでです。つきましては、もう少しだけお話を聞かせていただこうと思いまして」

真穂は少し暗い顔で永友たちを見ていった。「わかりました」

「じゃ、私は山に戻りますね」

夏実がそういい、あらためて一礼をした。

「お疲れ様です」

永友と谷口が頭を下げ、真穂が節子のところから走ってきた。

「夏実さん。北岳でまた！」

「はい。楽しみにしてます」

気取って敬礼をし、夏実はハスラーに乗り込んだ。

エンジンをかけ、車を出そうと思ったとき、ふいに何かを感じて車窓に顔を近づけ、外を見た。近くに見える水越家の二階。アルミサッシのカーテンが開かれ、そこに人影が立っている。

夏実はゴクリと唾を飲み込んだ。

水越和志だった。

前と同じように、彼の姿に夏実はまったく〝色〟を感じなかった。

じっと見ているうち、ゆっくりとカーテンが閉じられ、その姿が見えなくなった。


野呂川広河原インフォメーションセンターの駐車場にハスラーを停めた。

途中で立ち寄った署のロッカーで、また救助隊の制服に着替えていた。小さなデイパックを背負い、登山靴の靴紐を締め直すと、野呂川沿いにゆるやかな坂道を歩く。渓谷から聞こえてくる瀬音が心地よい。

腕時計のプロトレックを見ると、午後三時になろうとしていた。

清流を見下ろしながら長い吊橋を渡り終えた。

昔の広河原山荘が建っていた場所に、驚いたことにニック・ハロウェイの姿があった。半ズボンにTシャツ、赤いバンダナをブロンドヘアに巻き付けている。

足早に歩み寄ると、彼は振り返り、髭面を歪めて笑みを作った。

「ハイ、ナツミ」

ニックの前には巨大な荷物があった。大きな段ボール箱を三つ、縦に重ねて縛り付けた背負子である。それぞれ箱の表には〈三島馬鈴薯《みしまばれいしょ》〉などと野菜の名前が書かれている。さらに小型のプロパンガスボンベまで、横向きにして縛り付けてあった。

「まさか、それ……歩荷ですか？」

ナツミの質問にニックが得意げにいった。「そや。御池まで担ぐで」

「それって、どう見ても五、六十キロ以上ありそうですよ。いくらニックさんでも、いっぺんには無理ですよ」

「七十五キロや。歩荷の記録を作ったる」

そういいながら、地面に尻を下ろした状態で背負子の肩紐に両手を通した。

腰のベルトのバックルを装着すると、鼻に皺を刻んで口を引き結び、神妙な赤ら顔で重たい荷物を背負ったまま、不安定に立ち上がる。とたんに両足がぐらついて、荷物に振られて体が傾ぎそうになった。

夏実は思わず目を見開き、片手で口を覆った。

ニックは倒れず、何とか持ちこたえた。満面をリンゴのように赤くして、すさまじい形相《ぎょうそう》で向き直った。ちっとも余裕がないくせして、無理に作り笑いを浮かべている。

「ほな、行くで」

夏実に向かってウインクすると、よろよろとした足取りで急登をたどり始めた。

「嘘。信じられない……」

夏実はあっけにとられた様子で後ろ姿を見ていたが、気を取り直し、あわてて彼のあとを追いかけた。


広河原から御池までの直登ルートで、休憩用の簡易ベンチが二カ所ある。

それぞれ第一ベンチ、第二ベンチと名付けられている。

そのうちの第一ベンチの手前でとうとうニックが音を上げた。

七十五キロの重荷に耐えられず、よろけて倒れそうになり、あわてて夏実が後ろから荷物と彼を支えたのだった。

ニックは地面に生足の両膝を落とし、ハアハアゼイゼイとあえいでいる。見れば、真っ赤な顔じゅうに汗の玉を浮かべ、髭の生えた顎下からポタポタと滴《しずく》が落ちている。両目がひどく充血していた。

「だから無理っていったのに」

夏実は呆れてつぶやいた。

ニックは応えることもできず、肩を上下させながら息をついていた。

ちょうど上から下りてきた若い男女の登山者が、驚いた顔で顛末を見ている。

「大丈夫ですか」

女性のほうが気の毒そうな顔で声をかけてきたので、夏実が苦笑した。

「はい。ご心配なく」

ふたりが広河原方面に下りていくのを見送ってから、夏実がいった。

「交代しましょうか？」

ニックは膝を落としたまま、汗に濡れた赤ら顔で夏実を見た。

「Are you kidding me?」

明らかに不機嫌なニックに、夏実は真顔でかぶりを振った。

「これでも山岳救助隊員ですよ。あなたぐらいの体重の人を背負ったこともあります」

ニックはあっけにとられた顔で夏実を凝視した。

背負っていたデイパックを足下に下ろした夏実は、ニックの背負子の肩紐やウエストベルトのバックルを外してやった。立ち上がろうとしたニックは、足に力が入らず、その場に尻餅をついてしまう。

「ここでもうちょっと休んだほうがいいですよ」

そういった夏実は、巨大な荷物をくくりつけた背負子の前に座り込み、両腕に肩紐を通すと、ウエストベルトのバックルを装着した。片膝を立てざま、慎重に重心を前移動させながら、思い切って立ち上がった。

「よいしょ」

七十五キロの荷物をあっけなく背負って立った夏実を、ニックは座り込んだまま、信じられないという表情で見つめている。

「じゃ、ニックさん。先に御池に戻ってますね。悪いけど、私のデイパックを持ってきてください」

そういいのこし、リズミカルな足取りで急登をたどり始めた。

ミソサザイの声が涼やかに聞こえるシラビソの木立を抜けるトレイルを、ゆっくりと登り続けた。要救助者を担ぐときと同じ、体軸の中心を意識して背中の重荷を分散させながら、小刻みな呼吸を繰り返して歩く。

前方から下りてくる中年女性の登山者が、驚いた顔をして足を止め、夏実を見つめた。

「こんにちは」

声をかけながら、彼女とすれ違った。

ふと、足を止めて下を見ると、さっきの場所にニックがまだ座り込んでいて、凝然とした様子で夏実の姿を見上げている。夏実はクスッと笑い、また急登をたどった。

16

暗がりに停めた車の中で、〝ボク〟はゆっくりと目を開く。

エンジンをかけていたので車体がかすかに震え、エアコンが効いて、ダッシュボードからひんやりとした空気が流れている。

外には街の明かりがない。都市部を出て、大きな川の河川敷に車を乗り入れていた。

カーコンポの液晶表示が、深夜一時過ぎを表示している。

ステアリングから手を離し、両の掌を顔の前に持ち上げてみる。

自分の手を凝視する。

そっと握ったり開いたりを繰り返しているうち、それまで実行してきた殺人の感触――両目を突き通し、貫くときの、おぞましくも心高まる興奮がよみがえってくる。

ゆうべの〝生《い》け贄《にえ》〟の女性のことを思い出す。

その顔が、ゆっくりと意識の奥底から浮かび上がってくる。

青ざめた容貌。大きく見開いた目でこちらを見つめながら、唇を震わせ、命乞いをしてきた。いくら何をいおうが、こちらの気が変わることはないが、その声がだんだんと大きくなり、悲鳴になったため、やむを得ず、片目を突き抜いた。

本当はもう少し、時間をかけて〝儀式〟を行うつもりだった。

最初のひと刺しで女性は即死したため、仰向けに路上に横たえた。そして、もう一方の目におもむろに突き刺した。

感触を楽しみながら、深く突き入れているときだ。

気配を感じ、振り向くと、あいつが後ろに立っていた。

その姿がくっきりと見えた。

互いの距離は近かったが、何しろ暗がりだったし、背後に街灯の光があって、こちらはシルエットになっていたはずだ。だから自分の顔は見られなかっただろう。悲鳴を上げて逃げたため、やむなく〝生け贄〟の死体を車に引きずり込んだ。

そのまま現場を後にした。

四つ目の〝儀式〟は完了したが、第三者に目撃されたという事実が残った。初めてのことだった。一連の〝儀式〟を誰にも見られずに執行し、終えるはずだったのだ。

しかも、よりにもよって、あの場にいたのはあいつだった。

――真穂。

その名を小さな声で口にする。

〝ボクは目の前にかざしていた自分の両手を、ゆっくりと握りしめ、拳《こぶし》をこしらえる。

その拳がかすかに震えているのを見つめる。

決心がついた。

あと一度――。

〝生け贄〟は四人、それで〝儀式〟を終える予定だった。いずれも名も知らない、いわば行きずりの相手だった。しかしあとひとり、それで終わりにしよう。

今回は標的が明確だ。だったら、ゆっくりと時間をかけて機会をうかがい、確実を期して実行すればよい。

そう思いつき、〝ボク〟は納得する。

エアコンを効かせた車の中で、ステアリングを握り、指でトントンと叩きながら、彼女のことを考える。

最後の〝儀式〟のことを想像し、その興奮に身をゆだねる。

やがてサイドブレーキを外し、アクセルを踏み込み、車をそっと走らせる。

河川敷から道路に上がるまではヘッドライトを点けずに徐行し、舗装路に乗ってからようやく点灯させた。そのまま甲府の市街地に向けて車を走らせる……。

第二章

1

ハッと気づいて、谷口《たにぐち》伍郎《ごろう》は目を開いた。

いつの間にか、運転席のシートに背をあずけたまま、寝入っていた。腕時計を見ると、午前一時を回ったところだ。少しウトウトしたと思っていたら、二時間近く寝ていたことになる。

ずっとトヨタ・アリオンのエンジンをアイドリング状態でエアコンを効かせていた。おかげで車窓を閉じたままでいられたが、寝汗をかいていたようで、シャツが胸や背中に張り付いて気持ちが悪かった。

少し身をかがめ、車窓越しに外を見た。

真っ暗な道路の反対側に二階建ての水越《みずこし》家がある。

寝入る前まで二階の窓に明かりがあったが、今は消えているようだ。

エンジンをかけっぱなしなので気づかれるかと思ったが、杞憂《きゆう》だったらしい。怖い目に遭った当人の自宅だし、その家の近くに長時間のアイドリングをしている車がいたら怪しく思われるはずだ。もちろん誰何《すいか》されたら正直に警察だというつもりだった。警護を兼ねてのパトロールだといえばいいし、実際そのつもりだった。

しかしそれとは別に谷口には思惑があった。

真穂《まほ》の兄、和志《かずし》である。

初めて彼の姿を見たときに感じた違和感が頭を離れなかった。

歳を取ると昔のことはよく憶えているのに、昨日のことを忘れていたりする。そんなふうに、本来ならば薄れてくるはずの短期記憶のはずが、なぜか意識の一角を占めて色濃く残っている。あのとき、自分の息子のことを思い出したせいかもしれない。

和志の目はあまりにも印象的だった。

光のまったくない双眸《そうぼう》。深淵《しんえん》のように真っ黒な瞳。

サイコパスと診断された息子のそれに似ていると思ったが、もっと異様な、まるで人形かロボットのパーツのような、無機的な両目であった。

水越和志のことを内偵するうち、興味深い事実を知った。

少し前、和志は北岳《きただけ》で保護された。そのとき、一時的だが記憶喪失状態になっていて、自分がどうしてそんな山にいるのか、まったく憶えてなかったのだという。和志は都内の私立大学経済学部を卒業し、港区の〈東亜通信〉という広告代理店で働いていた。その頃から、登山の趣味に目覚めて、あちこちの山に登るようになったそうだが、北岳に登ることを周囲の誰にも告げていなかった。

記憶は少しずつ戻ったらしいが、相変わらず自分がどうして北岳にいたのかということだけは、未《いま》だに思い出せない。そんなわけで職場に復帰もできず、今は甲府の実家で家族と暮らしている。

甲府署の端末から県警のホストコンピューターにアクセスし、水越和志のことをあれこれ調べているうちに、その事故というか事件らしきものに行き当たったのだった。

その一件を永友《ながとも》に打ち明けると、さすがに彼も驚いていた。

和志の記憶喪失と一連の連続殺人にはむろん直接の関連はなく、どう結びつくものでもない。しかし端緒を摑《つか》んだら、とことんたぐり寄せるのが捜査の基本。というわけで、和志をマークすることは永友からも許可が出た。

こうして通常の捜査から外れ、独自に監視ができるのは、〈遊撃班〉のメンバーとなったおかげだった。特捜本部の縛りなしに、独自ルールで自由に活動ができる。むろん事後報告は必要だが、思いつくまま、こうして単独行動が可能なことがありがたかった。

四人目の被害者が発見されたのは事件から三日後、意外にも甲府市の中心部、丸《まる》の内《うち》の市街地だった。

〈テナント募集中〉と一階の窓に張り紙のある四階建ての雑居ビルで、二階の接骨院や三階の会計事務所に出入りする人々から、〝異臭〟の苦情があり、ビルオーナーが調べると、一階フロアに女性の遺体が横たわっていた。

死後三日が経過していて、すでに腐敗が始まっていた。夏場で気温が高かったためもあるが、ビルの上階に臭気が届くのだから、相当なものだっただろう。さいわい、谷口は臨場することはなかったのだが、現場に足を運んだ捜査員たちは、いずれも青白い顔で表情乏しく特捜本部に戻ってきた。

被害者は塩田早苗《しおたさなえ》、三十四歳。住所は甲府市内。甲府市内住吉《すみよし》にある特別養護老人ホーム〈しらかば〉で働く介護職員だった。殺害された当日は準夜勤で、勤務が終了したのが午前一時過ぎだったという。いつものように遅い時間になって、伊勢《いせ》通りを歩いて自宅に戻る途中、犯行に遭ったようだ。

検視の結果、犯行時刻は水越真穂が目撃した、まさに午前二時頃だった。

着衣はベージュ色のドレスに灰色っぽいパンプス。もっとも靴のほうは片側しか履いておらず、もう一方はどこかで脱げたのか、遺体発見現場にはなかった。

特捜本部は同一犯による四件目の犯行と断定した。

遺体の血液型はO型。ＤＮＡ鑑定で、犯行現場で採取された同じO型の血液と同じ人間のものだとわかった。

ただし、同じ場所に落ちていた眼鏡《めがね》は被害者のものではなかった。塩田早苗は視力は一・五、正常だったらしい。だとすれば、たまたま別の女性が現場に落としていったのかもしれない。

では、同じ現場で別に採取されたA型の血液はいったい誰のものだったのか。

犯行時に抵抗を受けて犯人も負傷していた可能性がある。その血液のサンプルは科捜研に送られてさらに詳しく調べられる予定だが、あまり結果は期待できないだろう。

被害者の周囲の聞き込みはすでに何度となく行われているが、谷口は所轄《しょかつ》の刑事ゆえに直接の捜査には加わっていない。

が、むしろそれは好都合だったと思える。

何しろ自由行動ができるのである。

また腕時計を見た。午前一時十二分。

そろそろ張り込みをやめて、帰宅しようと思った。

もう一度だけ、車窓越しに水越家の二階を見上げた。

そのとたん、彼は驚き、そこに視線が釘付けになった。

二階の部屋の窓がいつの間にか開いていた。そこに人影が見えている。

目をこらすと、水越和志だと分かった。濃い色のTシャツ姿で窓辺にもたれるようにして、外を見ている。谷口の車のほうではなく、少し高い場所——どうやら夜空を見上げているようだった。

その姿が黒っぽいシルエットとなって、微動だにしない。

谷口は助手席に置いていたキヤノンのデジタルカメラを取り、レンズキャップを外して電源を入れた。そっと車窓を下ろしてカメラをかまえる。ズームモードにし、和志の写真を何枚か撮影した。

カメラを車内に引っ込めたとき、ふと谷口は気づいた。

頭上に美しい星空が広がっていた。

驚くとともに、小さく溜息が洩《も》れた。

甲府の夜空にこんな美しい星々が光っている。それは今まで、自分が知らなかっただけのことなのか。それとも――。

2

翌日、白根御池《しらねおいけ》の幕営指定地で騒ぎが持ち上がった。

テントを設営したまま、軽装で頂上を往復した若い男性が草すべりをたどって急斜面を下りているとき、その異変に気づいた。

急斜面のトレイルの中程から、眼下に御池が見下ろせるようになり、その周囲にあるテントが芥子粒《けしつぶ》のように小さいながらも、上からはっきりと見下ろせる。ところがどう見ても、池のすぐ畔《ほとり》に残してきたはずの自分のテントがないのである。

おかしいと思いつつ、急坂を下りてテント場に立った彼は、悪い想像が的中していたことに気づいた。自分のテントは跡形もなく消失し、中に残していたザックやスタッフサック、シュラフやスリーピングマットが、地面に放り出されたかたちで残っていた。

「テントを盗まれました！」

山岳救助隊の警備派出所に飛び込んできた彼は、悲痛な顔でそういった。

待機室にいた星野夏実《ほしのなつみ》と神崎静奈《かんざきせいな》、曾我野誠《そがのまこと》が、登山者の男性とともに御池のテント場に走った。

間違いなく盗難事件であった。

時刻は午後二時を回ったところで、ぼちぼち広河原《ひろがわら》からの登山者たちが到着したり、彼のように頂上方面から下山してきた人々が御池にたどり着く頃だった。周囲には数カ所、テントの設営があって、何人かがその周囲にいたため、曾我野たちが周囲のテント泊の人々に聞き込みをし始めた。が、誰ひとりテントを盗んでいった犯人を見たという者はいなかったし、他人の山道具を盗みそうな怪しげな人物もいなかった。

「ＭＳＲの最新モデルなんです。八万円以上もしたのに……」

当人は、高級テントが消失した現場に棒立ちになり、かすかに拳《こぶし》を震わせていた。

夏実は気の毒に思ったが、どう声かけしても消えたテントが戻ってくるわけでもない。けっきょく残された山道具をかき集めてザックに入れ、警備派出所に戻って本人から事情聴取をした。

名前は畑野文昭《はたのふみあき》といい、二十五歳。住所は千葉《ちば》県市川《いちかわ》市。会社員だった。

単独で北岳にやってきてテントの盗難に遭ったようだ。被害金額も相当だが、これまで山で何かを盗まれたということがなく、かなりショックを受けていた。財布やクレジットカードなどをサブザックに入れて歩いていたことだけが救いだった。

盗まれたのはMSR社の軽量ダブルウォールのテント、非自立式なのでペグダウンをして立てていたが、ごていねいにも数本のペグもコードも、テントを保護するために下に敷くフットプリントと呼ばれる敷布まで、まとめて持ち去られていた。

「盗まれたのはテント一式……というか、MSRのそのテントのフルセットすべてってことですね。中にあったシュラフもマットも無事。ザックも手つかずだった。つまり、おそらく犯人は相当に詳しい奴で、テントの価値をよくわかってる奴ですよ」

調書の書類の上でボールペンをクルクルと回しながら、曾我野がいった。

「夏のシーズンの最中だし、人目がまったくなかったわけじゃないと思うの」

腕組みをしていう静奈の声には、かなり怒りが含まれていた。

「テントの仕組みに詳しくて、この手の犯行に慣れた奴なら、盗みに五分とかかりませんよ。ペグを引き抜いてテントをつぶし、ポールを抜いて分解。さっと折りたためば終わり。堂々とやってりゃ、周囲の人間だって、まさか盗難行為だとは思わない」

曾我野の説明を聞きながら、夏実はそんな場面を想像してしまう。

畑野という若者は背を丸くしてしょげ返っている。

「被害額は八万円といわれましたね」

調書に書き込む曾我野の前で、彼がいった。「八万三千五百八十円。税込みです」

曾我野が顔を上げた。「記憶力いいんすね」

「夏のボーナスで車のローンを払った残り、ほぼ全額を注ぎ込んで買ったんです。何とかしてテント……戻りませんか？」

畑野は悲しげな表情でいった。

曾我野はボールペンのクルクル回しを止め、夏実たちの顔を見てから、彼に目を戻す。

鼻で息を洩らし、渋面になった。「努力はしますが、現状では難しいです」

「だって、犯人はまだそこらにいるかもしれないじゃないですか」

「お気持ちはわかりますが、たとえば広河原辺りで、下山者ひとりひとりをいちいち手荷物検査するわけにもいきませんし」

「だったら、テントのデポなんてできないじゃないですか……」

「テントに大きく名前でも書いたらどうですか。よく目立つ場所なんかに」

畑野が信じられないという顔で彼を見つめた。

「八万円のテントに？　そんなのできっこないですよ」

「ま。そりゃ、そうだな」

曾我野の言葉に、畑野は脱力したように背を丸くし、ガックリと俯《うつむ》いた。

そんな姿を見ていていたたまれなくなり、夏実が声をかけた。

「近頃は、山梨県警もサイバー捜査の分野に力を入れてますし、もちろんネットオークションには目を光らせてますから」

彼女としては何とか慰めたかったが、それ以上のことはいえなかった。根拠に乏しい言葉は、かえって相手を傷つけるものなのだ。

「わかりました」

力なくいって畑野は頭を下げた。

見分調書を書き終えると、事情聴取が終わった。

それから彼はしょげ返ったままザックを背負い、夏実たちに頭を下げて背を向けた。まさに肩より低く頭《こうべ》を垂れるという言葉が似合うほど、ガックリと落ち込んだまま白根御池小屋の前を通り、畑野は下山していった。

「楽しい登山だったはずなのに……見ていてつらすぎますね」

彼の姿が消えた森を見ながら、夏実がそういった。

「何とか犯行を防げないかしら。このままだと北岳に悪い評判が立つわ」

腕を組んで立ったまま、静奈がそういった。

「周囲の目がないところで、見事に隙《すき》を突いてきますからね」

曾我野が溜息交じりにいう。「最近はテントもシュラフも他の道具も、軽量化も凄《すご》いけど、どれもコンパクトになってるから、ザックに入れたらまったくわからなくなります。しかも困ったことに、いいものは軒並みブランド化して高価になってる」

「警察官の派出所がある目の前で、こんなに盗難が続くなんて許せない」

怒りを口にした静奈を、曾我野がつらそうな顔で見た。

「われわれだって、手抜きしてるわけじゃないですよ。たびたび幕営指定地を見回りしているし、注意勧告の立て札も立ててました」

曾我野が納得ゆかぬ顔でつぶやく。「だけど通常の山岳パトロールを短縮したり、回数を減らしてまでして、テント場の見張りをするわけにもいかないし、ましてや事故発生で出動中だったら、私たちとしてもどうしようもないですね」

いい終えてから、ふと曾我野がポンと手を叩《たた》いた。

「そうだ。監視カメラをつけるのは――！」

「山なのに？　それって悲しすぎませんか？」

せっかくのひらめきを夏実に突っ込まれ、曾我野が脱力したように頷《うなず》いた。

静奈と曾我野が派出所に入ったあと、夏実はひとりその場に残っていた。

盗難事件の一件で、なんとなくやるせない気持ちだったし、他にも懸念があって、やはり心が落ち着かなかった。

犬舎からメイを引き出し、白根御池小屋の前で軽くオビディエンス（服従）の訓練をすることにした。気温も上昇しているため、水皿も忘れず用意した。

いつもなら犬舎前のドッグランで行うのだが、ちょうど時間的に登山者がほとんどいないこともあり、舞台を変えてのトレーニングをしてみる。競技会に出るわけではないので、犬とハンドラーとの間に厳格なルールを徹底する必要はないのだが、それでも第三者と接触することが前提となる救助犬ゆえに、脚側行進《きゃくそくこうしん》や呼び戻しなどの基礎訓練は繰り返さねばならない。

夏実の声符に従い、ピッタリと横に寄り添って歩くメイ。離れた場所からの指笛で嬉しそうに走ってくるメイ。そんなハンドラーの指示とボーダー・コリーの躍動を見て、登山者たちが驚きの声を上げたり、写真を撮影したりしていた。

三十分も続けているうちにさすがに疲れ、訓練をやめた。

メイにたっぷりと水を飲ませ、白根御池小屋前のベンチに座った。タオルで額や首周りの汗を拭《ふ》いていると、メイが足下に座って榛色《はしばみいろ》の目で見つめてきた。夏実は笑って相棒を見返した。

——夏実さん！

後ろから松戸《まつど》の声がし、振り返った。

小屋の正面出入口から出てきた彼が、両手にアイスクリームのカップを持っていた。

「お疲れ様」

カップをひとつ渡される。

白玉入りの〝信玄《しんげん》アイスクリーム〟。小屋の人気メニューだ。

「いいの？」

「俺の奢《おご》りです」

松戸が笑い、夏実の隣に座ってスプーンで食べ始めた。その食べっぷりを見ていた夏実は、肩を持ち上げて笑い、自分もアイスを食べた。メイも欲しそうに見上げているが、人間の嗜好品《しこうひん》をやるわけにはいかない。

「下界はえらい騒ぎになってますね」

松戸がいったので、甲府の事件のことだと気づいた。

「あのときの水越さんの妹さんまで巻き込まれちゃって」

「聞きました。夏実さん、わざわざ甲府まで会いに行ったんですよね」

「警察官としては深入りしすぎかと思ったんだけど、やっぱり心配で捨て置けなかったの。だから、ハコ長に許可もらって行ってきた」

「それで、お兄さんのほうはいかがでしたか」

「直接は会えなかったんだけど……」

水越家から去るとき、また二階の窓から彼がじっと夏実を見ていたことを思い出した。そのときもやはりまったく〝色〟を感じなかった。気味の悪さというか違和感は、まさにそのためだったのだが。

「和志さんはまだ正常に戻らないって、妹の真穂さんから聞いた」

「本人の自覚なしに北岳に突然いたなんて、やっぱり不可解な事件ですよね。まるでSFかファンタジーですよ」

八本歯《はっぽんば》のコルと呼ばれる鞍部《あんぶ》だった。

あの不思議なオーロラのような光を目撃した直後、夏実はそこに立っている人影を目撃した。たしかに自分とメイ以外の登山者はいなかったはずなのに、忽然《こつぜん》とそこに出現したかのように、彼はポツンと立っていた。

その後ろ姿を思い出した。

「〝どこでもドア〟で、いきなり山に来てしまったって感じじゃないですか」

松戸があまりに的を射たことをいうので、夏実はクスッと笑ってしまう。

「本当だね」

さながら肉体を抜けた魂だけが、そこに存在していた。

そのときは、そんなふうに感じたのだった。

たしかに不気味に思ったが、なぜだか怖くはなかった。きっと傍《そば》にメイがいて、犬が反応しなかったためだろう。和志を甲府に車で送ったときも、メイは同じ車内にいておとなしくしていた。

それにしても、誰の姿にも見えるオーラのような〝色〟。それが相変わらず、和志にはなかったことが気になっている。

そう思いながら、ふと松戸の横顔を見た。

「あれ。颯《そう》ちゃん……」

思わず名をいったので、彼が振り向く。「何です」

「もしかして、彼女とかできた？」

「え」

だしぬけに顔を赤らめた松戸を見て、夏実が噴き出しそうになる。

「あー、やっぱ図星だったんだ」

「いや、あの……」

急にもじもじしながら、松戸が目を泳がせた。が、ふいに眉根を寄せ、意を決したようにこういった。「実は、先月から付き合ってまして」

「で、どこの子？」

「ＳＡＯＲＩさんです」

夏実が驚いた。松戸の顔を指差し、いった。

「まさか、あのＹｏｕＴｕｂｅｒの？」

「そ。その人」

真っ赤な顔の松戸を見て、夏実はしばし唖然《あぜん》となっていた。

ＳＡＯＲＩこと奥山《おくやま》沙織《さおり》。ここ二年ぐらいネット動画で人気急上昇の山ガールだった。北岳にも何度か来ていて、たしかにその都度、白根御池小屋に宿泊していた。

「もう、びっくり。颯ちゃんも捨て置けないね」

「いやぁ、それほどでも」

照れ笑いしながら、松戸はふと真顔になった。

「つか、夏実さん。なんでわかったんですか?」

彼女は肩をすぼめ、言葉を選んだ。

「なんとなくね」

ふたたび照れ笑いしながら頭の後ろに手をやる松戸の姿に、夏実は幸せの〝色〟である薄緑の光が重なっているのを見ていた。ホッとすると同時に、そんな〝色〟がまったく見えない、あの水越和志のことをふとまた考えてしまう。

笑顔が消えていた。

「夏実さん。アイス、溶けますよ」

松戸にいわれ、「ごめん」といって、カップにスプーンを入れる。

――ハイ、ナツミ!

陽気な声とともに足音がして、ふたりは振り返った。

ちょうど御池の方面から、短パンに赤いバンダナ――トレードマークともいえるスタイルのニック・ハロウェイが走ってくるところだった。白いTシャツの胸の部分には、〝北岳にキタだけ〜〟と大きくプリントされている。御池小屋の売店で売られている人気商品である。

ニックは片手を上げながら、松戸と夏実の前を通り過ぎると、そのまま御池小屋の正面入口前で足を止め、岩に片足をかけたりして屈伸運動をしている。

「彼、どこかに行ってたの？」

「今朝から頂上往復です」

「頂上……往復って、まさかあの和洋《かずひろ》さんとこの〝山頂ダッシュ〟？」

「ですです」

松戸は愉快そうにいう。

〝山頂ダッシュ〟とは、肩の小屋の若き三代目管理人、小林《こばやし》和洋がスタッフとやっている、恒例のタイムトライアルのことだ。山小屋から標高差二百メートル近い頂稜《ちょうりょう》ルートを、どれだけ短い時間で往復するかというものだった。

「和洋さんの記録を破るんだって、今朝から張り切って出て行きました」

夏実の横から、松戸が声をかけた。

「で、ニック。結果はどうだった？」

するとふたりに向き直り、彼はニヤッと笑ってピースサインを出してみせた。

「十六分！　あと少しでレコードやで」

得意げに片眉を上げている。

管理人・小林和洋の公式記録が十三分だから、その差はたった三分だ。

肩の小屋から山頂までの通常コースタイムは、片道で五十分。往復でそのランタイムなのだから、まさに驚異的なパワーといえる。

「ほら。あのとき、夏実さんに歩荷《ぼっか》で負けたもんだから、それが悔しくて、自分を鍛え直すんだって張り切ってんです」

「呆れた……」

夏実はつぶやくと、ふいに松戸といっしょに笑い出した。

3

永友和之はひとり、炎暑の甲府駅前に立っていた。

真っ青な空に巨大な入道雲が立ち上がっている。そういえばまだ梅雨の最中だというのに、ここ何日も雨がまったく降らない。おかげで連日、猛暑続きだ。

信号が青になると、横断歩道を歩き始める。アスファルトから熱気が湧き上がり、体を包み込む。午後になって甲府の気温は三十七度になった。体温をオーバーしている。容赦のない暑気に、ワイシャツが汗だくになっている。

十階建ての〈城南ホテル〉の前に立つと、うだるような暑さから逃げるように自動ドアを開いてロビーに飛び込んだ。

チェックインカウンターの女性は永友のことを覚えてくれていた。すぐに部屋に電話をし、来訪を告げてくれる。彼女に頭を下げて、エレベーターで五階に昇った。

カーニバル広瀬《ひろせ》こと猪谷康成《いがややすなり》は、相変わらず多忙そうだった。

派手な色柄のアロハシャツに半ズボン、サンダルといったラフな姿。チリチリパーマの頭。顔には前と同じ丸眼鏡のサングラスをかけていた。壁際のテーブルにノートパソコンを置いて、マウスを操作してはキイボードを叩いている。

カーテンを大きく開けた窓の外に甲府の街が広がって見える。その向こうに、最前、永友が見たあの同じ入道雲が、まるでイラストのようにほとんど形を変えずにムクムクと立ち上がっていた。

「あれから自分で事件の現場を歩いたりしてみたんだ」

猪谷は話しながら、キイボードを叩き続けた。テキストの原稿のようだが、隣に立ち上げたウインドウには英文が並んでいる。

永友はICレコーダーを持ってきていた。そのスイッチをオンにした。

「シリアルマーダーの多くはサイコパスによるものとされている。病的なコンプレックスに憑《つ》かれるケースが多いが、この犯人も同じで、何らかのトラウマがあって殺人行為に走っている。ところが、衝動的な犯行のようでありながら、実のところは沈着冷静で、かなりTPOを選んでいる。暗くて深い心の病と冷徹な計算が同居している。そこは他の事件のシリアルキラーに共通するものだ」

「次の犯行に関して何か予測などがあれば……」

キイボードのカタカタという音が続いている。ふいに、猪谷は手を止めた。

「かつてアメリカで、三十名以上の女性を殺したテッド・バンディという人物がいた。彼の事件をきっかけに元FBI捜査官のロバート・K・レスラーがシリアルキラーという言葉を使うようになったわけだが、彼らの特徴として、猟奇殺人を繰り返す犯人は一定期間のインターバルを置いて次の連続殺人を犯すということがある」

「それはなぜでしょう」

「いくつか理由があるが、自分の行為を続けることによって欲望が満たされ、満足する。ところが時間の経過とともにまた同じ欲望が生じてきて、次の犯行に至るというサイクルだな。あるいは、世間を賑《にぎ》わせていた事件を沈静化させるため、意図的に犯行をしなくなるというケースもある。忘れた頃にまた同じような殺人を繰り返す。映画などにもなったスティーヴン・キングの〈イット〉という小説は、そういう周期的な連続猟奇殺人のケースを超自然的なホラーとして描いたものだ」

「となると、ある程度の人数を犠牲にすると、被疑者は犯行を中断する？」

猪谷は小刻みに頷《うなず》いた。

「シリアルキラーの犯行動機はいくつかに分類される。妄想系に快楽主義、たんに病的にスリルを求めて行う場合もある。で、今回の一連の犯行はおそらく欲望による動機ではない。すなわち女性への暴行などが目的ではなく、自分の過去の何らかのコンプレックスが原因の妄想や精神的な何かがあってのことだと考えられる。もちろんそうしたモチベーションによる犯行を重ねることで、一定の欲が満たされることはあり得るのだが、衝動殺人と違って計画的な犯行を重ねる場合は、自ら危険を回避するために犯行を中断することもある」

「なるほど」

「被疑者は警察の捜査をかわすため、ルールを守っていた。つまり人けのない場所で、人のいない時間を選ぶ。それが確実に犯行を実行するための条件だった。しかし、同じやり方を繰り返すことによって、次の犯行が難しくなる」

「といいますと？」

「被害者が女性という事実に視点を固定すると、やはり深夜という時間に独り歩きをする相手は条件的にかぎられてしまう。事件が報道されて世間を騒がせると、夜中に出歩く女性は極力、犯罪に巻き込まれないよう自己防衛するはずだから、ますます標的を定めづらくなるだろう。そうなると次の事件を防ぐためには、一連の条件のどれかをオミットしていかなきゃいかん」

「つまり犯人はこの先、自分のやり方を変える可能性があるということですか」

猪谷はキイボードの手を止め、しばし壁を見ながら考えていた。

しきりに貧乏揺すりを繰り返している。

「そう。次はきっと場所を変えるな。それもかなり大胆に──」

永友は眉根を寄せた。

そのとき、ポケットの中でスマートフォンが震え始めた。

「失礼」

液晶に谷口の名が表示されている。

永友は猪谷から少し離れて、通話をオンにした。

「永友です。ご苦労様」

──例の水越和志についてです。

「なにか」

──あれから、いろいろと彼について調べました。警視庁のほうにも協力要請をして、会社の同僚からもいろいろと聞き込んでおります。取得した情報をさっきメールで送りました。あとで見てみてください。

「わかりました」

通話を切ってから少し考えた。

水越和志の一件は、直接、今回の事件とは無関係かもしれない。しかし、谷口がいうようになぜだか捨て置けぬものがある。ふと、猪谷の顔を見て、彼はいった。

「実は、ちょっと興味深い人物がいまして、できればご意見を伺いたいと思います」

「興味深い人物？」

猪谷はおもむろに振り向いた。

丸い黒眼鏡越しに、じっと永友を見つめている。

「シリアルキラーの犯人はサイコパスによるケースが多いとおっしゃってましたね」

永友が切り出すと、猪谷は明らかに顕著な興味を見せた。

「そういうことだが」

永友はしばし黙っていたが、こういった。「実はひとり、甲府署の同僚がマークしている人物がいます。現状、内偵中ですので、具体的な個人情報は明かせませんが」

「ほう」

猪谷は興味深そうに向き直った。

「どんな人物ですか」

永友は慎重に言葉を選んで話し始めた。


大学が夏休みになって、真穂はずっと自室にこもっていた。

七月が終わろうとしていた。

北岳に行くまでの間、どこかで短期バイトでもやろうと思っていたのだが、例の事件があって、なんとなく外出が怖かったし、知らない人間と顔を合わせたくなかった。それに何しろこの猛暑である。家の中にいて冷房の恩恵に浴していると、まったく外に出たくなくなる。

母は毎朝、パートの仕事に出かけるが、真穂は朝食の片付けをやってから読書をしたり、インターネットで動画をぼうっとみたりしていた。兄の和志も同様で、引きこもりのように自分の部屋に閉じこもってばかりいる。

兄妹ふたり、何だか母のお荷物になっているような気がして、やっぱり罪悪感みたいなものがある。そんなことを考えるたび、溜息ばかり出てしまう。

ベッドに寝転んでスマートフォンでＬＩＮＥをやったり、ＹｏｕＴｕｂｅにアクセスしたり。

そんなことに飽きて窓際に行くと、サッシ窓越しに見下ろす近くの路上に灰色の車が停まっている。

そこにいたり、いなかったりするが、あれが警察の車だということを、真穂は知っている。最初は気味悪くて通報しようかと思ったが、車窓が開いたときに見えた運転席の中年男性が、あの事件のときに甲府署で会った刑事のひとりだと気づいたのだった。

ホッとすると同時に、どうしていつもあそこで張り込んでいるのかと疑問も浮かんだ。

自宅周辺のパトロールを強化しますと通り一遍なことを警察でいわれたのだが、そのためかもしれない。が、いくら考えても仕方ないので、意識しないことにした。

ベッドでスマホを顔の前に持って、ネット動画を観ているうち、北岳の山岳救助隊の映像が見つかった。検索をかけて、あれこれと探してみた。救助犬を撮影した動画も多く、もちろんハンドラーの星野夏実の姿もあった。

彼女とは自宅や甲府のアウトドアショップ、喫茶店で会ったきりだが、やはり山の現場にいるとはつらつとしていて、いかにも第一線で働く山岳救助隊のベテラン隊員だという実感がある。

ベッドシーツに頬杖《ほおづえ》を突きながら、漫然とネット動画に見入っているうち、ふと、山の空気が恋しくなった。

これまでサークルの仲間たちと八《やつ》ヶ岳《たけ》や北アルプスの白馬岳《しろうまだけ》などに登ってきたが、まだ足を踏み入れたことのない北岳への思いがつのってくる。そういえば何度となく、北岳の夢を見た。行ったことがないはずなのに、妙にリアルに夢に出てきたし、奇妙なことに同行しているのは悦子《えつこ》たちではなく、いつだって兄の和志なのだった。

短大に入って山岳部に所属したのは、ひとえに兄の影響だった。会社の同僚らとあちこちの山に登るたび、ＬＩＮＥなどで山の写真を送ってくれた。それを見るたび、心底、きれいだと思えたし、うらやましくもあった。

子供の頃からあまり運動が得意でなく、体力にも恵まれなかったが、山というのはあくまでも自分のペースで登ればいいんだと、いつも兄はメールに書いてくれていた。そうして実際に登山を始めると、意外にも仲間たちの足手まといにもならず、ちゃんと登れることに驚き、それがゆえに自信も付いた。

息子に次いで娘までが山にはまったことで、母はさぞかし心配だっただろう。

それでも下山して幸せ満載で帰宅し、山の話をあれこれする娘を、節子《せつこ》はいつだって微笑《ほほえ》みながら見ていてくれたものだ。

そんなことを思いながら、知らず、真穂は笑みを浮かべていた。

その笑いが消えたのは、隣の兄の部屋から聞こえた音のせいだった。

突然、壁を殴るような激しい音がして、彼女はハッと我に返り、兄の部屋と隣接する壁を見つめた。

ふたたび、音がした。

何かで壁を殴るような激しい音だった。

「お兄ちゃん！」

あわててベッドから下りると、真穂は自室を飛び出した。

通路に立って、隣の兄の部屋のドアを凝視する。

また、音がした。激しく壁を叩く音。

明らかに異常な事態だった。いったい兄に何が起こっているのか。

真穂はパニックに襲われそうになったが、何とか自分を落ち着かせた。母は仕事で出かけているし、この家には自分しかいない。そう思いながら、兄の部屋のドアノブに手をかけた。

「お兄ちゃん！」

また声を放ったが、返事はない。

しかしさっきの激しい物音も聞こえなくなって、今は兄の部屋は静まり返っていた。

意を決してドアノブを回した。あっけなく、それが開いた。

部屋に飛び込んで、真穂は凍り付いた。

フローリングの床に兄が俯《うつぶ》せになって倒れていた。

真穂は片手で口を覆っていたが、すぐに駆け寄って兄の体に手をかけた。

「お兄ちゃん。どうしたの？　大丈夫？」

和志がそっと顔を上げた。

満面、汗の粒が浮かんでいて、しかも血の気を失って真っ青だった。

虚《うつ》ろな表情で真穂をじっと見ていたが、ふいに目をしばたたき、妹を凝視した。

「真穂……」

彼女は何とか、兄を仰向けにした。

白いワイシャツがぐっしょりと汗で濡れていた。襟元のボタンをふたつばかり外した。

くしゃくしゃのベッドシーツ。どうやらそこから落ちたらしい。ベッドは壁際にあって、隣の真穂の部屋との仕切りになっていた。おそらくベッドの上から壁を蹴るか殴るなどして、あの音を立てていたのだろうと思った。

「いったい、何があったの？」

真穂はそう訊《き》いたが、兄は相変わらず虚ろな顔のままぼんやりと天井を見上げている。

「夢を見てた」

和志がかすれた声でつぶやいた。

「夢……」

「お前が山で死ぬ夢だった。遠くに行ってしまうんだ……」

真穂はじっと兄を見つめた。

「大丈夫だよ。私は遠くになんか行かないからね」

兄は依然として魂が抜けたような表情だったが、ゆっくりと視線を移し、真穂を見た。

「北岳に登らないでくれ」

真穂は驚く。

異様な様子の兄を凝視しているうち、次第に胸の奥の不安が大きくなっていった。

やはり北岳に行くのをやめようかと、真穂は考えた。

こんな気持ちを抱えたままで登山をしたって、楽しいわけがない。

しかしはっきりした理由がないまま、みんなとの約束を反故《ほご》にするというのもどうだろう。アウトドアショップで楽しそうにレインウェアを選んでいた悦子の姿を思い出し、また小さく溜息が出た。

4

白根御池の幕営指定地。

いくつかのテントが並ぶ平地から池を挟んだ対岸の大きな岩の上に、石造りの観音像が立っている。

八月一日、時刻は午前八時ちょうど。

登山者の多くはすでに頂上を目指して出発したか、あるいはこれから麓《ふもと》から到着するので、人けの少ない時間帯である。

昨今の盗難事件の多発で、多くのテント泊の登山者がデポ（残置）をしなくなり、重たいテントをわざわざ担いで草すべりを登っていくようになったのは悲しいことだが、それでも山岳救助隊の〈幕営指定地監視中〉の立て札が功を奏したのか、それを信頼して何人かのテント泊の登山者たちが、それぞれのテントをその場に残していた。

派出所を出た夏実が歩いて行くと、深町敬仁《ふかまちたかひろ》の姿があった。

いつものように観音像が乗った岩の傍にイーゼルを立て、北岳をスケッチしている。ここから見上げる頂稜は、毎日のように違って見える。太陽は東の空に昇って、ちょうどバットレスに光を投げ、屹《き》り立《た》った岩肌を輝かせていた。

「深町さん」

腰の後ろで手を組んで歩き、彼にゆっくり近づいた。

深町はちらと夏実を見てから、山に目を戻した。夏実は傍に立つと、深町のスケッチに目をやった。鉛筆書きのラフ画だが、なぜかいつも以上に険しいタッチに見えた。

「異常なし、ですか」

「うん。今のところ異常なしだ」

深町は趣味の写生をしながら、幕営指定地の見張りも兼ねている。救助隊の制服でなく、私服の登山着姿なのはそういう事情だ。山道具の泥棒は持ち主がいなくなった頃合いを見計らうようにテントを荒らす。おそらく犯行時間は午前中から午後二時頃だろう。

現状、テント場に怪しい人物は見当たらないようだ。

「それにしても誰かを疑うというのは、あまり気持ちのいいものじゃないな」

涼しげに目を細めながら、深町は北岳バットレスを見つめている。

「私もできれば人を信じたいし、北岳を犯罪の現場にするのは悲しいです」

「しかし現実に盗難は続発しているし、それは何としても防がなければならない。だとしたら、やはり犯人を捕まえるしかない。俺たちは警察官だ」

夏実は頷いた。「そうですね」

ふいに深町は彼女を見た。「うかない顔だね」

夏実は愁眉《しゅうび》になった。

「……あの水越さんの一件で」

「やっぱりそうか」

一連のことは深町に打ち明けていた。

何がどうなるわけでもないのだが、やはり相談せずにはいられなかった。

夏実の特殊な共感覚のことを知っているのは隊内で深町だけだし、何よりも彼とは相思相愛の仲だった。

「あれからいろいろ考えてみた」

深町は遠くを見ながらいった。「まず、君が不思議な体験をしたことはたしかだ。

だが、彼がどういう存在なのかとか、どうして忽然と山にいたのかとか。いくら考えても答えは出ないし、調べようとしても無駄な気がする。もしかしたら、永遠に解明できない謎なのかもしれない」

「ええ」

「おそらく君が気にしているのは、時間を置かずに発生した連続殺人事件のことだろうし、彼の妹がそれに巻き込まれたという事実だ。しかし、やっぱりそこに何らかの意味を見いだそうとしても無駄だろうな。双方の関連は考えられないし、どちらも偶発的なことなのかもしれない」

「はい」

「事件に関しては、県警と甲府署が動いているから、いずれは解決するかもしれないが、とりわけ水越さんと妹さんについては、俺たちは何もできないということだ。ここで君がいくら考えても悩んでも、何かが変わるわけじゃない」

「そう……ですね」

深町はふと夏実を見て、かすかに笑った。「けっきょく世の中、悩んで物事が解決したためしはないんだよ。だから忘れていたほうがいい」

「忘れるのは無理かも」

深町がフッと微笑んだ。「そうか。もうすぐ、北岳に来るんだったね」

「そのとき、何ごともなければいいんだけど」

「思い過ごしだろうね」

「そうですね。きっと」

また頷いた夏実の肩に、深町がそっと手をかけてきた。

夏実は身を寄せ、その胸にぎゅっと頭を押し当てた。


午前九時。

夏実と静奈はそれぞれの救助犬を従えてパトロールに出た。

予報だと天気は下り坂らしく、西日本はかなり雨が降っている。その雨雲が今日の午後には東日本に到達するという。山の天気は平地よりも早く変わるから、朝のうちから降り始める可能性があった。

しかし今、北岳の空はあくまでも青く、雲もほとんどなかった。

ただ、風が麓から吹き上げていた。

小太郎《こたろう》尾根の気持ちのいい稜線《りょうせん》を歩いていると、東側の斜面を白いガスが不定形生物のように躍りながら、ゆっくりと這《は》い上がってくる。気圧が降下している証拠だった。

先頭は夏実。彼女の横を歩くメイがときおり地鼻を使いながら、トレイルの匂いを嗅《か》ぐ。後ろを歩く静奈。彼女に従うバロンは、頭を高くもたげては風の匂いを捉《とら》えている。

稜線上に遊んでいたライチョウの親子が三羽、夏実たちの姿を見ていたが、暢気《のんき》に体を揺らしながら、ハイマツの繁《しげ》みに入っていった。メイもバロンもまるで興味がなく、少し地面を嗅いだだけでその場を通り過ぎた。

尾根道ゆいいつの鎖場を登り切ったところで、夏実たちが驚いて足を止めた。路傍《ろぼう》の岩の上に、大柄な白人男性が座っていたのである。

「ハイ、セイナ!」

陽気に手を上げたのはもちろんニック・ハロウェイ。いつもの赤いバンダナにTシャツ、半ズボンのスタイルで、毛むくじゃらの足を組んでいる。

彼の姿を見て、静奈が露骨に吐息を洩らした。

「とんだストーカーね」

と、つぶやくので、思わず夏実が笑ってしまう。

静奈の思惑とは裏腹に、救助犬バロンがニックを見て、激しく尻尾《しっぽ》を振り始めた。

バロンはニックが大のお気に入りなのである。

「パトロールか?」と訊かれた。

静奈がわざと反応しないので、夏実がいった。「そうですけど、ニックさんは?」

「ちょいと肩の小屋までな」

「また、〝山頂ダッシュ〟ですか?」

「せや」

のほほんと返事をしながら、静奈から目を離そうとしない。

それを見て夏実は肩を持ち上げて笑った。


ゆるい上り坂をクリアして肩の小屋が見えたとたん、そこで騒動が持ち上がっていることがわかった。

小屋の前、幕営指定地に大勢が集まっている。その雰囲気が殺伐としていた。

夏実たちがあわてて走って行くと、テントがいくつか立っている中、胡麻塩《ごましお》頭の中年男性と茶髪の若者が向かい合って立ち、いがみ合っているようだ。その周囲を小屋のスタッフや他の登山者たちが取り巻き、ふたりのすぐ傍に三代目管理人の小林和洋が立って、争いごとをいさめようとしているのがわかった。

すでに喧嘩沙汰《けんかざた》になったのか、若者の顔に血の跡があり、シャツの肩の辺りが破れて皮膚が露出していた。中年男性のほうも、血走ったような目をしている。

「どうしたんですか」

夏実が声をかけると、和洋が振り向いた。

他の人々もいっせいに目を向けてきたが、向かい合わせに立つ男性ふたりだけは、依然として火花が散るような視線を向け合ったままでいた。

「盗難があったようなんです」

和洋が説明した。「山頂に行っている間、テントの中に置いてた財布を盗まれたっていうんですが……」

「それがどうして喧嘩沙汰に……」

夏実がつぶやくと、隣に立つ静奈がこういった。

「盗難の被害に遭った当人は、理由もなく手近にいる誰かを疑いたくなるの。前にも似たようなケースがあったわ」

「きっとこいつが盗んだんだ！」

怒声を放ったのは中年男性だった。

目の前に立っている若者を指差した。「俺のテントを荒らしやがって」

「ほら。〝きっと〟って……」

静奈がしらけた顔でつぶやいた。

「勝手に盗人《ぬすっと》呼ばわりするんじゃねえよ」

若者が怒鳴り返したものだから、中年男性が衝動的に相手の胸ぐらを片手で摑んだ。

「てめえ、開き直りかよ！」

拳をかまえた中年男性の腕を、和洋がとっさに摑んだ。同時にもう一方の手で若者を突き飛ばすようにして、ふたりを引き離した。さすがに元自衛官だけあって体力があり、こうした厄介《やっかい》ごとに慣れている。

「とにかくここは落ち着いてください」

和洋が大声でいったが、中年男性はおさまらない。

「莫迦野郎《ばかやろう》。落ち着いてなんかいられるか！」

なおもかかっていこうとする男を、和洋が背後から羽交《はが》い締《じ》めにした。Tシャツの両腕の筋肉が浮き出している。おかげで中年男はまったく動けない。

「まあまあ」

そんなところに出て行ったのがニックだった。

いきなり大柄な白人男性が無造作に割り込んできたので、喧嘩をしているふたりがギョッとした顔で振り向いた。中年男性を後ろから捉えていた和洋まで驚いて手を離した。

「な、何だよ、てめえは……」

中年男性がニックを睨《にら》んだが、明らかに気圧《けお》されて腰が引けている。

あくまでも朗らかな顔でニックがいう。

「ええ大人同士が喧嘩もないやろ。とにかく話、聞こうやないか」

ニックの顔を睨むように見ていた中年男性の目が、わずかに泳いだ。

「今朝、トイレに行ったあとで戻ってきたら、こいつが俺のテントの中を覗《のぞ》いてたんだよ。そのあとで山頂から戻ってきたら、荷物から財布がなくなったのに気づいたんだ」

「それって、本当ですか」と、夏実が訊いた。

若者は不機嫌な顔で彼女を見た。

「たしかにちょっと覗きましたよ。つか、もともとテントに興味があったんです。お気に入りのブラックダイヤモンドの新作だったし、たまたま隣にあって入口が開いていたから、中の広さってどうだろうな、なんて……」

彼が指差したとおり、そこにあるベージュ色のソロテントはいかにも新品で、側面に《Black Diamond》のロゴが確認できた。

「あー、ホント。これっていいテントですよね」

つい、声を出してしまったので、傍に立っていた静奈が肘で小突いた。夏実は思わず肩をすぼめて舌を出した。

「で、覗いただけなの？」と、静奈。

若者はムッとした顔になった。「当たり前ですよ」

一方、中年男性の様子が明らかに変わっていた。最前、若者に嚙《か》みついていたときのとげとげしさがなく、どこか自信なさげで、困惑したような表情を浮かべている。

「マネーの入った財布をテントに残して、あんた、山頂に出かけたんかいな」

ニックがいうと、中年男性は口を尖《とが》らせ、そっぽを向いた。

「たまたま忘れたんだよ」と、ブツブツつぶやくようにいう。

「ところでその財布、いつもどこにしまってたんや？」

ニックにいわれて、男がテントの中から大型のザックを引っ張り出した。

雨蓋《あまぶた》のジッパーが開いたままだった。

「ここだよ。きちんと閉めたはずなのに、ジッパーが開いてた」

「最後にそこから財布を出したのは？」

ニックの質問に男が眉根を寄せ、少し考えてからいった。「今朝、そこの外テーブルで自炊をしてから、コーヒーを注文したんだ。それからトイレに行って……」

いいかけた男が口をつぐんだ。何かを思い出したようだ。

「あの……」

女性の声がして、全員が向き直った。

頭に緑のバンダナ、エプロン姿。肩の小屋のスタッフで大下真理《おおしたまり》という娘だった。

「さっきおトイレの掃除をしてたら、これが個室にあったんですけど」

右手に持っているのは、黒っぽい革財布である。

「あ！」

中年男性が指差した。「それだ」

一気に場がしらけてしまった。

よろよろと歩いて、女性スタッフの真理から財布を受け取った男は、あわてて財布の中身を確かめた。そうしておもむろに顔を上げた。

「中身、ありましたか？」

静奈にいわれ、男が黙って小刻みに頷いた。

ニックが大げさに肩を揺すって笑い、拍手をした。「これにて一件落着や」

男は片手に財布を持ったまま、なんとも複雑な顔で頭を掻《か》いている。

和洋やスタッフら、あるいは野次馬になっていた他の登山者たちが、やれやれといった表情でその場を立ち去っていった。

ニックはとばっちりを受けた若者の肩を叩き、こういった。

「あんたもな。怪しまれるような行為はやめたほうがよろしいで」

茶髪の若者も複雑な表情で頭を掻き、一礼をしてから自分のテントに戻っていく。

「本当に一件落着ですね」

夏実が笑うと、ニックが振り返り、ウインクをした。

「セイナ。小屋でコーヒー飲まへんか？　奢ったるで」

「結構です」

腕組みをしていた静奈につっけんどんに返され、ニックは肩をすぼめた。

夏実がたまらず、体を揺すって笑い始めた。

5

「水越和志、住所は都内練馬区。港区にある広告代理店〈東亜通信〉に勤務。趣味は登山……か」

アリオンの運転席に座る小田切《おだぎり》がつぶやく。

彼の手にはA4サイズでコピーした捜査資料があった。何度も読み返したので、縁が折れたり、ホッチキスで留めた部分が破れかけている。

助手席にいる谷口はシートの背もたれを倒したまま、車窓の向こうに見える水越家の二階の窓をぼんやり見ていた。

八月に入って、週間天気予報に雨傘マークが並ぶようになった。

今日も朝のうちは晴れていたのに、午後から次第に雲が増えて、天気が悪くなった。夕方前には雨になるらしい。水越家の屋根の背後の空は、どんよりとした鉛色《なまりいろ》の雲に覆われている。それでも相変わらず気温は三十度以上あって、車はエアコンを効かせたままだ。

「しかし、何だってあいつにこだわってるんですか」と、小田切が訊いた。

あれこれ言葉を探してから、谷口がこういった。

「古い言い方だが、刑事の勘って奴だ」

小田切がクスッと笑った。「古すぎますよ。テレビの刑事ドラマじゃあるまいに」

突っ込まれて谷口はムッとなったが、他に応えようがなかった。

具体的に疑うべき理由は存在しない。そもそも一連の事件とのつながりは、本人の妹が巻き込まれそうになったということだけだ。つまり明確な証拠を摑んだ上での被疑者ではない。もちろん犯罪にかかわる動機もない。それでも捨て置けぬ何かがあると思って、谷口はこうして張り込みを続けていた。

特捜本部に組み込まれたチームのメンバーであれば、こういう独断は一笑に付され、許されなかっただろう。警察官はチームプレーが基本だからだ。

しかし菊島《きくしま》警視による計らいのおかげで自由行動ができた。もともと所轄で抱えていた未解決の事件がふたつもあって、そちらを無視するわけにもいかないのだが、時間がある限り、こうして見張りをしておきたい。

そうした事情を小田切に話し、いつでも見張りを交代できるよう、ここに連れてきたのだった。

「サイコパスっていわれたんで調べてみたんですけど、いわゆる反社会性パーソナリティ障害の人って、驚いたことに百人にひとりはいるって話です。そんなことで疑ったって、きりがないじゃないですか」

「たしかにそうだ」

「だったら……」

「無意味なこだわりも必要かなと思ってな」

小田切が呆《あき》れた顔で彼を見て、口を閉ざした。

あえていえば、やはり彼の〝目〟だった。

谷口はまた息子のことを考えた。感情を持たぬ者の目を思い出した。

相棒とはいえ、そんな息子のことをいうわけにはいかなかった。にもかかわらず、心の奥に痼《しこ》りのようになってずっと残っていたことが、次第に色をなして浮上してくるような奇妙な感覚をおぼえていた。

今にして思えば、やはり息子のそれとは違う。あのとき見た水越和志の目は、いわゆるサイコパスといわれる人間のそれとも、どこか異なっているような気がした。あえていえば——そう、異生物の目だ。温かな血が通う人間あるいは哺乳類《ほにゅうるい》のものではなく、爬虫類《はちゅうるい》や魚類などの冷血動物を思わせる目だった。

谷口は鼻から息を洩らすと、車窓を少し下ろした。

指を隙間から外に出すと、ねっとりと湿った夏の空気が絡みついてきたので、あわてて引っ込め、ウインドウを閉じた。

「外はうだるような暑さだな。いっそ、雨が降ればいいのに……」

つぶやいた谷口を、横目で小田切が見た。

「エアコン、少し強くしましょうか？」

「ああ」

ダッシュボードの噴き出し口から出ていた冷たい風が強くなった。

谷口はそこに手をかざした。


一時間ほどして、玄関の扉が開き、手提げバッグを持った水越真穂が出てきた。どこへゆくのか、急ぎ足に街路を歩いていく。

母親はいつものパートに出ているから、今、家にいるのは和志だけのはずだ。そう思っていたら、また玄関の扉が開いて、当の和志が出てきた。くたびれたワイシャツに皺《しわ》の入ったスラックス。足下は白いズックである。荷物は持っておらず、手ぶらだった。

谷口たちが車窓越しに見ていると、和志は真穂が去って行った方角に、少し足早に歩き始めた。背丈があるので妙に印象的に見えた。そのほっそりとした姿が、周囲の景色の中でやけにはっきりと目立っている。

「どうします？」小田切にいわれた。

谷口は何もいわず、助手席のドアを開いて車外に出た。とたんにむわっとする暑さと異様な湿気が、まるで凶暴な圧力をともなって体を包み込んでくる。かまわずドアを閉め、谷口は歩き出した。背後でドアが閉まる音がして、小田切が追いついてきた。

「この暑いのに歩いて尾行ですか」

「莫迦野郎。車で追尾したりなんかすれば、すぐにバレるだろう。テレビの刑事ドラマじゃないんだぞ」

小田切が苦笑いを浮かべた。

谷口は歩を運びながら、数十メートル先をゆく和志の後ろ姿から目を離さない。彼はいくつか路地を曲がった。足を止めることなく歩き続けた。少し距離を空けたまま、谷口たちが尾行する。向こうはこちらにまったく気づく様子がない。

やがて大通りに出た。

国道五十二号線、旧甲州街道である。

路肩にバス停があり、歩道の端に標柱が立てられている。そこに若い娘がひとり、ポツンと立っているのが見えた。

先に外出した水越真穂だった。

てっきり追いかけてきた和志が妹のところに行くのかと思っていた。しかしバス停の少し手前で和志は立ち止まり、缶飲料の自販機の陰に身を隠すように入った。

谷口は驚き、足を止めた。バス停の真穂と、その手前に隠れている兄の和志を見つめた。

「何のつもりでしょうか」

隣で小田切がそっとささやいたが、彼は黙っていた。

やがて〈山梨交通〉の緑と白にデザインされたバスがやってきて、自動扉を開いた。真穂がステップから乗り込むと、扉が閉じ、バスがゆっくりと走り出した。それが甲府駅方面に向かって去って行くと、自販機の陰から和志が出てきた。

バスが消えた道路をしばらく見ていたが、ふいに踵《きびす》を返した。

谷口たちはとっさに、近くにあったコンビニに入り、雑誌コーナーに立った。ラックから自動車雑誌を取って読むふりをしていると、ウインドウの向こう、歩道をゆっくりと和志が歩いて通り過ぎた。

やや猫背気味に長身を曲げ、どこか虚ろな目をしている。両手を下げたまま、まるで何か重たいものを引きずるかのように、ひっそりと歩きすぎていった。

雑誌を持ったまま、谷口はその姿を見送った。

得体の知れない気味悪さがあって、悪寒のように背筋にわだかまっていた。

少し時間をおいて、小田切とふたりでコンビニを出る。和志の姿はすでにずいぶんと遠く、小さく見えていたが、自宅に向かっているようだ。だったらどうして妹を追ってきたのだろうかという疑問がある。

ふたりは炎天下の路上を歩き、距離を保ちながら和志を尾行した。

やがて水越家の前にやってくると、和志は玄関から屋内に入った。路地の角からそれを見届けた谷口たちは、家から少し離れた場所に停めた彼らの車に戻り、ドアを開いて車内に乗り込んだ。

少しの間だったのに、すでに車内には熱気がこもっていた。

小田切がエンジンをかけ、エアコンを最大にした。

噴き出し口から放出される見えない冷気に、まるで生き返ったような心地になった。

ハンカチで顔や喉元を拭いていると、小田切が声をかけてきた。

「薄気味の悪い奴ですね」

谷口は口を閉じていた。なんと応えていいか、わからなかった。彼の行動の意味はわからないし、わかろうとも思わなかった。こうして遠くから見張るだけだ。そんな中で、何かが見えてくるかもしれない。判明するかもしれないという、手探りの情況。

それきり、和志は屋内にこもっていた。二階の窓は、カーテンが閉まったままだ。

谷口のズボンのポケットの中で、スマートフォンが震え始めた。引き抜いて画面を見ると、永友の名前が表示されている。タップして耳に当てた。

「谷口です。ご苦労様です」

――これから水越真穂を訪ねようと思ってます。谷口さんは張り込み中ですか？

「さっき彼女は外出しました」

――真穂さんの行き先は？

「ちょっとわからないですね。こちらは兄のほうをマークしてますので」

――諒解《りょうかい》しました。真穂さんの連絡先は控えているので、捉《つか》まえてみます。

通話を切ってから、しばしふたりで黙っていた。

その沈黙に耐えられないように、小田切が咳払《せきばら》いをしてからいった。

「あれきり犯行が止まりましたね。もう、一週間以上になりますが」

カーエアコンの噴き出し口に手をかざしながら続けた。「――我々の捜査も本腰が入ってるから、やっこさん、なりをひそめたんじゃないですかね」

谷口はじっと考えてから口を開いた。

「そう思わせるのが狙いかもしれんな」

「そうですか」

小田切が口をすぼめた。

「あの手の連続殺人犯は、いくつか犯行を重ねたあとでインターバルを置くことがあると、トモさんがいってた。例の猪谷とかいう作家からの聞きかじりらしいがね」

「つまり、時間を空けてからまた再開するってことですか」

谷口は頷いた。

「メンタル疾患の症状に波があるように、異常殺人の衝動もまた同じらしい」

「満月に人を襲う狼男の話みたいですね」

「おそらくその伝説と共通点があるんだろう。もちろん怪物とか化け物の話じゃなく、人を襲う衝動には周期があるということだ」

「いやな話です」

「こんな腐った時代だ。犯罪もそれにふさわしく変わっていくんだろうさ」

谷口がいったとき、フロントガラスにポツリと水滴が落ちた。

気づいて見ているうちに、雨粒がいくつも当たり始めた。

「おっと、降ってきやがった」

小田切の声を聞きながら、谷口は鉛色の空を見上げ、少し目を戻した。

そこに水越家の二階の窓があった。

「あいつも今夜ばかりは空を見上げないだろう」

「空……何のことですか？」
「いや」谷口は口角を少し歪《ゆが》めた。「いいんだ」

国道二十号線から少し入った通りにある大きな書店で、真穂は実用書コーナーの前に立っていた。大学のゼミのレポートで必要な文献を探しているところだった。

書棚は〈マーケティング〉や〈マネジメント〉など専門分野で分けられていた。ネットで検索してａｍａｚｏｎなどでクリックすれば便利で簡単だが、何でもかんでもネット通販に頼るのはやはり気が引けた。のみならず、家にこもっていても何だか落ち着かず、いらぬことばかりを考えてしまうので、思い切って外出することにしたのだった。

ネット通販といえば、甲府市内でも大手の書店が閉店となったり、あれこれと不況の影響が出ているらしい。だからできればこうした町の書店で購入しようと思う。

二冊ばかり選んで購入を決め、それから雑誌コーナーに移ってファッション雑誌などをめくっているうち、ずいぶんと時間が経過していたのに気づいた。レジで本を購入して手提げバッグに入れると、書店を出た。

いつの間にか外は雨が降っていた。おかげで少し気温が下がっているようだ。

けっこう本降りだったので、手提げの中から折りたたみ傘を取り出し、それを開いて差した。バス停は国道にあって、少し歩かねばならず、真穂は水たまりを避けながら歩道をゆっくりと歩いていた。

スマホの音がし始め、足を止めた。

手提げから引っ張り出すと、液晶画面に知らない番号が表示されていた。どうしようかと逡巡《しゅんじゅん》したが、出てみることにした。

「もしもし……」

――山梨県警の永友です。急に失礼します。

男の声に、当人の顔を思い出した。あの恐ろしかった夜、甲府署の谷口という刑事とともに、彼女から話を聞いてくれた。細面《ほそおもて》でちょっとイケメンな中年男性だった。

「あ。どうも」

――実は、ちょっとお目にかかりたくて。

「何のご用でしょう?」

相手は少し間を置いてからいった。

――例の事件のことですが、おそらく真穂さんはもう思い出したくもないでしょうけど、我々としては一刻も早く犯人を検挙したいと思ってます。それでまたお話をさせていただきたいのです。

少しの間、考えた。

たしかにあれは忘れたい、忌《い》まわしい出来事だった。おかげで眠れぬほど過度の不安にさいなまれてもいる。とはいえ、やっぱり警察が犯人を逮捕してくれるまで安心はできない。そのための協力ならば仕方ないことかもしれない。

決心していった。「わかりました」

——失礼ですが、今は出先ですか？

「ええ。外出中ですけど……それ、ご存じなんですね？」

——は？

「だって、いつも夜中とか、私の自宅近くで張り込んでくださっていますよね？」

——まいったな。ばれてましたか。

真穂は小さく吐息を洩らした。

「それで、どこに行けばいいですか？」

——わざわざ署までご足労いただくのももうしわけないので、こちらからうかがいます。どちらにいらっしゃいますか？

仕方なく、自分がいる場所を伝えた。

それから十分と経たず、黒っぽい車体のトヨタ・カムリがやってきて、路肩でハザードランプを点滅させた。

歩道の片隅で待っていた真穂は、傘を差したまま、カムリの横に立つ。

車内フロントシートに二名。運転席のドアが開き、永友が出てきた。

「お待たせしました。どうぞ」

後部座席のドアを開かれて、真穂は傘をたたんで乗り込んだ。

永友は外からドアを閉めると、また運転席に乗り込み、カムリを走らせた。

二十号線は相変わらず車が多いが、永友はカムリを巧みに車列に入れると、時速六十キロで流していく。雨がフロントガラスを叩き、水滴を拭うワイパーの音が静かな車内に続いていた。

助手席にはもうひとり、座っていた。

派手な色柄のアロハシャツを着ていたし、黒髪にヒッピー風のパーマをかけていて、とても警察官には見えなかった。その怪しげな後ろ姿を見て、真穂は少し気味悪くなった。

「作家の猪谷康成さんといいます」運転しながら永友がいった。「今回の事件でいろいろとアドバイスをしていただいてるんです」

猪谷といわれた男が肩越しに振り向いた。

真っ黒な丸いサングラスをかけていて、口元に無精髭《ぶしょうひげ》が生えている。

「初めまして」

手を出して挨拶《あいさつ》されたので、真穂は仕方なくそっと握手を返した。

「作家って……」

口にしたとたん、猪谷というその男が本を差し出してきた。

「最新刊です。どうぞ」

受け取って表紙を見た。

〈21世紀の切り裂きジャック〉

カーニバル広瀬・著　徳文社新書
タイトルと著者名を見て、真穂は思い出した。

テレビのワイドショーにゲスト出演していたことがある人だった。ひと昔前のヒッピーめいたスタイルと独特のキャラクターにくわえ、周囲を煙《けむ》に巻くような奇抜な発言のおかげで、鮮明に記憶に残っていた。

表紙をめくる。タイトルページに崩し文字の横書きで署名されていた。

それを見ているうち、真穂は気づいて少しムッとした。

「もしかして、私って取材対象ですか」

「違います」

永友が運転席からいった。「――あくまでも我々は犯人を見つけるために捜査をしています。猪谷さんにはとくに協力を仰いでいるのです。もしも誤解されたとしたら、すみません。事件の解決のために、なるべくたくさんの情報を収集したいんです」

真穂はさらに不機嫌になる。

「お話しできることはすべてお伝えしたつもりですけど」

そういって口を閉ざした。

正直、電話で呼び出され、この車に乗ってしまったことを後悔していた。捜査への協力は惜しまないつもりだったが、こんなやり方が気にくわなかったし、自分が見下されているような気もした。何よりも助手席に乗っている、この猪谷という男が気味悪かった。

「真穂さんは山登りをされるとか?」

猪谷の声がした。

いきなりそっちに話題を振られて驚いた。あの晩の事情聴取で、登山の話なんてしゃべっただろうかと真穂は思った。

「ええ。いちおう」

すると猪谷がまた振り向き、無精髭の口元を歪めて笑った。

「奇遇ですね。私も山が好きなんです」

「そ、そうなんですか」

「最初は仕事の関係でしてね。一九九九年にヨーロッパアルプスで三カ国をまたいで発生した連続殺人事件の取材で、あちらの山に登ったんです。それからすっかり登山にはまって、自主的に足を運ぶようになりました。仕事の合間に国内のあちこちの山に登っているんです」

「はあ」

「永友警部も昔の事件で北岳に登られたそうですし、妙な奇縁を感じました」

丸い黒眼鏡の奥から、いやな感じのする視線が真穂を捉えていた。彼女は顔を背け、側面の車窓から雨に打たれる甲府の街を眺めた。

「真穂さんはどういうきっかけで？」

「兄の影響です」

「お兄さん……和志さんとおっしゃいましたか。昔から山が趣味だったんですか」

「会社の同僚と行くようになって、登山にはまったそうです」

「そういえば少し前、なんでも記憶喪失みたいな姿で、北岳で救助隊に保護されたと聞きましたが、本当は赤石岳《あかいしだけ》に登る予定だとお聞きしました。妙なことですが、いったい何が起きたんでしょうね」

真穂は猪谷たちを睨んだ。明らかに誘導尋問だった。

「そんなことまで警察は調べてるんですか」

「すみません。あれこれと詮索《せんさく》するつもりはなかったんですが、南アルプス署から上がってきた情報を、県警のほうでも共有してたんです」と、運転席の永友がいう。

「個人情報って、そんなに筒抜けなんでしょうか」

「そうですね……」

永友が少し口ごもった。

「お兄さん。東京のマンションから忽然と消え、記憶喪失みたいになって北岳で見つかったということですが、そのことについて、ご本人から何かおっしゃったことは？」

容赦なく猪谷がいうので、真穂は俯いた。

「兄自身もわからないんです。私が知るはずがないです」

「些細《ささい》なことでもいいんですよ」

「兄は心の病気です。だからそのことに関して、あまり波風を立てないでください」

「北岳といえば、富士山に次いで日本で二番目に高い山ですよね」

真穂の声を無視するように猪谷がいった。「一度、登ってみたいなあ」

「ご自分で行けばいいじゃないですか」

「真穂さん。ご自身は北岳には登られましたか?」

猪谷の顔を見て首を横に振り、また目を自分の膝《ひざ》に戻した。

これから行く予定があるなんて、とてもいえる気分ではなかった。

ふと、妙な疑念が湧いた。

「でも、どうして?　なぜ、そこまで兄にこだわってらっしゃるんですか」

猪谷が黙った。永友も何もいわなかった。

「まさか……兄を疑ってるんですか」

「いいえ。そんなつもりじゃ」

あわてて永友が否定したので、よけいに怪しく思えた。

「家の前で張り込んでるのって、私の警護じゃなくて、兄を見張ってたんですか」

　永友が黙り込んだ。猪谷も沈黙していた。

「車、停めてください」

　真穂が決然といった。

「ひどい雨です。家まで送りますよ」

　永友の声を無視した。

「お願いです。そこに停めてください！」

　永友がウインカーを出し、路肩に車を寄せた。

　自分でドアロックを解除すると、真穂は外に飛び出した。たちまち本降りの雨が頭や肩を濡らしてくる。すぐに折りたたみ傘を開いた。

　目の前で、永友と猪谷が乗ったカムリがエンジンをアイドリングさせている。その助手席の窓が下りて、猪谷と、運転席の永友の顔が見えた。

「真穂さん。失礼なことをしてしまったらお詫《わ》びします」

　永友がそういった。

「私の家の前で張り込みをしてた車。てっきりあの事件以来、守ってくださってるんだとばかり思ってました。でも、そうじゃなかったんですね？」

　雨音の中で、真穂がそういった。

永友が気まずく視線を逸《そ》らしたが、猪谷は黒眼鏡越しに真穂を見つめていた。

彼女は踵を返し、足早に歩道を歩き出した。

俯いて歩くうち、ふいに足がもつれそうになった。

その場に立ち止まり、傘を少し上げて後ろを見た。最前の路肩に、まだ彼らのカムリが停まり、ハザードランプを明滅させていた。

真穂は向き直ると、また俯きながら歩き出した。

6

バタバタと激しい音を立てて、大小の岩が重なったゴーロ帯に雨が落ちている。

夏実と静奈はともにレインウェアに身を包んでいるため、いつもの俊足よりもだいぶスピードを落としていた。救助犬たちとともに、濡れて滑りやすい岩稜《がんりょう》の上を慎重に下り、池山《いけやま》吊尾根の稜線をたどっている。

さすがに周囲に登山者の姿はない。

トラバース道分岐を越えて、さらに下った。その頃になると、雨脚が強まって、風が出てきた。レインウェアのジッパーをめいっぱい引き上げ、すっぽりとフードをかぶる。気温はさほど下がっていないが、雨風のせいで体感温度が冬のように感じられる。

なおも歩くうち、風が強まり、横殴りとなった。

尾根の左右に広がるハイマツがいっせいに波打ち、白く水飛沫《みずしぶき》を散らしている。頭にかぶったフードが風圧でたびたび脱げそうになるので、いちいち手で押さえねばならない。

メイとバロンがしきりに胴震いし、びしょ濡れになった被毛の水気を飛ばしている。

この吊尾根はところどころ痩《や》せて切れ落ちているところがあるため、救助犬たちの鼻を使わせて、危険箇所で滑落者の匂いが残っていないかを調べさせる。実際に犬の反応の変化に気づいて、崖下を見下ろすと、砂礫《されき》の斜面の途中に人が落ちていたということもあった。生還した者もいるが、こうした悪天で雨風に長時間さらされると、残念な結果になることもある。

ハイマツの繁みを抜けると、大きな岩が立ち上がって風よけになる場所があった。

そこで夏実たちは立ち止まり、少しばかり休憩した。水分を補給し、サプリを口に入れてミネラルを摂取する。ザックから水皿を取り出して犬たちにも水分補給をさせる。メイもバロンも長く舌を鳴らして飲んでいるから、ずいぶん喉が渇いていたらしい。

ふたりのレインウェアは防水透湿素材のゴアテックス製なので、内側に溜まった汗の湿気が抜け、夏実と静奈の肩や背中から白く湯気が立ち上っていた。

尾根を渡る風の音がすさまじく、ゴウゴウと唸《うな》っては周囲の岩稜やハイマツに雨を叩きつけている。

「何だかニックさんって、すっかり北岳のおなじみになっちゃいましたね」

夏実がペットボトルのキャップを閉めながらいうと、静奈が口を尖らせた。

「あんな奴がレギュラーになるなんて、うざったすぎてちょっと勘弁」

「でも、どこか憎めないキャラクターですし、実際に登山や救助のスキルもあるみたいです。意外に戦力になりそうな気がします」

静奈はフンと鼻を鳴らし、また不機嫌な顔を見せた。

「ちょくちょくストーカーされる身になってみてよ」

「わかりますけど、あれはあれでいちおう冗談の範囲ですよ」

夏実は少し考えてから、いった。「それに彼、ただ能天気なだけじゃない気がします」

「そう？」

「日本に来る前はヨセミテでガイドとか救助をしていたそうですけど、そこで何かあったみたいなんですね。妙に言葉を濁したことがあって」

静奈は少し肩をすぼめた。「小っ恥ずかしいことでもやらかしたんじゃないの？」

「だったらいいんですけど、ちょっと悲しそうだったから」

そのときに感じた〝色〟のことは静奈にはいわなかったが、彼女なりになんとなく意味を察したらしい。納得したように口を引き結び、静奈は小さく頷いた。

「そろそろ行こうか」

静奈は足下に置いたザックのレインカバーを摑んだ。

「はい」

夏実も自分のザックのレインカバーを戻し、背負った。

尾根をたどるうち、少しずつ風が弱まっていた。

雨は相変わらず激しく降っているが、頭にかぶったフードがすっぽ抜けそうになるほどの強風が嘘のようにおさまって、おかげで歩行が楽になった。

八本歯のコル手前にある長い梯子《はしご》を下り、尾根の鞍部に立った。ここからは大樺《おおかんば》沢《さわ》に一気に下る、梯子の連続ルートとなる。

夏実は自然と足を止めていた。

前にいた静奈が振り返る。

「どうしたの？」

奇異な顔で訊いてきた。

「ここでした……」

神妙な顔でつぶやいた。

静奈が気づいたらしい。「そっか。彼を見つけたところだね」

「オーロラみたいな不思議な光を目撃したあと、ちょうど今、静奈さんがいる、そこにポツンと立ってたんです」

あのときの水越和志の後ろ姿が、まさに静奈の姿に重なって見えた。

その彼女がフッと笑った。

「そのオーロラみたいな光って、もしかしたら光柱《こうちゅう》っていう現象かも。沖合に浮かぶ漁《いさ》り火《び》なんかが空に映るのが原因らしいわ。遠くの街の明かりが空に映るなんてこともあり得るんじゃないかしら」

「それ、ネットで調べたんですけど、まったく違う形でした」

「だったら、もしかして光視症《こうししょう》とかの目の病気じゃない？」

「たぶん違います」

夏実は口を尖らせた。「それに和志さんが自覚のないまま、気がついたらここに立ってたって、やっぱり常識じゃ説明つかないですよね」

「たんにどこかで頭を打って、一時的に記憶を失ったんだと思うな。オカルトやファンタジーなんて、私は信じない」

膝下に停座するバロンの頭を撫《な》でながら静奈がいった。「そんなにくよくよ気に病んだりすることないわよ。百歩譲って、それがオカルトやファンタジーだとしても、そんなものはそうそう頻繁に起きるもんじゃないでしょ」

「それはそうだけど」

応えたものの、何か釈然としない気持ちが胸の中にある。

水越家を訪れるたび、二階の窓越しに見えた和志の姿を思い出す。この得体の知れない不安はいったい何なのだろう?

視線を感じて見下ろすと、メイがじっと夏実を見上げていた。

その榛色の目を見て、フッと笑みを洩らした。

「ごめんね。心配させて」

そういって、夏実はメイの背中を軽く叩いた。

7

「すみません。私の独断で先走ってしまったようです」

夕方の捜査会議のあと、永友がやってきて頭を下げた。

小田切といっしょにテーブルに向かって座っていた谷口は驚いた。中腰に立ち上がりかけたのを、手で制止された。仕方なくまた椅子に座った。

「何かを引き出せるかと思って、例の猪谷さんを水越真穂さんと引き合わせたんですが、彼女、機嫌を損ねて、かえって口を閉ざしてしまった。しかも、谷口さんがずっと張り込みをしていることに彼女はとっくに気づいていたようです」

「そうでしたか」

谷口は頭の後ろを掻きながら苦笑した。「どうも昔から尾行や張り込みってヤツが苦手でして……」

「私たちも水越和志についてくどく質問してしまったものですから」

「仕方ないですね。マークしてたとはいえ、確固たる証拠や何かのとっかかりがあったわけじゃなし、元はといえば私の思いつきみたいなものですからね」

「本当にもうしわけないです」

何度も頭を下げる永友を見て、谷口は苦笑した。

永友の慇懃《いんぎん》な性格は昔から変わらない。もともと後輩だった彼が準キャリアとして県警に引っ張られ、今は立場こそ逆転しているが、年配者への敬意は相変わらずだし、そういう人柄の良さがあってこそ、上から気に入られたのだろう。

「あれからもう一週間、犯行がぱったりと止んでます。捜査員の中には楽観して終息と見る者もいるようですが、やはり次の犯行を予察することは必要だと思います」

「菊島警視もそうおっしゃってましたね」

永友は周囲を見てから、谷口の隣の椅子に腰を下ろした。

「さて……我々〈遊撃班〉としては、次なる手をどうするか、ですが」

「私はやはり水越和志にこだわってみたいと思うとります。明日、東京に行って彼の会社関係にちょっと当たってみるつもりです」

「日当は出ないと思いますよ」と、小田切が笑った。

谷口はちらと彼を見て、かすかにかぶりを振る。

「それぐらい自腹を切るさ」

足音がして、濃紺のパンツスーツ姿の菊島優警視が歩いてくる姿が見えた。三人で見ていると、彼女は微笑み、パイプ椅子を近くから持ってきて、彼らと向かい合わせに座った。

「そちらはどうですか？」

「おかげさまで独断専行で動いてますが、未だにこれといった結果につながりません」と、谷口がいう。

「例の猪谷くんは？」

「癖が強すぎて振り回されてます」

永友が可笑《おか》しげにいった。

「実は今朝、連絡を取ってみたんだけど、彼、妙に興奮してたわ」

「興奮……猪谷さんが、ですか？」

谷口が訊くと、菊島が頷いた。「昨日、例の事件に巻き込まれた水越真穂さんに会わせたそうね」

「私の独断でしたが、まずいことをしました」

永友の返答に彼女は眉をひそめた。

「具体的にいわないんだけど、手がかりを摑んだようなことをほのめかすの」

「手がかり？」

「おそらく真穂さんのお兄さんのことじゃないかしら」

谷口が驚いた。「猪谷さんが、水越和志に興味を持たれたんですね」

「とにかく自分で調査するっていってるわ。あいつを呼んだこと、ちょっと後悔してる。この先、暴走しなきゃいいんだけど」

「この手の犯罪に関する知識も豊富ですが、なかなかに切れ者だし、役に立っていると思いますよ。ただしひどい暴れ馬のようなものだから、乗り手のスキルが問われます」

永友がそういって、菊島を見た。「大学で同窓だったそうですね。昔からあんな調子だったんですか」

「ぜんぜん目立たない人だった」

「信じられませんね」

笑った永友を見て、菊島が目を細めた。

8

「真穂も散々な目に遭ったね」

ストローでアイスコーヒーを飲みながら、悦子がいった。

隣には章人《あきひと》が座っている。真穂の隣には佐智《さち》がいた。

四人で章人の運転する車で〈イオンモール〉のシネコンに行き、映画を観たあとだった。上映が終了し、彼らはすぐに劇場の近くにあるフードコートに入って食事をとり、コーヒーやジュースを飲んでいた。

平日だったが、八月に入って夏休みシーズンということで、周囲に家族連れなど客が多い。ずっと雨続きだから外遊びはできず、こういう大型ショッピングモールなどに集中するのだろう。

「あのとき、俺たちが先にタクシーで帰っちゃったからね。水越さんをひとりで残したりするんじゃなかったよ」

章人を見て、真穂は少し笑った。「まさか二台目が来ないなんて思わなかったから」

「悦子を家まで送ってさ。そのあと、タクシーの中でちょっと心配になって、真穂ちゃんに電話してみようかとも思ったんだ。でも、番号わかんなくて」

「あれからずっと、ふたりいっしょじゃなかったんですか」

茶化していうと、とたんに悦子が顔を赤くした。

「いちおう実家住まいだからね。それに、章人と付き合ってること、うちの親には内緒にしてるし」

「そうなんだ」

急にいわれて驚いた。

「うちの親って、いつまでも娘を子供扱いしてるの」

少し口を尖らせ、悦子がいう。「真穂んちのお母さんは？」

「どっちかっていうと放任主義かな。事件の時はさすがに心配してたけど」

「いいなあ」

頬杖を突いて悦子が苦笑した。

「事件といえば、あれから何かあった？」

章人に訊かれて真穂は小さく首を横に振る。

「怖いことはないけど、ちょっとね……」

「何？」と、悦子。

「カーニバル広瀬って知ってる？」

真穂は傍《かたわ》らに置いたバッグから新書の本を取り出した。それをテーブルに置く。

〈21世紀の切り裂きジャック〉と書かれた書名を見て、悦子が眉根を寄せた。

「うわ。ヤバそう」

汚物を摑むように指先で取り上げ、隣に座る章人に見せた。

章人はそれを手にしてページをパラパラとめくったが、すぐにテーブルに置いた。

「お医者さんでもこういうのはダメなの？」

悦子がいうと、彼は笑った。「司法解剖を担当する内科や外科医師ならともかく、ぼくは診療放射線技師だからね。ちょっと無縁だなあ」

「あ。新刊、もう出てたのね」

ふいにいわれて真穂は驚いた。

テーブルに置いた新書の表紙を、佐智が眼鏡越しにじっと見ている。

「知ってるの？」

「テレビとかで知ってたし、実はファンなんだ」

いいながら、佐智は前に垂れていた長い髪を背中に流すと、新書を取ってページをめくった。「あ。しかも、サイン本！　いいなあ」

三人の視線が佐智に集中していた。

「佐智って、マンガとラノベしか読まないって思ってたよ」

悦子にいわれ、彼女は恥ずかしげに笑った。

「〈羊たちの沈黙〉って映画を観てから、こういう本を読むようになったの。カーニバル広瀬の本は、たぶんぜんぶ読んでる。YouTubeチャンネルも登録してるし」

佐智が真穂を見つめながらいった。「真穂は広瀬さんに会ったのね?」

「うん。いちおう……」

警察の車でのいやな会話を思い出し、真穂は少し肩をすぼめた。「ちょっと気持ち悪い人だったけど」

「えー、うらやましいなあ」

「今回の事件で警察に協力しているとかで、しばらく甲府にいるらしいよ」

「サインもらいにいっていいかな」

とたんに章人が笑った。「もう、べた惚れだね」

「こんなのって、いったい何がいいの。気持ち悪いだけじゃん」

悦子に突っ込まれ、佐智がむっとした。

「良かったら、その本、佐智にあげるよ」

真穂にいわれて、佐智の機嫌が戻った。

「ありがとう!」

新書を手にして、笑顔になった。「ぜひ、私に紹介してね」

今度は真穂の顔から笑みが消えた。

「そのうち、ね」

ごまかすようにいった。

「ところで――」

悦子がふいに切り出した。「朝からずっと考えてたんだけど、明後日《あさって》からの北岳のことなんだけどね。今週は週末までずっと天気が悪いらしいから、計画をちょっと先延ばしにしない？」

「また、いきなりだね」

章人にいわれた彼女はバッグを取って、中からタブレットを取り出した。テーブルの上で起動させ、週間天気予報の画面を呼び出す。

今週後半は見事なまでに雨傘マークが並ぶ。しかも山行予定だった明後日、八月四日から六日までは降水確率が六十から八十パーセント。間違いなく悪天だと思われた。

悦子はタブレットの画面をスワイプさせ、翌週の予報を表示させる。

一転して晴れマークが並んでいる。

「四日延ばして、来週の月曜日……えっと、八月八日からの三日間ってどう？」

「私、異議なし」と、佐智がいった。

「真穂は？」

「いいと思うけど。八と八で末広がりだし、縁起がよさそう」

すると章人が神妙な顔になった。

「明後日からの休暇願、キャンセルかよ。いちおう申請し直してみるけど」

真穂たちと違って、勤めのある章人には酷な話だっただろう。

「ごめんね、章人」

と、悦子がいい、小さく舌を出した。


夕刻、帰宅した真穂は、自室に入ると壁に立てかけていたミレーのザックを取り、詰め込んでいた荷物を取り出した。

色分けした山道具のスタッフサックや着替えなど。

とりわけギリギリに小さくして収納していたダウンジャケット。ずっと圧縮していると、羽毛の立ち上がりが弱くなってしまうので、なるべく広げて保管しておいたほうがいい。

それをハンガーにかけて、吊しておいた。

——真穂。帰ってるの？

ドアの外で母の声がした。

「うん」

返事をすると、節子が入ってきた。

「明後日から山でしょ。天気が悪いっていうし、どうするの」

心配そうな顔に向けて笑ってみせた。

「来週に延期したよ。月曜日から行くことになった」

「月曜日って、八月八日？」

「そう」

頷いたあとで、ふと思い出した。いつだったか、兄にいわれた言葉。

――真穂たち、来月の八日から行くんだろう？　天気とかどうかなって思って。

和志の声が脳裡《のうり》によみがえってきた。

「あ」

真穂は何度か目をしばたたいた。

「どうしたの？」

我に返って、彼女は無理に作り笑いを浮かべた。

「ううん。何でもない」

「そろそろご飯だからね。和志といっしょに下りてきて」

「分かった」

母が部屋から出ていくと、真穂はまた不安におちいった。

床に倒しているミレーのザックを意味もなく見つめた。

「あれって……どういうことだろう?」

ひとりつぶやくと、壁に掛けてあるカレンダーを見上げる。

八月八日——。

意味もなく、その日の数字を凝視していた。

末広がりで縁起がいいとついいったが、なんとなくそれが不吉な数字のように思えてきた。いつまでもカレンダーとにらめっこをしていても仕方ないので、部屋を出た。

隣にある兄の部屋のドアをそっと叩く。

「お兄ちゃん。ご飯だよ」

しばし待ったが返事がない。少し不安に思って、もう一度ノックし、それからドアノブを回してそっとドアを開いた。

大きな雨音がしていたのでびっくりした。

和志は窓際に椅子を置き、全開にしたサッシから外を見ている。窓の外は篠突《しのつ》くような雨である。飛沫《ひまつ》が部屋の中に少し入ってきていた。

雨音に混じって口笛が聞こえた。兄が吹いているようだ。曲は〈庭の千草〉だった。真穂が小学六年のとき、合唱祭で唄ったから、よく憶えている。あのとき、兄は両親とともに小学校の講堂に来てくれて、真穂たちの唄を聴いてくれたのだった。

見ているうち、兄の後ろ姿がだんだんと色を失っていき、雨の景色に溶け込んでいくような錯覚をおぼえた。

「お兄ちゃん……」

和志がゆっくりと振り向いた。その容貌に影が差していた。

「何？」

「お母さんが、ご飯だって」

「ありがとう」

兄はそっと窓を閉めた。雨音が少し静かになった。

真穂は部屋の入口に立って、兄を見つめた。

「北岳の山行。八月八日になった」

そういうと、和志は口を閉じたまま、妹から視線を逸らした。

「まさか、お兄ちゃんは私たちが北岳に行く日のことを知ってたの？」

「いや……」

和志はあらぬほうを見て、つぶやくようにいった。「そんなはずがないよ」

「だってあのとき――」

「ずっと考えてた。ようやくわかったんだ。運命って、自分では変えることができない。時間はそこに向かって進むし、何をどうやっても決まったことは繰り返される。だけど、やってみるだけの価値はあるはずだ」

真穂は険しい顔になった。

「それって、何のこと？」

和志はまた口を閉ざし、沈黙した。

「お兄ちゃん……」

棒立ちになって真穂がつぶやく。

視線を逸らしていた和志が、ゆっくりと顔を回して真穂を見た。まっすぐ視線をぶつけてきたので驚いた。さっきまでのどこか茫洋《ぼうよう》とした、虚ろな表情が消えて、和志は屈託のない笑みを浮かべていた。

「真穂。ぼくも北岳に行く」

「え」

まっすぐ真穂を見据えて、兄はもう一度、はっきりといった。

「いっしょに北岳に登るよ」

唐突にいわれ、真穂は混乱した。何と返せばいいかわからず、黙ってその場に立ち尽くしていた。

――あなたたち。早く下りてきて。ご飯が冷めちゃうわよ。

階下から母の声がした。


その夜は眠れなかった。

食卓で和志はいつものように母と会話を交わし、冗談まで口にしていた。

いつもの兄であり、変わらない姿だった。

何かが吹っ切れたというか、いままで兄に憑いていたものがなくなった。そんな感じがした。

しかし真穂は違和感を覚えたまま、ずっと黙って食事を続けていた。ご飯やおかずの味も舌の上を素通りしていた。

兄はいっしょに北岳にゆくという。突然、そんなことをいい出した。

心変わりというべきか。それとも――。

変調。

とにかくここ何日か、いろんなことがありすぎた。すべてがなぜか一連の出来事のように思えてしまう。しかもこの先、自分の身に降りかかる何らかの災いにつながるのではないかという、漠然とした不安。そして兄の変調。

エアコンの静かな作動音に混じって、窓外の雨音が続いていた。

何度も寝返りを打ち、目を開いて闇を見つめる。

どうしても眠れないので、仕方なく上掛けを剝《は》いで上体を起こした。ベッドからフローリングの床に素足を下ろす。エアコンのせいで、床は少し冷たく、気持ちが良かった。俯いたままで素足の指を開いたり閉じたりし、パジャマの膝に肘を乗せたまま、じっと考えていた。

はあっと溜息をつき、顔を上げ、前髪をかき上げた。

ゆっくりと立ち上がると、窓に歩いて行き、カーテンをそっと開いた。サッシ窓の外を、雨粒がたくさん筋を引いて落ちている。そこに街灯の青白い明かりがにじんでみえた。

ずっと兄は自分に何かを伝えようとしていた。それはたしかだった。

しかし、兄自身、それが何なのか、わかっていなかったのだと思った。だから、はっきりとものがいえず、どこか茫洋としていたのだ。そして真穂同様にきっと不安を感じていたはずだった。

夕食前に部屋に行ったとき、兄がこうして窓越しに外を見ていた。

なぜか寂しげに口笛で〈庭の千草〉を吹いていた。

そのことをふと、思い出した。

「お兄ちゃん……」

小さくつぶやいてから、真穂は湿ったサッシ窓に、そっと額を当てた。

そのまましばし、目を閉じていた。

ようやく目を開き、窓から離れようとしたとき、外の街路に車が停まっているのに気づいた。驚いて目をこらすと、街灯の向こうに黒っぽい車体がたしかにあった。

いつもそこに停まって、こちらを見張っていた車とは違う車種だった。大きなタイヤをつけたSUVすなわち四輪駆動車だった。

真穂は鼻息を洩らした。

仕方ない。あちらも仕事なのだと思った。

そっとベッドに戻り、仰向けになって上掛けをかけた。

それから間もなく、眠気が訪れた。

9

スマートフォンを耳に当てながら、彼は左足を上下させ、貧乏揺すりをしていた。

電話の向こうの女の声に激しく苛立《いらだ》ちを感じていた。

車のルーフを打ち続ける雨音。フロントガラスを往復し続けるワイパーの、耳障りなゴムの擦過音《さっかおん》。その中で女が過激な言葉を繰り返していた。

——だからあんたは信用ならないの。息を吐くみたいに嘘ばっかり。

カーニバル広瀬こと猪谷康成はスマホを握ったまま、黙ってその声を聞いていた。

相手は妻だった。

留守の間にうっかり通帳を見られてしまい、二年前に終えているはずの銀行からの多額の借金を、いまだほとんど返済し終えていないことを知られた。のみならず、住居であるマンションの家賃も半年以上、踏み倒していることがばれたらしい。

それまで妻には適当な口実を使ってごまかしていた。

むろん百パーセント、夫を信じていたわけではないだろう。しかし、今回はさすがに嘘の上塗りができなかった。

「仕方ないだろう？　あてにしてたでかい仕事がふいになっちまったんだ。今、その埋め合わせであちこち飛んでんだよ。そんな一方的な感情で邪魔をしないでほしいな」

――ヤミ金融みたいなところからも借りてんでしょ。今朝方、ヤクザみたいな口調の男から、脅しの電話がうちにかかってきたのよ。あたしの店も抵当に入ってるんだってね？　そんなこと、誰が勝手に決めたの？

二年前、あてこんだ投資に失敗したのが、大きな痛手だった。

妻がやっているスナックもたしかに担保にあてていた。彼女には黙っていたが、自分でうっかりそのことを忘れていた。新作本の印税も、ほとんどは競馬で使ってしまったし、その先の収入のあてはなかった。

「うっせえな。どうせ俺の仕事は水物なんだ。多少の当たり外れがあるのは仕方ねえだろう。今度のはでかい山だから、そんなせこい借金なんてスパッと返済してやるよ」

――また、口先ばかり。あなたを頼ってたら、こっちは身が持たないわ。

「どうするんだよ」

――荷物をまとめて出て行きます。お店も何もかも、勝手に処分すればいいわ。

「莫迦野郎。せいぜい虚勢を張るがいいさ」

——虚勢なもんか。せいぜい後悔させてやるわ。

電話を切られた。

猪谷は歯を食いしばり、右手に持っていたスマホを車の助手席に投げつけた。それはバウンドしてダッシュボードに当たり、足下に音を立てて落ちた。

息を荒くし、拳を握ってステアリングを激しく叩いた。痛みに顔を歪め、うめいた。

運転席の背もたれに身をあずけ、相変わらず貧乏揺すりを続けながら、車内の天井を意味もなく見上げていた。

相変わらずルーフを叩く雨の音。眼前のフロントガラスを行き来するワイパーの音。車体をかすかに震わせて続く、アイドリングのエンジン音すら煩《わずら》わしく思えた。

暗がりでかけていたサングラスを外し、ダッシュボードの上に放った。

ズボンのポケットを片手でまさぐり、クシャクシャになった煙草《たばこ》——キャビンのパッケージとライターを引っ張り出した。折れ曲がりかけた一本をつまんでくわえ、火を点《つ》けた。

煙を肺いっぱいに吸い込み、目を閉じてゆっくりと吐き出す。

とにかく今は、あんな妻のことなんか忘れて、この仕事に集中するべきだ。もしかすると、思った以上にスクープにありつけるかもしれない。そう思うと、苦々しいストレスを押しのけて歓喜がわき上がってきた。

この甲府市内で発生している連続猟奇殺人事件は、少しずつ全国的に知られて報道が始まっているが、事件の真相に肉薄したマスコミはまだいない。

大学の同窓だった菊島優から誘われたとき、最初は半信半疑だった。しかし今、この事件は想像した以上に大きなものだとわかった。しかも社会的影響力は計り知れない。そんなレアケースの最前線に立てている幸運を、猪谷は実感していた。

何があっても、このチャンスをみすみす逃すわけにはいかなかった。

また煙草をくわえ、煙を吸い込む。先端が赤く光り、それがサイドウインドウに映っている。

フロントガラスの向こうには、水越家の二階建ての家があった。

午前一時を過ぎているので、どの窓も明かりが消えている。

永友警部から聞いた水越和志の話。その妹である真穂との会話を思い出した。

確固たる証拠はないのだが、たしかに妙に引っかかる証言だった。オカルトめいた話もふつうならば一笑されることだろうが、猪谷にとってはまさに興味の対象だった。

できれば、水越和志という男に直《じか》にお目にかかってみたいが、まずは彼の行動を観察することだ。だから、こうして張り込んでいる。必要ならば、夜っぴて見張ってやろうとも思った。

一本吸い終える頃になって、ようやく心が落ち着いてきた。

ダッシュボードの灰皿に煙草を押しつけて消したとき、ふいに外からガラスを叩かれた。驚いて見れば、降りしきる雨の中に人影が立っている。

てっきり警察官だと思った。

黒っぽい雨合羽のようなものに街灯の照明が当たって、暗がりに光っていた。すっぽりとフードをかぶっていて顔が見えなかった。

「駐車違反はしてないぜ」

悪態をつき、パワーウインドウを下ろした。

とたんに、まばゆいライトで顔を照らされた。思わず目を細めながら、顔を背ける。

同時に雨の飛沫が車内に入ってきた。

「何だよ、あんた！」

相手を睨もうとしたが、あまりに眩《まぶ》しくて直視できない。

「こっちは山梨県警の依頼で動いてるんだ。どこの下っ端の警官だよ！」

車窓から顔を突き出し、怒鳴った。

人影が長く光る棒のようなものを握り、その先端を猪谷の右目に向けてきた。

「何をするん……」

言葉の途中で、無造作に右目に刺し込まれた。そのまま、ズルリと奥まで突き抜かれた。

猪谷は大きく口を開き、硬直した。

激しい痛みが頭を貫いた。同時に視界が深紅に染まった。

声を放とうとしたが、果たせなかった。

だしぬけにそれを引き抜かれた。

猪谷があんぐりと口を開けたまま、残った左目で凝視していると、切っ先がふたたび刺し込まれた。今度は左目だった。眼球が破裂し、凶器の冷たい感触が自分の頭の中心を貫通するのがわかった。

猪谷は声もなく、絶命した。


小瀬《こせ》スポーツ公園のだだっ広い駐車場に、一台の黒いSUVが停まっていた。

車種は三菱アウトランダー。品川ナンバーだった。

翌朝六時に公園内を巡回していた中年の警備員が、ビニールの雨合羽をはおってS

UVに近寄った。

駐車場はがらんとしていて、他に車はない。昼間のスポーツイベントなどの時間帯であれば満車になることもあるが、こんな早朝に停めることはない。

ここは出入口のゲートがないので、ごくまれに勝手に入って夜更かしをしている車がある。夜勤のタクシー運転手が仮眠をとっていたり、中にはカップルの車が停まっていたりすることもあった。てっきりその類《たぐ》いかと思った。

雨の中、SUVに近寄ってみると、車内の助手席に人の姿があるのに気づいた。

いぶかしく思ってウインドウ越しに車内を覗いた。

助手席に座っているのは、赤や黄色の派手な色柄のアロハシャツを着た男で、ボサボサのヒッピーパーマに無精髭。顔に丸いサングラスをかけていた。

助手席のウインドウを軽くノックした。しかし眠っているのか、反応がなかった。

「もしもし！」

警備員は激しくウインドウを叩いていった。

やはり、まったく動く様子もなかったので、仕方なくドアノブに手をかけた。

するとドアがあっけなく開き、同時に助手席に座っていたその男が、車外に転げ落ちた。

警備員は驚き、思わず「あっ」と声を上げた。

男は雨に濡れたアスファルトの上に横倒しになったまま、動かなかった。

弾みで顔からサングラスがすっ飛び、少し離れた場所に落ちている。

恐る恐る横倒しになった男の顔を覗いたとたん、彼は思わずのけぞりそうになった。

両目が一対の真っ赤な孔《あな》になっていたのである。


国道二十号線から、少し開けた住宅地を抜ける二車線の県道一一七号に入った。

沿道にケヤキの並木が行儀良く続き、別名けやき通りとも呼ばれるらしい。その道路をしばらく行くと、前方に小瀬スポーツ公園が見えてきた。

すでに駐車場には複数の警察車輛が入っていて、赤いパトランプが不規則に明滅しながら重なり合って見える。

谷口と小田切が乗った灰色のトヨタ・アリオンが出入口から進入すると、制服の上にビニール合羽をはおった警察官たちが二名、誘導棒を振って招き、ひとりがスペースの空いた場所を指してくれた。そこに車を突っ込んで、谷口たちはドアを開いた。

シャワーのような夏の温かな雨が、しきりに傘を叩いた。

通報があった車は、すぐ近くに見えた。黒いＳＵＶ――三菱アウトランダー。黄色い規制線のテープがめぐらされた中に鑑識課員たちが数名いた。雨だというのに、その場に膝を突いたりして、証拠を発見しようとつとめている。

SUVの横にはシートを掛けられた遺体がある。鑑識の警察官たちがそれをめくってカメラをかまえ、写真を撮っている。永友の姿があったので、谷口たちは歩み寄った。

「トモさん……」

声をかけると、永友が振り向く。ビニール合羽の透明フードの下、顔がつらそうだった。

「間違いなく猪谷さんなんですか」

谷口にいわれて頷き、永友が指差した。

シートをめくられた遺体を見た。

雨に濡れたヒッピー頭。無精髭。間違いなかった。

血の気を失って白蠟《はくろう》のような色になった死に顔の、両目が無残につぶされていた。降りしきる雨のために、血がほとんど流されているので、眼窩《がんか》が黒っぽいふたつの孔になっていた。

谷口は思わず目を背けた。

小田切が青い顔をして、口元に掌《てのひら》を押し当てている。相変わらず、この手のホトケが苦手なのだ。むろん谷口とて慣れるようなものではない。

「事件に独断専行しようとしたと思います。まんまと犯人に肉薄したのはいいけど、近づきすぎた……ということでしょう」

永友の声が、ずいぶんと遠くから聞こえてきたような気がした。

「――ホシのほうも、猪谷さんを警戒した。その分野の専門家だと知ったか、あるいはわかっていたためだと思います」

「それにしても、どうしてこんな場所で？」

「おそらく殺されたのは別の場所です。猪谷さんは助手席に座っていたそうですから」

「つまり殺害された場所から、犯人の運転でここまで運ばれてきた？」

「犯人は徒歩ではないと思うので、この場にあらかじめ自分の車を置き、猪谷さんを別の場所で殺してここまで運んできたのでしょう」

「そんな手間のかかることをする意味がありますか」

永友は険しい顔で遺体を見ている。「わかりません。が、もしかすると犯行現場を秘匿《ひとく》しておきたかったのかも」

谷口は驚いて、彼の顔を見つめた。「なぜ?」

「たとえば、犯人の自宅あるいは職場などに近い現場だったとか」

「たしかにそれならあり得ますね」

「ともあれ、ここに別の車がいた可能性があるので、発見者の警備員から聴取しているところです。近辺のライブカメラなどもすべてチェックします」

そのとき、また一台の車が駐車場に滑り込んできた。

谷口たちが振り向くと、青色のフォルクスワーゲン・ゴルフだった。谷口たちが乗ってきたアリオンのすぐ横に駐車すると、運転席のドアが開き、パンツスーツ姿の菊島優警視が降りてきた。

雨具の類いなしで、濡れながら走ってくると、谷口たちの傍に立ち止まり、SUVの傍らに倒れている猪谷の遺体を凝視した。

「こんなことって……」

そうつぶやき、菊島が絶句した。

永友が歩み寄り、彼女の上に傘を差し掛けたが、それに気づかないほど動揺しているようだ。その青ざめた横顔を見て、谷口は気の毒になった。

しばし棒立ちになっていた菊島は、ゆっくりと膝を折って、その場にしゃがんだ。

情け容赦のない雨に打たれて濡れる猪谷の、両目をなくした双眸をじっと見下ろしている。その虚ろな横顔を見ているうち、谷口はいたたまれない気持ちになってきた。

「谷口さん……」

小田切の声に振り向いた。

傘を差して、まだ青白い顔を歪め、不快そうな表情で立っている。

「発見者の警備員が、夜中の一時頃、この近くに停めてあった不審な車輛を目撃していました。車に疎《うと》いということで具体的な車種はわからないのですが、地味な色をした普通車だったようです。他にまったく駐車してる車がなかったので、たまたま記憶していたようです」

谷口は向き直った。

「ホシの車の可能性があるな」

「しかし地味な色の普通車というだけじゃ……」

谷口がつぶやいたとき、しゃがんでいた菊島が立ち上がるのが見えた。

彼女が向き直り、いった。

「国道二十号線との交差点にライブカメラが設置されているはずです。他にコンビニエンスストアの監視カメラ等、すべて当たって該当車輛を特定します。それから猪谷くんに関しては、彼のパソコンやスマホなどを調べて、犯人に関する情報がないかを徹底して調べるつもりです」

ややや青ざめた顔だが、菊島は決然とした表情で立っていた。

隣で傘を差し掛けている永友の顔を見て、谷口は黙って頷いた。

第三章

1

八月八日、午前五時十五分――。

目覚ましをセットした時間の直前、自然と目を覚ました。

家の外でヒヨドリがさかんに啼《な》く声がしていた。カーテン越しに外から差し込む薄明かりを見て、真穂《まほ》はホッとした。

山に登るときはいつもそうだ。まず、第一に気になるのが天気。いくら予報が晴れだといっても外れてしまうことがあるし、実際に目で確かめないと気が済まない。

壁に立てかけてあるザックに目をやった。

山行延期が決まって、いったんダウンなどの衣類を出していたのに、ゆうべになってまた詰め込んでいた。背負ったらそのまま出発できるよう、準備万端にしてあった。

それを見ているうちに、兄のことを思い出した。

気持ちが沈んできた。

兄はどうしても北岳《きただけ》にいっしょに行くという。その話を悦子《えつこ》に電話でいったら、素直に喜ばれた。どうせなら人数が多いほうが楽しいという。

母にもいったら笑顔でこう返された。

――あなたたちだけよりも、和志《かずし》といっしょのほうが安心だよね？

そうかもしれない。

兄のほうが先に登山を始めたため、少しは経験を積んでいるだろうし、奇妙な事件とはいえ、一度は北岳に入山したということもある。まったく初めての真穂だけよりは、母にとっては安心材料になるのだろう。

それにしてもと、ザックを見つめながら思った。

兄の奇行がやはり気になっていた。和志を連れて行くことで、何か、良からぬ事態を招くことになるのではないか。あれこれと想像をめぐらせてしまう。

無意識に唇を噛《か》んだ。

自分の兄を災厄の元凶あるいは疫病神のように考える妹がどこにいる。

ザックから目を離し、明るい光が当たっているカーテンを見つめた。

——せっかくお兄ちゃんといっしょに北岳に登れるっていうのに、私はいったい何を考えているのだろう？

無理に作り笑いを浮かべ、大きく息をついた。

ベッドの枕元に置いた時計を見る。いつの間にか午前五時半になっていた。

あと一時間——六時半には、途中で悦子と佐智《さち》を拾った章人《あきひと》の車がここに到着する予定だ。ぐずぐずしてはいられない。

パジャマを脱いで登山ウェアに着替えた。

重たいザックを抱えて部屋を出ると、隣の部屋のドアを叩《たた》いた。

「お兄ちゃん。起きてる？」

だしぬけにドアが開いて、真穂はびっくりして後退《あとずさ》った。

「おはよう、真穂」

「……おはよう」

すでに目を覚ましていたようで、和志は登山ズボンとチェック柄のシャツになっていた。もともと実家に置いてあった予備の山着である。ザックは大きな八十リットルのタイプしかなかったが、それでかまわないと、昨夜のうちに荷物を入れていた。

母の節子《せつこ》はパートの休日だったが、ふだんから早起きなので、階下に下りるとすでに朝食がキッチンテーブルに並んでいた。ご飯に味噌汁、焼き鮭にサラダ、納豆という、いつものメニューだった。

三人で黙々と食べた。母は何だか妙に楽しそうで、知りもしない山の話題を振ってきたりする。しかし真穂も和志もあいまいな返事をするばかりで、あまり会話が盛り上がらずに食事が終わってしまった。

食後、コーヒーを淹《い》れるという母だったが、時間がなさそうだった。トイレに行ったり、歯磨きをしたりしているうち、迎えが来る時間となった。

和志とふたりでザックを持って外に出た。

母がついて出てきた。

エプロンを脱いで、白いサマーセーターとスラックスになっている。

昨夜の天気予報は甲府は三十五度を超えるといっていたが、今日も朝から蒸し蒸ししていたし、気温は確実に上昇中だった。

兄とふたり、黙って立っていると、道路の反対側——いつも警察の車が停まっていた場所に、自然と目が行った。

ここ数日の間、そこで車を見ることはなかった。張り込みをやめたのだろうか。

そんなことを考えているうちに、いやな出来事を連想してしまう。

あの永友《ながとも》という山梨県警の警部が紹介してくれた、猪谷《いがや》という作家のことだ。

六日前、小瀬《こせ》スポーツ公園の駐車場に停められた車の中で、彼の遺体が見つかった。

死因はそれまでの連続殺人と同じく、両目の刺し傷。おそらく同じ犯人の仕業《しわざ》だろうということだった。

ニュース番組で観た猪谷の車は、黒いＳＵＶだった。そういえば似たような四駆車が夜中、家の近くに停まっていたことがあった。あれはまさしく事件があった日の夜だったはずだ。そのときはあれも警察の車だとばかり思っていたが、まさか――。

真穂はあわててそんな想像を打ち消した。

せっかくの楽しい登山なのに、どうしてこんなことを考えてしまうのだろう。

「真穂」

兄に声をかけられた。

「何？」

和志はかすかに笑みを浮かべながら、真穂を見ている。

「兄さん、何があってもお前を守るからな」

「何があっても、何のことよ」

そういったが、和志はそれきり何もいわず、また前を向いた。

やがて路地を曲がって白いSUVがやってきた。青山《あおやま》章人の車、トヨタ・ヴァンガードだった。当初の山行計画の日にちを天候不良のために変更したが、病院勤めの章人も申請していた休暇をずらすことに成功したのだった。

助手席のウインドウが開いて、悦子が顔を出し、手を振っている。

真穂も笑って手を振り返した。

「じゃあ、気をつけてね。いつでも電話ちょうだい」

母にいわれて真穂が頷《うなず》いた。

三人の前にヴァンガードが停まり、降りてきた章人が真穂たちの母親に頭を下げた。

「兄の和志です」

真穂が紹介した。

ふたりして、側面のスライドドアから車内に乗り込んだ。

「行ってきます！」

ウインドウを下げて真穂が母に手を振る。

節子も家の前に立ったまま、片手を上げて見送った。白いサマーセーターを着た母の姿が、だんだんと後方に小さくなっていった。

2

〈甲府市内女性連続殺人事件特別捜査本部〉。

捜査員たちは各自が出払っていて、ガランとしただだっ広い会議室に、菊島優《きくしまゆう》警視と永友警部だけの姿があった。ふたりは並んだ長テーブルの一角に腰をあずけて立ち、横並びになっていた。

会議室正面のホワイトボードには、これまで殺害された五人の名前がマジックの太文字で記されている。

鹿島智恵美《かしまちえみ》　二十七歳　派遣会社社員　甲府市
新川今日子《しんかわきょうこ》　二十九歳　信用金庫社員　中央市
木下恭子《きのしたきょうこ》　三十歳　看護師　大月市
塩田早苗《しおたさなえ》　三十四歳　介護職員　甲府市

少し間を置いて、五人目の犠牲者の名があった。

猪谷康成《やすなり》　四十歳　作家　東京都港区

菊島と並んで永友がその名前を見ている。

彼の無残な死体が発見されて、もう六日になる。捜査員たちの汗水流しての活動にもかかわらず、被疑者特定には至っていない。

なぜあの猪谷が殺されたのか。

前の四人と違って、ひとりだけ男性で県外者だ。しかも菊島が個人的に事件解決のアドバイスのために呼び寄せた人物だった。そのことで心を痛めているようだが、彼女はあえて感情を押し殺すように捜査会議を指揮していた。

「殺された女性四人に共通するものはなし」

菊島はそうつぶやいた。「たんに二十代から三十代の女性というだけ。職業も住所もバラバラだし、共通した趣味も交友関係もまったくない」

「つまり、四人が偶発的に標的にされたのは間違いないです」

「その一方で、猪谷くんは自分から犯人に目星を付けて接近し、返り討ちに遭った」

菊島は口角を歪《ゆが》めた。

甲府駅前のホテルの部屋にあった猪谷のノートパソコンや他の資料等が、捜査員たちの手によって徹底的に調べられたが、一連の犯行に関するものや、彼自身が殺された事件にかかわるような証拠は、何ひとつとして見つからなかった。

「犯人は猪谷くんのことを知っていたのかもしれない」

腕組みをしながら菊島がそういった。「猟奇殺人や異常犯罪を専門に扱っていた作家、ペンネームはカーニバル広瀬。知る人ぞ知る有名人。それが、何らかの糸口を摑《つか》んで犯人に近づいたため、彼は殺された」

「連続猟奇殺人とはいっても、〝マル被〟にとっては衝動的な行動でなく、あくまでも計画的だったかもしれませんね。当然、ホシは自分自身の犯罪に関して熟知しているし、研究もしている。となると、猪谷さんのような専門家の存在は知っていたはずです」

「その猪谷くんが、どうして犯人の特定ができたか」

菊島はホワイトボードから目を逸《そ》らし、窓の外をじっと見た。「――昔からいい加減でだらしのない人間だったけど、独特の視点を持っていたことはたしかだわ」

「独特の視点……」

菊島は腕組みしたままこういった。

「非常識を武器にして、人が踏み込まない領域に堂々と入り込むこと。つまり、私たちは常識とかセオリーといったテンプレートに囚《とら》われ過ぎていたのかもしれない。いったん枠を外して、物事を切り崩して見れば、何かが見えてくるのかもしれない」

「しかし自分たち警察官が非常識に走ることはできません」

フッと菊島が笑った。「もちろん、そうよね」

しばし考えてから、彼女がいった。「ところで、甲府署の谷口《たにぐち》さんがマークしていた水越《みずこし》和志という人物に関してだけど、あれから猪谷くんから何か連絡とかは？」

「いいえ」

菊島はかすかに眉間に皺《しわ》を刻み、口を引き結んだ。

「その……水越和志という人を、捜査の枠内に入れてみるか」

「いいんですか。あくまでも谷口さん個人の独断ですが」

「猪谷くんを見習って、少しぐらい常識破りなことをしてみてもいいんじゃない？」

急なことなので、永友は何といっていいかわからない。

「猪谷くんが殺された夜、水越和志の動向は摑めてないんでしょう？」

「アリバイですか……何しろ、当夜は張り込みをしていなかったので」

「資料を見せて」

永友は傍《かたわ》らのテーブルに置いていたファイルを取り、コピー用紙の資料をめくった。

谷口から上がってきた水越和志の資料には、あらかじめ青色の付箋《ふせん》が貼ってあったため、それをすぐに取り出し、菊島に差し出した。

受け取ってページをめくり、菊島はじっと読み込んでいる。

「谷口さん、東京まで行ったそうね」

「先週、自腹で出張しました。別件を装って、会社の上司や同僚何人かに聞き込みをしてます。これといった収穫もなしに戻ってきましたが」

永友も何度となくそれを読み直していたが、これといって気に留めるような記載は発見できなかった。いたって平凡な青年だった。

「立東大学経済学部卒業、広告代理店〈東亜通信〉に入社四年」

菊島が資料を読み上げた。「血液型は……A型って、よくわかったわね」

「同僚がたまたま知ってたんです。三つ目の犯行現場で採取された、犯人とおぼしき血液型と同じですが、A型なんて日本人でいちばん多いわけですからね」

菊島は頷きながら資料に目を落としていた。その視線がふいに止まった。

「趣味は登山……」

顔を上げ、永友を見た。

「同じ課の人に勧められて始めたら、はまったそうです。単独で行くことも多いとか」

「それで、北岳もひとりで？」

「本当は同じ南アルプスでも、静岡県と長野県の境にある赤石岳《あかいしだけ》に登る予定だったはずなんです。ところが、どういうわけか、同じ時に北岳で保護されてます。それも一時的ですが、記憶を失ったかたちで――」

菊島は渋い顔でなおも資料を凝視している。

ふいに何かを思い出したらしい。別のファイルを取り上げて、激しい勢いでページをめくり始めた。

「これ」

と、手を止めた。

菊島は資料を取り出し、永友に差し出して見せた。

「え」

永友が驚く。

いちばん最初の犠牲者である女性、「鹿島智恵美」に関する資料だった。彼は受け取ってそれを見つめた。

「趣味は映画鑑賞と読書。それから……登山とありますね」

顔を上げて、菊島を見た。「もしや他の女性三名も？」

彼女はかぶりを振った。

「残り三名は、登山どころか、ハイキングもキャンプもしなかったようです。というか、アウトドア自体に興味がなかったようです」

「だったら、最初に殺された鹿島さんの登山が趣味っていうのは、たまたまじゃないんでしょうか」

「そうかもしれません。が、そうじゃないかも」

「どういうことですか」

菊島はしばし口を閉じていたが、また、永友と視線を合わせた。

「とにかく、今後は水越和志をマークしてください。必要ならば増援も出します」

「わかりました」

永友は一礼をした。


その日、朝のうちから気温が急上昇して、午前十時には甲府市内は三十五度を突破した。

市街地の中心を抜ける国道二十号線は、ずっと渋滞している。

フロントガラスの向こうに重なって見える車列が、陽炎《かげろう》にゆらゆらと揺れていた。

谷口は灰色のアリオンの助手席に収まり、スマートフォンで永友からの連絡を受けていた。カーエアコンをかなり効かせているにもかかわらず、小田切《おだぎり》は運転席でワイシャツの胸をはだけ、人生に疲れ切ったような顔で扇子をバタバタやっている。

——というわけで、蒸し返すようですみませんが、水越和志の張り込みを続行していただけますか。

永友のいつもの調子に、いやとはいえない空気がある。

事情はうかがったものの、やはり気が進まないのは、彼らの警察車輛があの家の娘、真穂にとっくに察知されているからだった。それも護衛のためではなく、和志という人物を対象とした張り込みということも。

そのことで、真穂は永友に対して強く抗議したという。

それでも永友の頼みとあっては、やはり張り込みをしないわけにはいかなかった。バレバレを承知で水越家の近くに車を停め、和志の動向を見張るしかない。

国道を離れて住宅地に車を入れ、やがていつもの場所に停車した。

水越家の向こうに大きな入道雲がわき上がり、その横を旅客機らしい機体が芥子粒《けしつぶ》のように小さく、青空を横切りながらゆっくりと移動していた。

配置についたことを永友に報《しら》せようと、スマホを取り出してコールバックしようとしたとき、車の後ろから歩いてきた者がいる。水色のワンピース、白い日傘を差していた。

和志と真穂の母親だった。たしか名前を節子といった。

「あら。おまわりさん」

アリオンの傍《そば》で足を止め、節子が会釈してくる。

谷口は仕方なくドアを開けて車外に出た。たちまち熱気が体を押し包んできたが、黙って彼女に向かって頭を下げた。

照れ笑いとともにいいわけを口にしようと思ったら、節子が日傘を持ったまま、先にこういった。

「すみませんね。真穂も和志も留守なんですよ」

拍子抜けして、こう訊《たず》ねた。「ごいっしょにどちらまで?」

「山登りです。真穂の大学の友達といっしょに南アルプスの……北岳っていう山だそうですけど。三日ほど出かけております」

「北岳……」

そういえばと、思い出した。いつだったか、この家の前で南アルプス署の星野巡査部長にたまたま会ったとき、真穂が彼女にこういっていた。

——夏実さん。北岳でまた！

そのことをすっかり忘れていた。

谷口はまた青空を見上げた。

3

北岳登山口である広河原《ひろがわら》からは、いきなりの急登になる。

真穂は前もってネットで情報収集していたのだが、予想していたよりもずっときつい登り道だった。シラビソのひっそりとした森を登るルートは、ところどころ梯子《はしご》があり、太い木の根を階段状に踏んで登ったりする。

先頭は塚本《つかもと》悦子と青山章人のペア。その後ろに松野《まつの》佐智が続き、水越真穂と和志の兄妹がしんがりとなったパーティだ。

広河原から見上げる北岳は青く絶巓《ぜってん》を突き上げていて、大樺沢《おおかんばさわ》と呼ばれる渓谷には少しばかり雪渓が白く残っていた。そのため上のほうは涼しいだろうと思っていたら、森林を抜けて登るトレイルはやはり蒸し暑く、汗が滝のように流れる。

夏山のハイシーズンとはいえ、平日なのでほとんどすれ違う人がいない。おかげで静かな山登りとなった。

どこか近くから「シシシシ……」と聞こえる高山鳥の声がさわやかで、心が癒やされた。メボソムシクイというのだと、章人が教えてくれた。

広河原から北岳登山の一般ルートはふたつあるが、そのうち大樺沢ルートが荒廃のために立ち入り禁止となっていて、今はひとつだけだ。地図上のコースタイム、およそ二時間半で到着する山小屋、白根御池《しらねおいけ》小屋の傍に南アルプス山岳救助隊の夏山警備派出所があって、そこに星野夏実《ほしのなつみ》と救助犬メイがいる。そこでふたりに会えることが、真穂の楽しみのひとつだった。

山小屋までのルート上に休憩のためのベンチが二カ所、設置してある。最初のベンチは中年女性三名のパーティが占めて弁当を広げていたので諦《あきら》め、そのまま登り続け、ふたつ目のベンチにようやく座って、ひと息つけた。

「ここまで来たら、もう白根御池小屋が近いからね」

登山地図を広げて見ながら章人がいう。Tシャツの胸をバタバタとはだけ、タオルでしきりに首筋の汗を拭《ふ》いている。

真穂と悦子も汗だくで、ストックを置いてザックを下ろしざま、着ていたシャツを一枚脱いで、ふたりとも章人同様、速乾性のTシャツになった。日焼けが怖いので半袖になりたくなかったが、森を抜けるルートだから、ほとんど日差しがないし、心配ないだろう。

不思議なことに真穂の後ろを歩く和志はまったく汗をかかず、疲れた表情もなかった。

まるで近くの道路を散歩しているという感じで、休憩のときだって、涼しげな顔でペットボトルの水を少し飲んだだけだった。

同じように佐智も平気な顔をしていた。長い黒髪を後ろでまとめ、カラフルな山スカートにタイツ姿。薄手の長袖シャツ。ザックを下ろそうともせず、木の間越しに望める隣の山嶺《さんれい》――鳳凰《ほうおう》三山を眺めている。

「あんたって山慣れしてんのねえ」

スポーツドリンクのペットボトルを持ったまま、悦子が呆《あき》れていった。

佐智は少し振り向き、肩をすぼめて笑っただけだった。

真穂は兄の様子を見たが、別段、異常もないようだ。佐智よりも平然とした感じで、まったく呼吸が乱れていない。八十リットルのカリマーの大きなザックがいっぱいになるほど、山の荷物を入れているのに、まるで空気を背負っているような感じだった。

章人が山靴の紐《ひも》を結び直し、いった。

「そろそろ行こうか？」

真穂たちはそれぞれのザックを背負い、ストックを取った。

木立を抜ける道を歩いていると、やがて遠くから発電機のものらしい重低音が聞こえてきた。アッと思って前を見ると、葉叢《はむら》の向こうに人工物が垣間見えた。

白根御池小屋だった。

真穂はホッとした。全員の足取りが自然と速くなった。

二階建ての大きな建物である。その前で、数名の登山者が外テーブルを囲んだりしてくつろいでいる。時刻はちょうど正午で、お昼時だった。

山行計画だと、今日はここに宿泊はせず、一気に標高三千メートルの肩の小屋まで登り、そこでテント泊をする予定だった。

そのためここはしばしの休憩場所となる。

建物の正面入口近くで、真穂たちは荷物を下ろした。

空は相変わらずよく晴れていたが、ここまで登ってくると、さすがに気温が下がり、ダケカンバの梢《こずえ》を揺らす風が涼しかった。何よりも湿度がないため、実にさわやかだ。

小屋の少し先に名前の元になった白根御池があり、水辺一帯はテント場になっているらしく、いくつかテントが見えた。その向こう、北岳の頂稜《ちょうりょう》が青空を背景に凜々《りり》しく屹立《きつりつ》している。

真穂はテーブルの横にザックを下ろすなり、傍にいる兄に訊《き》いた。

「救助隊の派出所って、どこ？」

和志が指差したので見ると、山小屋の向こうにログキャビン風のやや小さな建物があった。入口前の壁に、〈北岳登山指導センター〉という看板に並んで〈南アルプス山岳救助隊〉と揮毫《きごう》された別の看板が読めた。

「お兄ちゃん。行こう」

和志の腕を摑むようにして、派出所に向かった。

脳裡《のうり》に夏実の笑顔がちらついていた。すぐにでも彼女に会いたかった。昨日のうちに彼女のＬＩＮＥに連絡を入れ、今日の予定を伝えていたので、きっと待っていてくれるだろうと思っていた。

正面入口にあるコンクリの階段に足をかけたとたん、ドアが開いて中肉中背の男が出てきた。ベージュのズボンに赤と黄色のチェック柄のシャツ。胸ポケットのところに〈山岳救助隊〉と刺繡《ししゅう》されている。胡麻塩《ごましお》の頭髪を短く刈り上げ、同じ色の髭《ひげ》が口元にあった。

「あの……星野夏実さんは？」

真穂に訊かれて、彼は驚いた顔で見返してきた。その目が隣に立っている和志に移ると、男が破顔した。目尻に皺を寄せていった。

「水越和志さん……でしたね。その節はお世話になりました。私は救助隊長の江草《えぐさ》といいます」

和志が頷いた。「妹の真穂です」

兄は礼をしてから紹介してくれた。「妹の真穂です」

真穂は頭を下げた。

「うかがってます。が、あいにくと星野隊員は他のメンバーとともに出動中でして」

「え」

いきなり虚を衝《つ》かれた気がした。

しかし、考えてみると当然のことだった。山岳救助隊員がいつもいつも派出所に待機しているはずがない。ひとたび事故が起これば、あるいは捜索願が出されたら、矢のように飛び出していくのが仕事なのだ。

江草と名乗った隊長の右手に、小型のトランシーバーが握られているのに気づいた。

「あの、すぐには戻られないですよね？」

恐る恐る真穂がいうと、江草隊長が小さく笑った。

ろです」

「事故でしたら撤収が早いこともあるのですが、今回は行方不明案件です。今朝方、家族から捜索願が出されまして、一帯を広範囲にわたって大規模に捜索しているところです」

「どこかで事故が？」

「そうですね」

「そうですか。私たち、今日はこのまま肩の小屋まで行きますので、夏実さん、帰ってきたらよろしくお伝えください」

「わかりました。伝えておきますね」

とたんに、江草の手の中でトランシーバーが雑音を洩《も》らした。

――K－9チーム進藤《しんどう》から派出所。どうぞ。

男の声とともに江草が真顔に戻り、トランシーバーを口元にかざした。

「派出所、江草です。情況はいかがですか」

――両俣《りょうまた》分岐から左俣《ひだりまた》沢ルートを下っていますが、救助犬が臭跡を取れません。いったん頂上方面に引き返して、吊尾根のほうに入り直す予定です。

交信が始まると、真穂は和志とともに踵《きびす》を返した。

御池小屋の前でくつろぐ仲間たちのほうに戻る途中、一度、振り返ってみると、すでに派出所の前に江草の姿はなかった。

「真穂。どうしたの」と、悦子に訊かれた。

「夏実さん、出動で留守だって」

「救助犬もいないのね」

残念そうにいう悦子に謝った。「ごめん。期待させちゃったのにね」

すると章人が笑いながらこういった。

「どうせ帰りも同じルートなんだから、そのときにきっと会えるよ」

「そうね」

彼氏の優しい言葉に同調する悦子に、真穂は少しホッとする。

そのとき、小屋の出入口から髭面で体格のいい男性が出てきた。真穂の横にいる和志に気づいて、笑みを浮かべながら近づいてきた。

「水越さん、ですよね？」

真穂は彼のことを知らなかったが、兄がすっと向き直り、頭を下げた。

「その節はお世話になりました」

ぼそりと兄がいう。「こちら。妹の真穂です」

「白根御池小屋の松戸《まつど》です」

あの日、兄はこちらの山小屋に一泊させてもらったのだった。

松戸が右手を差し出すので、手を握る。力強い握手に、真穂は思わず身を固くした。

「お兄さん、記憶は戻られましたか？」

兄が無言なので、仕方なく真穂がこういった。

「北岳で救助されたときのことは憶えてるようですけど、その前がまだ……」

「そうですか。仕方ないのかもしれませんね。でも、見違えるほどお元気そうで良かったです」

「おかげさまで」

真穂はそういって頭を下げた。

「〝下界〟で夏実さんに会われたんですよね」

「それで今日は楽しみにしてたんですけど、出動中ということで残念です」

松戸は少し険しい表情になり、北岳の頂稜に目をやった。

「十歳の女の子とお母さんのふたり連れだそうです」

彼はそういった。「本当は昨日のうちに下山する予定が、夜中になっても帰らないので早朝になってお父さんから捜索願が出されました」

「それは心配ですね」

そうした重大な事故に、命を張って出動している夏実たちのことを思うと、すっかり浮かれ気分で山にやってきたあげく、友達感覚で面会しようと思った自分が情けなくなってしまった。

「今日はどちらまで?」

松戸にいわれたので、章人がこう応えた。「肩の小屋でテント泊をして、明日、頂上の予定です。その足で間ノ岳《あいのだけ》まで往復してみようと思います」

「明日の午後から、天気が少し下り坂です。雨が降るほどじゃないと思うけど、ガスが出るかもしれません。早めに行動されたほうがいいですよ」

「ありがとうございます」

章人と悦子が声を合わせて礼をいった。

4

鹿島智恵美の家は、JR中央本線甲府駅北口をだいぶ行ったところにある、山梨大学キャンパス近くの住宅地にあった。

カムリを停めて、ハザードランプを点滅させる。

永友和之《かずゆき》はシートベルトを外すと、カッターシャツの襟を立てて、助手席に置いていたネクタイを取った。車内のルームミラーを見ながら、それを襟元に締めた。黒いスーツの上着をはおった。

車から降りようとドアノブに手をかけたとき、ポケットの中でスマホが震えた。取り出して見ると、谷口からだった。

指先でタップして耳に当てる。

「永友です。お疲れ様です」

――水越さんの家でうかがったのですが、母親の話ですと、例の和志は妹といっしょに今日から三日間、北岳に登っているそうです。

「北岳に……」

――当初、大学の友達とパーティを組んで登る予定が、急に和志さんも同行することになったそうです。何だか、ちょっと雲行きが怪しくなってきた感じです。

谷口の不安が伝わったように、永友が暗い顔になった。

――南アルプス署のほうにお願いして、入山届を入れるポストをあらためてもらったら、夜叉神峠《やしゃじんとうげ》のほうで投函してありました。水越兄妹他、男女三名です。

「大学の友達といわれましたが、たしか真穂さんは甲府短大の学生でしたよね」

――あと一名、男性がいまして、甲府市内在住の青山章人という人物です。調べたところ、山梨北総合病院の診療放射線技師、つまりレントゲン技師でした。残るふたりは、どちらも短大の同期生です。名前は塚本悦子。それから松野佐智。

「ありがとうございます。そのメンバー、あとでメールで送っておいてください」

――実は、私も北岳に向かおうと思います。

「谷口さんが？」

――ええ。あの水越和志のことが、どうしても気になるんです。妹の外出をわざわざ尾行していたり、奇妙な行動が目立ちますし。北岳は前に登ったこともありますから。今日の午後に出発して、とりあえず白根御池の山岳救助隊警備派出所まで行ってみます。

「お気を付けて」

永友は少し逡巡《しゅんじゅん》してから、こういった。「実は、こちらも〝山〟関係ですが、単独で捜査中です」

最初の被害者である鹿島智恵美の山歴について、谷口に話した。

――なるほど。そこに絞っていくわけですね。

「文字通りの〝山勘〟ですよ。外れなきゃいいんですが」

そういって笑い、永友は通話を終了した。

エンジンを切って車外に出た。たちまち夏の猛暑が体を包み込む。

鹿島家はブロック塀に囲まれた古い家屋で、狭い庭にカーポートがあり、二階建ての建物の周囲に、植木職人によっててい ねいに刈り込まれた木々があった。

ブロック塀には、鍵盤の絵が描かれたピアノ教室のブリキ看板が張られていて、その横に『鹿島』という表札と、郵便受けの投函口があり、小さなインターホンが取り付けられている。

ボタンを押してしばらく待つと、やがて門扉《もんぴ》の向こう、〈喪中〉の張り紙がある玄関ドアが開いて、痩《や》せた中年女性が顔を出した。薄茶のチュニックに白のチノパン。白髪交じりの髪を後ろでまとめている。

「先ほどお電話しました山梨県警の永友といいます」

警察手帳を提示すると、女性は虚《うつ》ろな顔で小さく頷いた。智恵美の母、晴美《はるみ》と名乗った。

玄関の三和土《たたき》で靴を脱ぐと仏間に通された。亡くなったひとり娘、智恵美の遺影が立てられた仏壇の前で焼香をし、そっと香典袋を置いてから、斜め後ろで正座していた晴美に頭を下げた。

遺影の中で、彼女が微笑《ほほえ》んでいた。

両目を失った遺体の顔が思い浮かんだが、永友はそのイメージを払いのけた。

畳敷きの和室に通され、広い座卓に向かって座っていると、彼女は茶を運んできた。

「お暑いところをありがとうございます」

鹿島晴美はやや青ざめた暗い顔でいった。声に感情がなかった。座卓に置いた盆から、麦茶の入ったグラスを取って、永友の前に置いた。その手が少し震えていた。

永友は深々と頭を下げた。

「このたびは思いがけないご不幸で、心からお悔やみ申し上げます」

晴美は傍に座布団を置いて座っていた。

和室の掃き出しが開放されていて、縁側の外に植木のある庭が見えた。軒先に南部鉄らしい風鈴が吊されて、かすかに澄んだ音を立てている。

「実は事件の捜査にあたって、亡くなった智恵美さんに関する個人的な情報をあらためさせていただこうと思いまして」

「あいにくと夫が出先なものですから、私でよろしければ何なりとどうぞ」

永友は小さく咳払《せきばら》いをしてからいった。

まず、一連の事件で亡くなった残り三人の女性の写真と個人情報を書いたコピー用紙を見せたが、やはり心当たりがないと首を横に振られた。もちろん、作家の猪谷に関しても同じだった。

あらかじめわかっていたことなので、おもむろに本題を切り出した。

「智恵美さんは登山がご趣味だったとか」

「ええ。会社の同僚に誘われてからです。仕事の合間とか、まとまった休みが取れたときとか、毎年、夏から秋にかけてあちこちの山に登っていました」

「どなたといっしょでしたか」

「始めた頃は、パーティ登山っていうんですか、二、三人ぐらいで登ってたようですが、ここ何年かはいつも独りでした。だから心配していたんです。山では気をつけるっていってたのに……」

悲しげな視線を落として、晴美は口を閉じた。

「水越和志という名前に、お心当たりはありますか？」

「いいえ」

晴美はいい、ちらと永友を見た。「その人はもしや？」

「いや、被疑者ではありません。たまたま捜査線上に浮かんだ人物です。重要参考人みたいなものです」

「そうでしたか」

「智恵美さんがこれまでに登られた山の記録みたいなものはありますか？　日記でも何でもいいんですが」

「とくに聞いていませんが、スマホで入る登山サイトっていうんですかね、そういうのを利用して記録をつけているようなことは、前にちょっといってました」

「たしかＹＡＭＡＰ《ヤマップ》とかヤマレコとか、ああいうのですね」

　晴美が頷いた。

「智恵美さんのアカウントにアクセスするためのＩＤとかパスワードはおわかりになりませんか」

「よくは存じませんが、あの子があれこれと書き付けてたメモ帳みたいなものならあります。インターネットのアクセスのパスワードとか、よく忘れるからって、そこに書いてるみたいなことをいってましたから」

　少し逡巡してから、こう訊いてみた。

「それって拝見できますか？」

「ええ。もし捜査のお役に立てるなら――」

　晴美は立ち上がり、部屋を出て行った。

いくら警察とはいえ、個人情報に勝手にアクセスできる権限はない。しかし、今は背に腹は替えられないという状態だった。

間もなく、バインダーで閉じられた小さなメモ帳を持って戻ってきた。

それを受け取り、ピンク色のカバーをめくると、いろいろな住所やアドレス、各サイトのログイン・パスワードなどが手書きで記されてあった。

ページをたぐっていく。〈山ＬＯＧ〉と記載されたページに、ログインとパスワードがペン書きされてあった。ＩＤはメールアドレスらしいが、パスワードは英数字が十二桁《けた》の組み合わせになっている。

「ちょっと失礼します」

そういって永友はスマホをポケットから引っ張り出した。

ブラウザを立ち上げて、〈山ＬＯＧ〉サイトのトップ画面にアクセスすると、鹿島智恵美のアドレスとパスワードを打ち込んだ。無事にログインできたので、画面をスクロールさせる。

これまで智恵美が登ってきた各地の山の、山行記録が詳細に出てきた。

北アルプスのパノラマコースや常念岳《じょうねんだけ》、御嶽山《おんたけさん》、八《やつ》ヶ岳《たけ》、金峰山《きんぷさん》、国師《こくし》ヶ岳《たけ》、鳥《ちょう》海山《かいざん》……なるほど、あちこちの山を踏破しているようだ。それら登った山の名と日時、行動のルートがマップ上に記されている。　途中の山小屋情報や天候なども記録されていた。

どれを見ても同行者の名がなく、やはり基本的にソロで登山していたらしい。

それぞれの活動日記も読めるようになっていた。

最後に登った山は南アルプスの甲斐駒ヶ岳《かいこまたけ》だった。日付を見ると、去年の九月十一日に入山となっている。そのあとの山行記録はない。

「お役に立てますでしょうか」

晴美の声に我に返った。

「はい。おかげさまで」

永友は彼女を見て、いった。「智恵美さん。今年は登山はされてなかったのですか」

「毎年、七月になると、浮かれたようにあちこちの山に登ってたのに、今年はどうしてか、行かなかったんです。先月、まとまったお休みも取れたんですけど、ずっと家におりましたの。理由を訊いたけど話してくれませんでした」

永友はぼんやりと彼女の顔を見ていたが、またスマホの画面に目を戻した。

甲斐駒ヶ岳。

そう書かれた山の名と写真を見つめた。

5

要救助者は門村《かどむら》麻理恵《まりえ》、三十四歳と十歳の娘、麻衣美《まいみ》。

白根御池小屋で一泊し、翌朝、北岳山頂に向かい、頂上から埼玉の家に電話を入れ、父親が受けている。その日のうちに下山し、バスと電車を乗り継いで帰宅する予定だった。ところが深夜になっても母娘は戻らず、携帯電話で呼び出しても応答がない。

翌朝いちばんに、父は山梨県警に捜索願を出してきた。

救助隊チームは小太郎《こたろう》尾根、吊尾根、間ノ岳方面と三つの班に分かれ、午前六時に警備派出所を出発。県警ヘリ〈はやて〉も市川三郷《いちかわみさと》のヘリポートから飛来し、北岳山域をくまなく捜索したが、午後になっても親娘の行方は杳《よう》として知れなかった。

三頭の救助犬は、それぞれの班に一頭ずつ。夏実とメイは山頂の反対側、間ノ岳方面を重点的に捜していた。一時間おきに派出所および各班とも定時連絡をし合うも、要救助者の姿も痕跡も発見できず。

夏実はさすがに焦りと疲労でまいりかけていた。

同行しているのは深町《ふかまち》隊員である。

午前中、ふたりと一頭は間ノ岳までの尾根を往復し、午後からは北岳山荘上から吊尾根方面に向かうトラバース道に入っていた。

要救助者の門村親娘が白根御池小屋で就寝した布団や枕を臭源にし、メイがくまなく登山道をサーチしたが、顕著な反応はなかった。途中で会った登山者たちからも、それらしい親娘を見たという情報は得られなかった。

トラバース道はかなり屹《き》り立《た》った崖の中腹にあり、木の柱と丸太を組んで作った桟道が続く難所である。また梯子などもあって、足を踏み外せば遥か崖下に転落する。

夏実たちは門村親娘の名を大声で呼びながら、このトレイルをくまなく捜索した。

いったんトラバース道を行ききって、吊尾根に到達すると、左に折れて頂稜方面へと向かった。砂礫《されき》の斜面の途中に、〈吊尾根分岐点〉と書かれた標柱が立っている。そこで休憩となった。

午後一時ちょうどだった。

夏実はメイに水を飲ませ、装着していたハーネスを少しゆるめ、背負っていたドッグバッグを外してやる。ザックの蓋《ふた》を開けて、持ってきた大きな樹脂製のランチボックスを引っ張り出す。捜索が長丁場になるかもしれないと思い、出発前に大急ぎで握り飯を作っていたのだった。

深町は夏実の隣に座り、自分たちがたどってきたルートを双眼鏡で見ていた。

「深町さんのぶんもあるから、どうぞ」

「ありがとう」

双眼鏡を傍らに置き、深町が握り飯を受け取った。

「〝要救〟さんたちを見つけられないのに、こんなところでこうして暢気《のんき》にお昼だなんて、ちょっと罪の意識を感じます」

夏実がいうと、深町が微笑んだ。

「仕方ないさ。腹が減っては戦《いくさ》もできない」

テルモスの水筒からマグカップに注いだ冷水を飲みながら、ふたりで握り飯を食べていると、ふいに爆音が聞こえた。

振り仰ぐと、彼らの頭上をかすめるように県警ヘリ〈はやて〉の青い機体が通過していった。バットレス近くの空中でゆっくりと反時計回りに旋回し、機首をこちらに向けて空を滑るように引き返してくる。

今朝早く、この空域にやってきて周辺を捜した〈はやて〉は、二度ばかりヘリポートに帰投して燃料補給をしてから、北岳に戻ってきた。これで三度目の飛来である。

夏実たちの目の前で、尾根すれすれに稜線《りょうせん》を越したとき、機体側面の窓越しにパイロットや整備士たちの姿が見えた。

深町が立ち上がって、航空バンドにチャンネルを合わせたトランシーバーで〈はやて〉に現状を伝えた。向こうからの通信も、〝要救助者の痕跡なし〟の連絡だった。

引き続きの捜索をお願いしますと深町が送り、交信が終わった。

〈はやて〉は機首を持ち上げるように機体を大きくバンクさせながら、北岳山荘手前でふたたび尾根を越し、仙丈《せんじょう》ヶ岳《たけ》方面へと滑っていった。

「何か〝色〟のようなものとか気配は感じられない？」

深町に訊かれ、彼女はかぶりを振った。

まったくそれらしきものは感知できなかった。もっともこの特殊な共感覚能力も、万能なものではなく、むしろ気まぐれだから、いつも頼りになるわけではない。

「もしかしたら、やっぱりこの付近じゃないのかもしれない」

メイのハーネスを付け直しながら、夏実はいった。

トランシーバーがコールトーンを鳴らした。

深町が取って立ち上がり、少し離れた場所で交信を始めた。

夏実は食べ終えたランチボックスとテルモスの水筒をザックにしまい込んだ。

メイは落ち着いた様子で傍らに伏臥《ふくが》し、長い舌を垂らして体を揺らしている。その柔らかな被毛をそっと撫《な》でながら、夏実が微笑んだ。

「あなたの鼻が見つけられないんだから、よっぽどの難事件だね」

そういうと、メイが同意するように舌を垂らしたまま、彼女を見上げた。

深町がトランシーバーを持ったまま、戻ってきた。

「本部から連絡だった。〝遭対協〟のメンバーが広河原から入ってくれたそうだ。あらためて広範囲な捜索になるが、これから夕刻にかけてガスが出てくるかもしれない。時間が経てば、ますます発見が難しくなるぞ」

彼がいった〝遭対協〟というのは山岳遭難防止対策協会の略で、民間有志による山岳救助隊のことである。ずいぶんと大がかりな捜索になりそうだ。

「私たち、これからどうします？」と、夏実。

深町は少し考えてから、こういった。

「〝要救〟のＰＬＳ（ポイント・ラスト・シーン＝最終目撃地点）は山頂だ。ここはいったん、あそこに戻ってから、あらためて一から捜してみよう」

「諒解《りょうかい》」

夏実はメイのハーネスにドッグバッグを装着した。

吊尾根分岐から北岳山頂まで、ふつうの足で二十分。夏実たちの俊足なら、その半分以下で行ける。

頂上に立つと、夏実たちはザックを背負ったまま、周囲を見渡した。

標高三一九三メートル。周囲三百六十度の大絶景。

昼時を過ぎたばかりで、登山者は数名。もちろん、その中に要救助者の親娘の姿はない。互いに写真を撮っている者、くつろぎながら膝《ひざ》の上で弁当を広げている者もいる。

誰もが、日本で二番目に高い北岳山頂の景色を堪能している。

空は抜けるように青く広がっていたが、遠くに三角形の蒼《あお》い影を持ち上げる富士山に向かって、真っ白な雲海が広がっていた。風はほとんどなかったが、真綿をちぎったような白いガスが、麓《ふもと》のほうから揺れながら上昇しては、ゆっくりと渦巻き、あるいは真上で散り散りになって消えていく。

登山者たちの中には救助犬を知っている者もいて、写真を撮らせてくださいと声をかけてくるが、夏実は「任務中ですので」と丁重に断った。

ここでも無線交信をし、他の二班の情況を聞く。

静奈《せいな》たちは池山《いけやま》吊尾根をかなり下って、野呂川《のろがわ》の手前までさしかかっていた。一方、進藤たちは小太郎尾根の支尾根をたどり、北側の小太郎山付近を捜索している。いずれの班も、相変わらず痕跡すら発見できない。

夏実たちは山頂からの下り道をたどった。

岩稜《がんりょう》の急斜面を下っていくと、真下に肩の小屋の屋根が小さく見えてきた。

そこに向かって岩礫や砂礫のトレイルを駆け下り、山小屋に到着した。

その頃になると、東側の急峻《きゅうしゅん》な山肌を駆け上ってきた真っ白なガスが、かなり視界を覆っていた。ここ肩の小屋前からは山頂と変わらず、富士山や他の山々が見渡せるのだが、おかげで周囲は真っ白なヴェールに閉ざされたように、何も見えなくなっていた。

小屋前のベンチに、数名の登山者が座っている。

管理人の小林《こばやし》親子に挨拶《あいさつ》しようと思ったが、ふたりとも小屋の外に姿が見えない。仕方なく、出入口から中に入ろうとすると、背後から複数の足音が重なって聞こえてきた。

振り向くと、草すべり方面からの上り坂を、数名のパーティが賑《にぎ》やかに談笑しながら歩いてくる姿があった。

夏実がそれを見て、つぶやいた。「真穂さん……」

間違いなかった。

若者たちの中にまぎれもない、水越真穂の姿があった。

今になってようやく、今日が彼女が北岳に来る日だということに気づいた。昨日、ＬＩＮＥをもらっていたし、本当は白根御池の警備派出所で出迎えようと思っていたのだ。

向こうも夏実の存在に気づいた。手を振りながら足早にやってくる。

真穂の後ろにいる長身瘦軀《そうく》の男性。それを見て、夏実は驚いた。

彼女の兄、水越和志だった。

嬉しさのあまり、夏実が駆け出そうとしたときだった。

奇妙な唸《うな》り声がして、思わず振り返った。

見れば、メイだった。

前肢《まえあし》を突っ張るように少し姿勢を低くし、鼻面《はなづら》に皺を刻みながら、前方を睨《にら》むように見ているのである。ドッグバッグを装着したハーネスのせいでわかりにくいが、背中の被毛が逆立っているようだ。

「メイ……」

あっけにとられた夏実がつぶやいた。

またメイが低く唸った。唇を歪め、鼻先に無数の皺を刻んで、一心に前方を見据えているのである。こんなメイを初めて見たので夏実は狼狽《うろた》えた。いったいどういうことなのか、まったくわからなかった。

真穂たちが近づいてきた。

地表を這《は》うように低く流れるガスが視界を覆うたび、彼らの姿がかき消えたり、また見えたりする。

——夏実さん！

真穂が大声で名を呼び、走ってこようとした。

突然、メイが吼《ほ》えた。体を揺すりながら、二度、三度と高い声で咆吼《ほうこう》した。

夏実は驚き、メイを見下ろした。誰かに向かって吼えたことなんて、これまで一度もないのに、いったいどうしたことだ。焦りと驚きで、パニックになりかかっていた。

ハッと気づいて、向き直る。

こっちにやってくる真穂たちの姿が、ガスの中でシルエットになっていた。その中、真穂の兄、和志の姿が妙に揺らいで見えた。それまで会うたび、彼の中に〝色〟をまったく感じなかった。それなのに——。

真穂といっしょにこっちにやってくる水越和志の体全体が、濃い紫の〝色〟に包まれていた。その輪郭がゆらゆらと不定形に揺らいで見える。

「これって、どういうこと……?」

夏実が狼狽えながらつぶやいた。

足下でメイの咆吼。ただならぬ興奮の様子である。

「メイをつなぐんだ」

深町の声に我に返った。彼も焦り顔で夏実を見つめている。

あわてて腰に着けていたリードを外し、先端のナスカンをメイのハーネスの金具に引っかけた。そのまま、メイの体を両手で強く抱きしめた。

トライカラーのボーダー・コリーがまた吼えた。

体を震わせながら、吼え続けた。

夏実は声を失ったまま、メイの体を激しく抱きしめていた。

6

特捜本部のある甲府署に車で行くと、永友はガランとして誰もいない会議室でノートパソコンを開いた。

ブラウザを立ち上げ、〈山ＬＯＧ〉のインターネットサイトにアクセスする。メモしていた鹿島智恵美のメールアドレスとパスワードを打ち込み、故人のアカウントにログインした。

長年にわたる彼女の山歴。そのいちばん最後が甲斐駒ヶ岳。

去年の九月十一日に入山。途中の七丈《しちじょう》小屋という山小屋に宿泊している。おそらく翌日に山頂を目指しただろうが、おかしなことに山行記録は初日の夜で終わっていた。

二日目の登頂と下山に関する記述がまるでなかった。

最後の投稿の日時を見ると、九月十一日の午後八時過ぎとある。山小屋に泊まった夜にスマホからアクセスして書き込んだのだろうが、どうして肝心の二日目の記録がないのだろうか。登頂は登山のハイライトのはずだった。

しかもそれきり彼女は山に登っていない。

永友は机に肘を突き、掌《てのひら》に顎を載せながら考えた。

「甲斐駒で何があった……？」

そう、独りごちた。

〈山ＬＯＧ〉のホーム画面の端に並んだ広告に視線が留まった。〝七丈小屋〟の文字が目に飛び込んでくる。090で始まる携帯電話の番号が記載されていた。永友はズボンのポケットからスマホを引っ張り出し、通話モードにした。

画面に記された電話番号を見ながら入力し、通話のアイコンをタップする。

呼び出し音が三回。向こうが出た。

――ありがとうございます。甲斐駒ヶ岳、七丈小屋です。

クリアな男性の声だった。

「突然ですみません。山梨県警の永友と申します。ご多忙中に恐縮ですが、ちょっとうかがいたいことがありまして。去年九月十一日の宿泊者についてなんですが」

――失礼ですが、宿泊されたお客様のことは個人情報に関するものなので、たとえ警察の方でもこちらからはちょっと……。

永友は少し考えてから、いった。

「重大な事件に関わることです。もしかすると一刻を争う事態かもしれません。では、身元確認ということで、お手数ですが、そちらから山梨県警のほうにかけ直していただけますか」

――わかりました。そういうことでしたら。

永友は相手に県警の代表番号と甲府署特捜本部の内線番号を伝えると、いったんスマホの通話を切った。数分とかからぬうちに、会議室に並んだデスクのひとつに置かれた電話が呼び出し音を発し始めた。

永友はメモ用紙とボールペンを持って立ち上がり、内線電話の受話器を取った。

パイプ椅子に座り直し、いった。

「特捜本部会議室。永友です」

――こちらセンターです。永友警部あてに外線ですのでおつなぎいたします。

女性の声に続き、さっきの男の声が聞こえた。

――すみません。甲斐駒七丈小屋の管理人をしてます、長谷泰伸《ながたにやすのぶ》といいます。先ほどは失礼しました。

「こちらこそ失礼をいたしました。では、あらためてうかがいたいのですが」

――去年の九月十一日といわれましたね。今、手元に宿泊者の帳簿を持ってきています。当日はウィークデイだったので、お泊まりのお客さんは四名のみでした。

「鹿島智恵美さんという女性が泊まられたはずなんですが」

ややあって、返答が来た。

――ああ。たしかに。若くておきれいな女性だったので、よく憶えてます。あの日、うちで宿泊されて、翌朝、頂上を目指されました。それから同じルートを戻ってこられて、うちで休憩を取られてから、その足で麓に向かわれましたね。

メモを取りながら、永友が訊いた。

「何か変わったことはなかったですか？」

――いいえ。とくに。他の三名のお客さんとも仲良くされていたようですし。

「水越和志という名の若い男性は宿泊していませんでしたか？」

――ちょっと待ってください。

ページをめくる音がして、また長谷の声がした。

――いいえ。おられません。あとは横浜からいらした〈相模《さがみ》山岳会〉のメンバーで、いずれも中高年の男性ばかりです。若い人は鹿島さんだけでした。もっとも小屋泊まりなさらず、うちを通過される健脚の方も何人かいたようですが……。

「そうでしたか。ありがとうございます」

礼をいって電話を切ろうとしたとき、長谷の声がした。

――そうだ。思い出しました。当日、事故があったな。

永友は眉をひそめた。「事故、ですか？」

――小屋のだいぶ下に、〝刃渡り〟っていう難所があるんですが、そこからの滑落です。うちのお客さんじゃなかったんだけど、麓から登ってこられた若い女性がおひとり、そこを通過中に落ちたんです。かなりの距離の滑落でした。たまたま近くにいらした目撃者の通報が小屋に届いて、駆けつけて救助したんですが、幸運というか、奇跡的に打撲と擦《す》り傷《きず》のみで命に別状はありませんでした。

「鹿島さんじゃないんですね？」

――別の女性でした。うちの宿泊客ではなかったですね。

「その女性の記録はありますか」

――おそらく警察のほうで聴取した記録が残ってるんじゃないかな。八ヶ岳署に問い合わせていただければわかると思いますよ。

「いろいろとお世話になりました」

――どういたしまして。

通話を終えて、そっと受話器を戻した。

パイプ椅子に足を組んで座り、しばしボールペンで書いたメモ用紙を見ていた。

刃渡り。滑落事故。若い女性……。

その文字を睨むように凝視していたが、彼は思い立ったようにまた内線電話の受話器を取り、県警本部の番号をプッシュした。

――こちら県警、通信センターです。

最前の女性の声が聞こえた。

「甲府署特捜本部の永友です。八ヶ岳署地域課につないでいただきたいんですが」

――八ヶ岳警察署地域課。おつなぎします。

永友はしばし待った。

7

午後三時を回ると、北岳肩の小屋付近を取り巻くガスが、さらに濃くなっていた。

幕営指定地の岩場も砂礫も、あちこちに立っているテントも登山者たちも、すべてが白い闇の中に溶け込むおぼろげな影のように見えていた。

水越真穂はレインウェアをまとい、冷たく濡れた岩場にシートを敷いて座っていた。横にいる兄、和志とともにマグカップを持って、湯気の立つコーヒーを飲んでいた。後ろには和志がザックに入れてきた、オレンジ色をしたファイントラックのふたり用テントが張ってある。去年、真穂がバイトで貯めた金で購入したものだった。

今日の夕食は章人が振る舞ってくれるという。そのために食材をたくさん担ぎ上げてきたのだと、悦子とふたりして張り切っていた。手伝いはいらないというから、呼ばれるまで待っていることにした。

すぐ隣には、悦子たちが寝るザ・ノースフェイスのふたり用テントが見えている。そこからガスコンロが燃焼する音が聞こえ、鍋物らしいいい香りが風に乗って流れてきていた。

佐智はテラノヴァというメーカーの変わった形状のソロテントだった。非自立式だから、数カ所にドローコードを張ってペグダウンしないとならないが、さすがに単独行に慣れているとあって、彼女はあっという間にそれを設営してしまった。今はテントの中にいるのか、表のジッパーが閉まっている。

和志は隣に座ったまま、虚ろな感じで目の前を流れるガスを見つめていた。

かすかに口笛が聞こえた。

曲は〈庭の千草〉だった。いつだったたか、雨がひどく降る晩に窓を開け、兄が吹いていた。

その横顔を見ているうちに、真穂の胸に不安の影が兆《きざ》した。

少し前、せっかく夏実たちに再会したのに、奇妙な出来事が起こった。救助犬メイが、こちらに向かってしきりに吼えていたのである。それも尋常ならざる様子だった。おかげで夏実はろくろく挨拶もできず、もうひとりの男性隊員とともにメイをどこかに引いていった。それから間もなく彼女はひとりで戻ってきたが、やはり浮かない顔だった。

メイの非礼をしきりと詫《わ》びてから、行方不明者捜索があるからと、真穂たちに頭を下げて去って行った。

彼女に会うことも、この山行の目的のひとつだったから、さすがにがっかりした。しかし、メイの奇妙な反応はともかく、救助隊の仕事は何よりも優先されるべきだし、仕方のないことだった。

ふと、また和志の横顔を見た。

口笛は止んでいたが、相変わらず無表情で、まったく光のない目を白いガスのどこかに向けていた。

「お兄ちゃん。前にいってたよね。私が山で死ぬ夢を見たって」

少し間を置いてから、和志がかすかに頷いた。

「心配しなくてもいいよ。ただの夢だから」

抑揚のない声で兄がいう。

「そうね」

応えたものの、真穂はやはり少し不安になった。

この山で保護されて以来、傍にいる和志は、まるで別人のようだった。喜怒哀楽をあまり表さず、存在感が希薄になったような感じがする。あたかも地面に落ちた影と実体が入れ代わってしまったかのように、真穂には思えた。

家の前で張り込みをしていた甲府署の刑事は、おそらくそんな和志に目を付けていたのだろう。容疑があるとすれば、あの連続殺人の犯人ということだ。しかし兄には動機も理由も存在しない。ただ奇妙なことが身の上に起こって、理由もわからず、人格が少しばかり変わったというだけのことだ。

それにしても、メイはあのとき、どうしてこっちに向かって吼えたのだろう。

そう考えてから、また兄の様子を見た。

——真穂。夕ご飯、できたよ！

ふいに悦子の声がして、我に返った。

隣のテントの前で彼女のシルエットが手を振っている。和志を誘って立ち上がり、ふたりのテントの前に歩いて行った。大きなシートが敷かれていて、折りたたみ式の簡易テーブルの上に大型のコッヘルが載せられ、料理が湯気を上げていた。

もうひとつのコッヘルでは、白米が炊かれていたし、別の皿にはレタスとキュウリとトマトのサラダ。フランスパンもきれいに切って載せてあった。

「章人の得意料理。キムチ鍋プラスアルファでーす」

悦子が両手を広げ、おどけていった。「悪いけど、佐智も呼んできて」

「はーい」

真穂は明るく返事をし、佐智のテントに歩いていった。

緑色の小さなテントが静まり返っていた。その前に立って、真穂は呼んだ。

「佐智。ご飯だよ」

しかし返事がない。ソロテントが静まり返っていた。

「ねえ。眠ってるの？」

するとテントがかすかに震えた。

出入口のジッパーがゆっくりと音を立てて動き始めた。まるで何かの儀式のように、少しずつジッパーが滑ってゆく。驚いてそれを見つめていると、隙間《すきま》からようやく佐智が見えた。テントの中の薄暗がりにクシャクシャになった頭髪があって、幾筋もの房のように垂れた前髪の間から覗《のぞ》いた両目が、一瞬、キラリと光ってびっくりした。

「何よ。寝ぼけちゃって」

出入口のジッパーが全開に開かれて、そろりと佐智が這い出してきた。テントの前で横座りになり、ようやく垂れた前髪を片手でかき上げた。もう一方の手に持っていた眼鏡《めがね》をかけると、いつもの佐智の顔に戻った。

真穂が小さく噴き出した。

「もう……佐智ったら、さっきの姿って、まるで〝貞子さん〟みたいだった」

肩を揺すり、大げさに笑い始めた。

佐智は口を半開きにしたまま、ぽかんとした様子で真穂を見つめている。

白根御池小屋とその隣に立つ山岳救助隊警備派出所は、すっかりガスに取り巻かれていた。谷口伍郎はタオルで額の汗を拭《ぬぐ》いながら、小屋の前に立っていた。

広河原から二時間ぐらいかかった。

かなり急ぎ足で登ってきたから、疲労が極限まで達し、体が鉛《なまり》のように重かった。おまけにガスが出ているせいか、空気が湿っていて、やたら蒸し暑かった。

体を締め付けていた各ストラップを外し、足下にザックを落とした。とたんに体が軽く感じられ、無重力のように舞い上がりそうになって驚いた。

山小屋の前には登山者の姿がない。

午後六時を過ぎていた。夏場だからまだ明るいが、山では夜の時間に入る。

しかも重たくのしかかるような濃霧のおかげで、御池小屋の周りは沈黙に閉ざされ、鳥の声ひとつ聞こえなかった。ゆっくりと流れるガスの合間に、ダケカンバのシルエットが重なって見える。

空身になって歩き、警備派出所のコンクリ階段を上ってドアを叩く。

すぐにドアが開いて、短く切りそろえた髭面の中年男がそっと顔を出した。いぶかしげな表情で谷口を見ているうちに思い出したらしい。

「甲府署の谷口さん……？」

「谷口です」

一礼をし、顔を上げた。すると目の前にいる男が満面の笑みになっていた。

「隊長の江草です。来山されることはうかがってました。どうぞどうぞ」

そういって中に通された。

待機室と呼ばれる大きなテーブルのある部屋に案内されると、「失礼します」と声がして扉が開き、大柄な男が湯飲みふたつを載せたトレイを持って現れた。

「副隊長の杉坂《すぎさか》です」と、江草が紹介した。

谷口が頭を下げると、江草と谷口の前にそれぞれ湯飲みを置き、目礼とともに扉の向こうに消えた。

「ま。どうぞ。急なことでお疲れ様でした」

江草が湯飲みの茶をすすり、谷口もならった。

「前にも一度、北岳に登ってきましたが、ひどい高山病になって……」

「憶えてますよ。あれは冬場でしたね」

そんなふうに会話が始まり、谷口はここに来ることになったいきさつを語った。もっとも大半はすでに永友から伝わっていたようで、江草は逐一、頷きながら聞いていた。

「とかく世間を騒がせていた重大事件でしたが、まさかこんな山まで飛び火するとは驚きです」

江草はそういい、口の周りの髭をさすった。

「いや。まだ、そうと決まったわけじゃないんですが、気になって夜も眠れんのです」

「それは良くない。睡眠不足は高山病の原因ですからね」

冗談とも本気ともつかぬ江草の言葉に、谷口はポカンとしていたが、ふいに肩を揺すって笑い始めた。

「ところでついさっき、その永友さんから連絡が入りました」

ふいに真顔になった江草を見て、谷口の笑みも消えた。

「今日の午後、田富町《たとみちょう》の河川敷の林の中に乗り捨てられていた車が見つかり、盗難車と判明したんですが、どうやら一連の犯行に使われたものだとわかりました。どこかでひどくぶつけたらしく、フロントフェンダーが大きくへこんで、コンデンサーが折れ曲がってました」

「何か、指紋等の手がかりでも？」

江草が頷いた。

「ほとんどの指紋は盗難車の元の持ち主のものばかりでしたが、車内から二種類の血液型が採取されたようです。A型とO型。いずれも、四つ目の犯行現場の路上で採取された血液と同じものだったということです」

谷口は彼を見ながら、こうつぶやいた。

「つまり、O型は四人目の被害者、塩田早苗さんのもの。A型は犯人――」

「日本人の四十パーセント。つまり、もっとも多いのがA型ですからね。ま。あまりアテにはならないと思いますが」

そういって江草はふっと真顔に戻る。「それから車内のシートやフロアなどから、髪の毛がいくつか採取されたそうです。いずれも毛根が残っていたため、科捜研に送られてDNA鑑定に回されるそうです」

「ありがとうございます。永友さんには、こちらからも連絡を入れておきます」

江草は目尻に皺を刻んで笑みをたたえ、また茶をすすった。

「今夜のお泊まりは御池小屋のほうでお部屋を用意していただきました」

「お世話になります」

谷口が頭を下げると、江草がまた笑った。「ま、冷めますから、お茶をどうぞ」

8

午前四時過ぎに、夏実は自然と目を覚ました。

肩の小屋の客室のひとつだった。部屋は真っ暗で、ガラス窓の外も闇だった。宿泊客たちはまだ眠っている時間ゆえ、山小屋はしんと静まり返っていた。

隣の布団に寝ていた深町はすでに起きていて、俯《うつぶ》せになったまま、ヘッドランプの小さな光の中で北岳の地図を広げている。

「おはようございます」目をこすりながら小さく声をかけた。

「おはよう」

深町が笑い、傍らに置いていた眼鏡をかけた。

「今日はどこをサーチしますか」

深町は眉根を寄せ、いった。「同じエリアを、より深く捜すしかないだろうね」

昨夜、最後の交信によると、吊尾根ルートを捜索にいった静奈たちは、尾根の途中にある池山御池小屋という無人小屋に宿泊したようだ。また、小太郎尾根を捜索していた進藤たちは、小太郎山の北端を下って野呂川まで下り、そこから遡《さかのぼ》ったところにある両俣小屋に泊まった。

いずれの班も、今日はまた同じ場所を徹底捜索することになりそうだ。

「ゆうべ、少し雨が降ったみたいです。この山のどこかで、お母さんと女の子が濡れていなきゃいいんですけど」

「父親の話だと、ふたりともちゃんとしたレインウェアを用意していたそうだし、フリースなどの防寒着も持参していたっていうから、うまく雨よけさえしてたら大丈夫だと思うんだ」

夏実は頷いた。ただし、重篤な怪我《けが》をしていたり、すでに亡くなっていたりしなければの話——と、心に思い浮かべてしまったが、あえて口にしない。

夜中といえば、夏実は二度ばかり起き出して、山小屋の外につないでいたメイの様子を見に行った。昨日、あれだけ異様なふるまいをしていた救助犬が、まったく何ごともなかったかのようにおとなしく、夏実を見ると、甘えてじゃれついてきた。

ホッとするとともに、あれは何だったのだろうと、疑問を新たにする。

するとやはり、真穂の兄、水越和志のことを考えてしまう。あのとき、彼の体に重なって見えた、不思議な感じのする〝色〟は、何を意味していたのだろうか。


午前五時前に夏実と深町は、メイとともに出発準備を整えた。

朝食をとっている余裕もないので、小屋の管理人である小林和洋《かずひろ》に、玉子巻きなどの簡単なおかずと握り飯をいっぱい作ってもらい、朝と昼のぶんをそれぞれのランチパックに詰め込んだ。水もたっぷりと水筒に入れた。

山小屋の外に出ると、まだ濃密なガスが周囲を取り巻いていた。気温は低いが、じっとりとした湿気が体を包み込む。仕方なく、制服の上にレインウェアを着込んだ。

見送ってくれた和洋と、女子スタッフの大下真理《おおしたまり》に手を振った。

ヘッドランプを点灯させるが、ガスの微小な粒子にLEDの光が乱反射して、まったく視界が確保できなくなる。仕方なく、足下だけを照らしながら歩き出そうとしたとき、ふいに声をかけられた。

――夏実さん！

振り返ると、別のヘッドランプの光が見えた。

水越真穂だった。

「気になって起き出してきちゃいました」

そういって真穂が恥ずかしげに笑う。

「ごめんなさい。なかなかおかまいもできなくて」

夏実はそういって詫びた。

傍らにいるメイはおとなしくしていて、むしろ真穂を見ながら嬉しそうに舌を垂らしていた。思わずホッとする。

「いいんです。それよりも、遭難者の方を早く見つけてあげてください」

「ありがとう」

それから、ふっと彼女の顔を見つめてしまった。

「何だかわからないけど、いやな予感がするの。月並みな言葉だけど、くれぐれも気をつけてください」

真穂の顔から笑みが消えた。

コクリと頷いた。

「何かあったら、すぐに駆けつけます」

彼女はまた頷いた。口をギュッと引き結んでいた。

9

永友和之が目を覚ましたとき、自分がどこにいるのか一瞬、判然としなかった。無機質な天井のデザインと簡易なパーテーション。寝心地の悪いソファの上に身を起こして、ようやくここが甲府署の刑事課フロアにある仮眠室だということに気づいた。

腕時計を見ると午前六時五十分。

昨夜は二時過ぎまでパソコンなどで調べ物をしていたため、五時間に満たない睡眠である。当然、眠くて頭がふらついた。

昨日、あれから八ヶ岳署地域課長と電話で話をしたが、去年の九月に甲斐駒ヶ岳黒《くろ》戸《と》尾根の滑落事故について、詳細を知っている担当者が不在だった。

緊急性のある事案の可能性を示唆《しさ》して、なるべく早急に担当者を捉《つか》まえるよう依頼をしていたが、とうとう昨夜のうちに返電はなかった。

靴下のままだった足を靴に突っ込み、無理に立ち上がると、洗面所を借りて顔を洗った。

少しはスッキリしたようだ。

刑事課には誰もいないので、少し屈伸運動などをして体のこわばりを取った。

エレベーターの近くにある自販機で、冷たいブラックコーヒーの缶を買い、プルトップを上げて飲んだ。苦みが喉を流れ落ちると、意識がクリアになってきた。

非常灯の緑の明かりが灯《とも》った暗い階段を上り、会議室の前に立ち止まる。

〈甲府市内女性連続殺人事件特別捜査本部〉

そう揮毫された〝戒名〟と呼ばれる看板をじっと見つめる。捜査本部は〝帳場〟と呼ばれ、主に関東地方にある警察署での隠語である。なかなか事件が解決しない場合、「戒名が悪い」などと揶揄《やゆ》されることもある。

たしかに捜査は進捗《しんちょく》しているようで、なかなか解決の糸口が摑めない。

そんな中、作家の猪谷が殺されたことが新たな展開となり、河川敷で見つかった盗難車が犯行に使われたことが判明した。これは大きな手がかりになりそうだった。

問題は次の犯行が起こるのかということ。さらに、それがどこで発生するか。

あの谷口が直感したという水越和志という男に関しては、あまりに具体性に欠ける。

むろん何らの動機も証拠もないため、本部が動くわけにはいかない。だから、すべて谷口たちに任せたかたちとなった。その谷口は今、水越和志を追いかけて北岳に行った。

しかしながら、あくまでもこれは、ほんの小さな可能性のひとつに過ぎず、暗闇の中の手探りのようなものだ。ごくごくまれに、その手探りが何かを摑むこともあるが――。


会議室のドアを開いて入った。

てっきり照明が消えていると思っていたら、中が明るくて驚いた。

正面にホワイトボードが置かれ、その手前のテーブルに彼女が座っていた。

濃紺のスーツに、長い黒髪を背中で縛って垂らしている。その凛《りん》とした後ろ姿に向かって、永友は歩いた。

菊島優警視の隣の椅子に、黙って座った。

彼女はじっと正面を見つめている。まるでそこに何かがあるかのように。

永友は目を戻し、同じように正面を見た。

「三年前の、ちょうど今頃だった……」

ふいに菊島がつぶやいた。小さな声だったが、広い会議室にやけにはっきりと響いた。

「六月にあの人と結婚してね。新婚旅行はカナダに行くって決めてたんだけど、お互いに仕事が忙しくて先延ばしになってた。私は刑事部に配転され、彼は警務部の情報管理課長になったばかり。二カ月も過ぎて、ようやく秋頃にまとまった休みが取れそうだっていってた矢先にね」

「事故でお亡くなりになったとうかがいました」

菊島は無表情に前を向いたまま、唇を軽く嚙んでいた。

「事故っていうか……県庁舎ビルの屋上から飛び降りたの。ゆうべみたいにひどく蒸し暑い夜のことだった」

いわれて、永友はようやくその事件を思い出した。

山梨県警のエリート警察官が自殺。そのときは大きくニュースで取り上げられた。

「なぜ……」

永友が彼女を見たが、しばし沈黙があるばかりだった。

やがて重たそうに口を開いた。「いろいろと噂《うわさ》はあった。遺書も見つからず、動機も不明のままで、事故として扱われて、それでお終《しま》い」

菊島警視から目を離し、永友はまた正面を見ながら、彼女の無念を思った。

その噂というのは、少しばかり耳にしたことがある。もちろん県警本部内では禁忌《タブー》とされ、誰もがおおっぴらにそれを口にすることはない。マスコミもそれとなしに事件に触れただけで、あっという間に忘れ去られてしまった。

フウッと菊島が溜息《ためいき》を洩らした。

永友に目をやって、こういった。

「谷口さん、例の水越和志にこだわって、北岳に登ったそうね」

「事情が事情だけに、本人は休暇扱いだといってます」

「ところが案外と本命だったりして」

冗談めいた口調でいい、彼女は笑った。

「もしかして〈遊撃班〉を作ったのは、彼らの影響でしょう？」

菊島はフッと遠くを見るような目になり、かすかに頷いた。

「そうね。まさに独立愚連隊っていわれた、南アルプス署地域課の山岳救助隊。我々と同じ警察官でありながら、山という特殊な世界のおかげでルールに縛られず、自由気ままに活動し、それでいて誇りを決して忘れない。なぜならば、山では人の命こそが何よりも優先されるから。彼らこそ、本来の警察官がそうあるべき姿のような気がする」

永友はようやく理解した。

自分もそうだったように、彼女もあの北岳で何かを経験し、学んだのだろう。

そのとき、ズボンのポケットでスマホが震え始めた。

取り出して液晶を見ると、登録していた八ヶ岳警察署地域課の番号だった。

「失礼」

そういって立ち上がり、少し離れた場所で通話をした。

「県警の永友です。お世話になります」

――八ヶ岳署地域課の安藤《あんどう》といいます。こんな早朝にすみません。緊急性のある案件ということで、早くお伝えしようと思ってお電話いたしました。

「助かります」

――昨年九月に甲斐駒黒戸尾根で発生した事故の件ですが、よく憶えております。あの刃渡りから二百メートルぐらい滑落したにもかかわらず、要救助者は重傷に至らず、ほぼかすり傷と打ち身ぐらいですんでました。

「若い女性とうかがいましたが」

――甲府市内に在住で十九歳の娘さんでした。

「その要救助者の名前は控えてありますよね」

――もちろんです。名前はえっと……松野佐智。

永友は驚いた。

「松野佐智。本当ですか？」

――間違いないです。甲府短大の一年生でした。

「ありがとうございます。助かりました」

通話を切って、永友は向き直った。

菊島が立ち上がり、彼を見ていた。

「松野佐智っていうのは、たしか今回、水越和志といっしょに北岳に登ったメンバーのひとりでしたね」

永友は頷いた。「たんなる偶然じゃないと思います」

資料を指先でめくる。

松野佐智の個人情報のページを出した。住所を確認する。

甲府市国母《こくぼ》四丁目。

最初に殺された鹿島智恵美との接点がやっと出た。しかもそれは予想外の人間だった。

事件はまさに、それまでの甲府市内から遠く離れた場所に移ろうとしているのではあるまいか。

それも南アルプス、北岳。

スマホをポケットにしまい、永友がいった。資料を閉じ、とっさに会議室を出ようとしたところ、後ろから菊島の声がした。

「永友さん、どうするの？」

「事実確認に行ってまいります」

「私も同行します」

菊島の声に驚き、振り向いた。「いいんですか？」

彼女は決然とした様子で頷いた。

10

バロンが吼え始めた。

最初は低く、やがて野太い声を放った。何度も。

静奈は木立の中で足を止め、アラートを繰り返すジャーマン・シェパードの様子を注意深く観察した。

興奮に目を輝かせ、太い尻尾《しっぽ》を激しく振りながら咆吼している。

ライブ・アラート。生存している要救助者を発見したときの犬の反応である。

昨夜、宿泊した森の中の避難小屋、池山御池小屋を出発し、一時間ばかり尾根道を捜索していたときだった。

同行していた関真輝雄《せきまきお》と曾我野誠《そがのまこと》隊員も、バロンの声を聞いたらしい。乱雑な足音とともに、木立を揺らし、藪《やぶ》を揺らしながら走ってきて、静奈のところにやってきた。

静奈は林床に片膝を突いた姿勢で、バロンの背中に片手をかけ、じっと前方を見つめた。

ガスが流れる森。木立が蒼い影となっている中に、人の姿はなく、声や気配もない。

しかしバロンは確実に相手を捉《とら》えていた。

風は微風。前方から流れてくる。その中にほんのわずかな匂いが乗っていて、人の数万倍といわれる犬の鋭敏な嗅覚《きゅうかく》がそれをキャッチしたのである。

今、バロンは林床に伏臥し、ハンドラーの指示を待っている。

静奈は脊髄反射のようにとっさに犬を走らせず、まずは情況確認をし、周囲に視線を配る。要救助者のおおよその位置を想定し、目立った障害物などがないことを確かめる。要救助者は十歳の少女とその母親だ。いきなり大型犬が現れたら驚くし、そのことがどういうネガティブな結果をもたらすかわからない。

オフリードにせず、リードでつないだまま、バロンを接近させることにした。

「行くよ」

静奈の声とともに、シェパードが四肢《しし》を伸ばして身を起こした。

静奈が走り、バロンが併走する。関と曾我野があとに続く。

急斜面を駆け上がり、小さな尾根を抜けたところで、眼前が切れ落ちていた。数メートルの崖があり、その下に崩落した岩がいくつか重なっている。その岩の合間に青と黄色のウェアが見下ろせた。

霧がうっすらと流れているので、その合間に見え隠れするかたちだ。

バロンがまた吼えた。ここだと教えている。

その声で岩の間に入り込んで横たわっているふたりが、ゆっくりと身を起こした。

静奈は興奮するバロンを抑え、そこに下りるルートを探った。

「こっちから行けます」

曾我野が左側を指差した。段々畑のようになって、崖下に下りられそうな場所だった。

静奈と関が頷き、慎重に足場を確認しながら斜面を下り始めた。

まさにそれは女性と少女。ふたりは抱き合ったまま、岩の合間にいた。黄色いレインウェアを着た少女が身を起こして指差している。

「ママ。やっぱり犬だよ」と、か細い声。

青いウェアの女性が上半身を起こした。ほつれた黒髪が顔半分を覆っていた。

ふたりとも意識ははっきりしているようだ。痛みを伴う大きな怪我はなさそうだし、表情も比較的穏やかである。出血もないようだった。

「山岳救助隊です。門村麻理恵さん、ですね？」

静奈が落ち着いた声でいった。「そちらは麻衣美ちゃん？」

少女がコックリと頷いた。

ふたりとも、やや顔色が悪いが、元気そうに見えた。

静奈はバロンを前に出させず、少し離れた場所にリードでつないだ。

「もう大丈夫です。三日間、よく頑張りましたね」

優しくいいながら、関がふたりのところにそっと近づいた。

母も娘も怯《おび》えている様子がないため、静奈と曾我野も接近して、さらにふたりの様子をくまなく目で確認する。

「私たち、おうちに帰れるの？」

あどけない声で少女がいった。

「そうだよ、麻衣美ちゃん。お母さんと病院で怪我の治療をしたらね。おうちに戻れる」

静奈が微笑みながらいうと、少女が笑窪《えくぼ》をこしらえた。

関がふたりの手を取り、触診を始めた。熱はないか、脈はしっかりしているかなどをチェックしてから、彼は静奈と曾我野に合図を送った。

それを待っていた曾我野が、ザックのストラップからホルダーに入れたトランシーバーを抜き、ＰＴＴボタンを押して交信を始めた。

「こちらA班。池山吊尾根の曾我野です。派出所および各班、取れますか？」

ややあって、雑音とともに返事があった。

――警備派出所、杉坂です。

――こちらB班、横森《よこもり》です。

少し間を置いて、夏実の声がした。

――C班の星野です！　どうぞ！

夏実の元気な声を聞き、静奈はガスの水滴に濡れた顔を歪めて笑った。彼女は勘が鋭い。曾我野の声の様子で、もうわかっているようだ。

「午前七時二十五分。池山吊尾根と林道の合流点、あるき沢橋から少し上の谷間で、

〝要救〟二名を無事に発見。保護しました。これからGPSで場所をそちらに送信します」

曾我野が関にトランシーバーを渡した。

「関です。〝要救〟二名に重篤な外傷や疾病は見られず。脱水症状もなく、比較的元気で落ち着いていらっしゃいます」

――良かった！

夏実が歓声を上げる声がした。

長い間、北岳一帯を捜索してきたので、彼女の歓びもひとしおだろう。

――警備派出所からA班、曾我野隊員。GPS信号をキャッチ。地図でそちらの位置を確認しました。あいにくとガスでヘリは飛べませんが、その現場なら林道がすぐ傍なので、直接、救急車による搬送が可能です。こちらで派遣要請をしますので、現場におかれましては救急車到着まで〝要救〟二名の安静と保護につとめてください。

「曾我野、諒解」

関がさらにふたりのバイタルチェックを続けている間、静奈はザックを下ろしてガスコンロで湯を沸かし始めた。ふたりともレインウェアとインナーのおかげで寒さと雨から守られていたようだが、さすがに疲れ切った様子だ。睡眠もろくにとれていないのだろう。

関に許可をもらい、ホットカルピスを作った。

これは山岳救助隊の定番で、水分補給ができるうえ、体がポカポカと温まる。

曾我野がふたりにそれを飲ませている間、静奈は地図を広げて、遭難に至った経緯を推察した。頂上から八本歯《はっぽんば》のコル経由で下山するつもりが、そのまま吊尾根を下って冬山ルートに入り込んでしまい、途中の城峰《しろみね》辺りから道を見失って谷に下りたのだろう。

バロンを始め、救助犬がふたりの臭跡を取れなかった理由もわかった。

母親がつけていた香水だった。

かなり強烈な匂いだったために、本人の体臭が消えてしまっていたのだ。

雨に祟《たた》られたのはつらかっただろうが、不幸中の幸い、彼女の香水の匂いがそれで流れて、本来の体臭が微風に乗り、ようやくバロンがキャッチしたのである。

ホットカルピスを飲み終えた麻衣美が安心のためか、眠気に襲われている。目を細め、ウトウトと舟をこぎ始めていた。静奈は笑ってザックの中から毛布を取り出し、少女をそれでくるんだ。母の麻理恵はやや青ざめたままだったが、嬉しそうに笑って毛布といっしょに娘を抱きしめた。

静奈は立ち上がり、林床におとなしく伏臥しているバロンのところに行った。

「よくやったね」

優しく声をかけながら、霧に濡れた被毛をそっと撫でた。

11

谷口伍郎は白根御池小屋の正面出入口のドアにぶつかるようにして開き、外に飛び出した。ろくにストラップを締めていないザックを片腕にかけ、登山靴の紐も結んでいない。よろよろと酔っ払いのように足をもつれさせて歩き、外ベンチに手をかけて、その場に膝を突いてしまった。

すでに日が昇って二時間以上は経つというのに、小屋の周囲は相変わらずガスである。しかもまっすぐ伸ばした自分の手が霞むほどの濃霧だった。

「谷口さん！」

大きな声がして、松戸が小屋から出てきた。

髭面にエプロン姿。片手にはトランシーバーを握ったままだ。

「藪から棒にひとりで飛び出して、いったい何されようとしてるんですか」

谷口はつらい顔を向けて、いった。

「今までずっと勘違いしていたんだ。てっきりあいつが犯人だとばかり……」

歯を食いしばりながら、興奮に肩を上下させた。おまけに目がひどく充血している。

「俺が行って何とかしなきゃ。止めなきゃならんのだ」

松戸は苦笑しながらいった。

「さっきの連絡のことですが、まだその人が犯人と決まったわけじゃないんでしょう？　無理に駆けつけたりしなくても大丈夫ですよ。ここは下手に焦らず、次の連絡を待つべきだと思います」

「常に最悪を想定する。それが危機管理のセオリーだ」

「だけど、あなたの足で上まで何時間かかるんですか。現場に着く頃には、日が暮れちゃってますよ」

「だったら、ヘリを呼んでくれ！」

「このガスだから無理ですって」

谷口は泣きそうな顔になった。まるで子供のように唇を嚙み、拳を作った。

そのときだった。

白根御池小屋のドアが、ふいに乱暴に開いたかと思うと、大柄な男がそこから姿を現した。大股で悠然と歩いてきて、松戸の横を通り、谷口の前に立ち止まった。

「ヘイ、ミスタ。すぐに行こか」

ニック・ハロウェイだった。

いつもの半ズボンにトレランシューズ。〝北岳にキタだけ〜〟とプリントされたTシャツの胸が、まるでスーパーマンのそれのように、はち切れんばかりに膨れている。

「ニック。無茶をするなよ」

松戸が呆れていった。「いくらお前が超人でも、この人は……」

「バテたら、担いでいったるねん」

谷口はあんぐりと口を開け、ニックを見上げた。

その肩をミットのような掌で乱暴に叩き、大柄な白人が歯をむき出して笑った。

「いいのかね」

恐る恐る谷口が訊くと、ニックはまた笑った。

「ええから、ついてきなはれ。超特急で上まで連れてってたるで」

半ズボンの尻ポケットから引っ張り出した赤いバンダナを、自分の頭に巻き付けて、後ろでキュッと縛った。そしておもむろにウインクをしてみせた。

甲府市国母四丁目。

小学校に近い住宅地の細道を、永友が運転するカムリが走っていた。

助手席には菊島優警視が座っている。

ブロック塀に囲まれた二階建てや平屋造りの家が多い。夏休みになったので、まだ早朝とはいえ、路上で小さな子供たちが自転車に乗っていたりする。だから永友は焦らず、慎重に、ゆっくりと車を走らせた。

甲府署で車に乗る前、北岳白根御池小屋にいる谷口に電話をしていた。

甲斐駒で起こった事件と、そこに松野佐智という名の娘が記録されていたこと。だから、何がどうだということはないのだが、これはたんなる偶然ではなく、何らかの必然だったのではないか。

谷口は先に頂上に向かった若いパーティを追いかけるといってきた。

その中に、あの水越兄妹も、そして松野佐智もいるのだ。

カーナビの音声にしたがって何度か路地を折れると、やがて目的の家の前にやってきた。

やはりブロック塀に囲まれていたが、庭が広く、建坪もありそうな大きな屋敷だった。

道路が狭いので駐車する場所がないと思ったら、運良く、地区のゴミステーションらしい簡素な建物があって、そこに車が二台ぐらい停められるスペースがあった。

ドアを開き、菊島と同時に車外に出た。

錆《さ》び付いた鉄の門扉が閉ざされていた。広い庭に芝が植えられていたが、ほとんど薄茶色に枯れかかっていた。黒松も三本ばかり立っていたが、松食い虫にやられたように、赤くなって枯れ朽ちている。

門扉の横に〈松野〉と表札がかかり、インターホンがあった。ボタンを何度も押したが、反応がない。

永友は菊島と顔を合わせ、無言で門扉を開け、敷地に足を踏み入れた。

大きな玄関のガラス扉の前に立ち、拳で何度か叩き、「松野さん」と声をかけた。

しかし返事はまったくなかった。

試しに扉に手をかけると、ガラリと音を立てて、それはあっけなく開いた。

とたんに異様な臭いが鼻腔を突いた。カビ臭い空気。何かが腐ったような臭いも混じっていた。思わず立ち尽くしている傍を、菊島がハンカチで口元を覆いながら、ゆっくりと三和土に足を踏み入れた。

もう一度、声をかけてみたが、やはり反応はない。

「どうします?」と、永友が訊いた。

「手続きを踏んでる余裕もなさそうね」

そういいながら、菊島が身をかがめ、黒い革のパンプスを片足ずつ脱いだ。

薄暗い廊下を歩くと、右手にドアが開いたままの部屋がある。

応接セットが置いてあったが、もちろん誰もいない。ガラスケースにゴルフのトロフィなどが並び、洋酒の瓶がいくつも収められたキャビネットがあった。窓にはカーテンが引かれ、薄日が差し込んでいる。

通路の奥にキッチンがあるようだ。そっちに向かうにつれ、腐臭がだんだんと強くなった。永友は顔を歪めながらも、そっちに向かって歩いた。

広い台所に、段ボール箱がいくつか積み上げられ、あるいは散乱している。テーブルには食器が重なり、流し台のシンクの中も同様だった。床にはスーパーやコンビニのレジ袋などが散乱している。

「外観は立派なおうちですが、まるでゴミ屋敷ですね」

隣に立つ菊島が黙って頷いた。

二階に昇る階段を見つけたので、そこを慎重にたどってみた。黒く変色した踏み板が、足を載せるたびにギシギシと軋《きし》んだ。二階の通路にドアの開いた部屋があったので、菊島とふたりして、そっと覗いてみた。

とたんに永友は声を放ちそうになった。

傍にいる菊島が思わず、二歩、三歩と後ずさり、よろけかかって廊下の壁に手を突いた。

広さ八畳ぐらいの部屋で、大きなサッシの窓が三つ、いずれもレースのカーテンがかかっていた。ベッドがひとつ。勉強机があって、キャスター付きの椅子が転がっていた。

異様なのは壁に貼られた紙だった。

ざっと見ただけで数十枚が、押しピンで乱雑に留められていた。

どうやらA4のコピー用紙のようだが、それら一枚一枚に、色鉛筆や色彩ペンなどで異様な絵が描かれていた。

そのすべてが——目だった。

大きな眼球。無数の目。睫毛《まつげ》が大げさに生えた女の目。涙を流した瞳。鋭い刃物が突き立てられ、血を流した眸《め》。モノクロの絵もあれば、毒々しい色に塗られた絵もある。

のみならず、それらの紙と紙の間に、マジックペンやスプレーなどでたくさんの文字が書かれていた。

死ね！　死ね！　死ね！　シネ！　シネ！

立ち尽くす永友が、無意識に後退る。

斜め後ろのスチール製の本棚に肩がぶつかった。痛みに顔をしかめて振り向いたとたん、そこに詰め込まれていた大量の本が、ドサドサと音を立てて足下に落ち、散乱した。

漫画の単行本や、文庫本、新書本、ハードカバー。

それらすべてがホラー漫画や小説だったり、殺人、猟奇事件に関するものばかりだった。

平山夢明著〈異常快楽殺人〉という単行本の下になっていた新書本に目が行った。

〈21世紀の切り裂きジャック〉というタイトル。著者名はカーニバル広瀬とあった。

よろけながら、ようやく部屋を出た。

出入口近くで菊島が口元を手で覆い、大きく目を見開いていた。金縛りに遭ったように動けないらしい。彼女の見開かれた目を見ているうち、壁に無数に貼られた異様な絵を連想して、永友はあわてて想像を打ち消した。

「き、菊島さん。とにかく、外に出ましょう！」

永友がいった。声が震えていた。

ようやく菊島が彼を見た。白蠟《はくろう》のように血の気を失った顔で頷いた。

ふたりで廊下を歩き、彼女の手を取って階段をゆっくりと下りた。廊下を通って玄関に向かおうとしたとき、応接間の反対側にある部屋のドアが、わずかに開いているのに気づいた。

そこから異様な臭いが漂っていた。

永友は顔をこわばらせたまま、じっとドアの隙間を見ていた。奥はまったくの闇だったが、その臭いを無視することができず、ドアに手をかけた。

「永友さん……」

菊島のかすれた声がしたが、思い切ってドアを開いた。

明かりがかすかに中に差し込んだ。

そこは風呂場だった。

脱衣場の向こうに磨りガラスの扉が開かれた浴室があり、ユニットバスが見えている。大きめの浴槽に裸の中年女が首まで浸かっていた。その口が大きく開かれ、両目は一対の真っ黒な孔《あな》となっていた。

永友が思わず退いたとたん、背後の菊島にぶつかった。

しかし彼女はよろけることなく立っていた。目を見開いたまま、片手で口を覆い、浴槽に浸かった女の死体を凝視していた。

無数のハエの羽音がして、風呂場から舞うように出てきた数匹が、永友と菊島の顔にバシバシと当たってきた。

12

トランシーバーの雑音が少し聞こえた。

夏実が振り返る。レインウェアのフードを思わず上げた。

――本署地域課から救助隊。こちら課長の沢井《さわい》だ。

男の声だった。

南アルプス署地域課の沢井友文《ともふみ》課長から直《じか》に無線が来るというのは滅多にない。

遭難救助用の専用周波数ではなく、定められた固定チャンネルのため、その場にいる深町のトランシーバーも同時に受信している。

――県警本部から緊急事項の通達である。現在、北岳に入山中の水越真穂他、男女五人のパーティに、甲府市内における連続猟奇殺人事件の被疑者がまぎれている可能性あり。救助隊各員は大至急、確保につとめよ。

深町もあっけにとられた表情で振り返っている。

——被疑者の氏名は松野佐智。年齢二十歳。住所は甲府市国母四丁目……。現場には本人の母親らしき女性の遺体があり、両目を刺されていた。

「え」

夏実が思わず声を洩らした。

深町が自分のトランシーバーを取って、こういった。

「こちら救助隊、深町です。その松野佐智という人物は本当に被疑者なんですか」

——現在、本部のほうで確認中だ。ともかく確保を急いでくれ。

「わかりました」

深町が交信を終え、渋い顔で向き直った。

夏実が硬直していた。メイが心配そうに彼女を見上げている。

ついさっきまで、みんなで必死に捜索していた要救助者の親娘が見つかり、喜んだばかりだった。それが——。

「深町さん……」

思わずつぶやき、顔を歪めながら振り返った。

真穂たちに別れを告げて出てきた肩の小屋は、この白い闇のずっと遥か先に遠ざかっていた。今、ふたりと一頭は、北岳山荘と間ノ岳の中間にある中白峰《なかしらみね》付近にいた。

松野佐智。

その名を脳裡で繰り返した。

真穂たちのパーティメンバーのひとりだという。

それが、世間を賑わせていた連続猟奇殺人事件の犯人？

そんな莫迦《ばか》なと思う。あり得ない話だ。

しかし一方で夏実は、意識の奥のほうで理解し始めていた。あのとき、メイがいったい誰に向かって狂ったように吼えていたのか。それはあの水越和志ではなかった。ましてや妹の真穂でもなかった。

その名を聞いたとたん、夏実はだしぬけに思い出した。

水越兄妹といっしょにいたのは、あと三人。いかにもカップルに見えた美男美女のペアと、彼らとは対照的な娘――小柄で眼鏡を掛け、あまりにも地味で目立たない存在だった。

それが松野佐智。

怖気《おぞけ》が走るような〝色〟が、夏実の脳裡にあふれ、意識全体に広がろうとしていた。

夏実は思わず悲鳴を洩らし、両膝を折ってその場にしゃがみ込んだ。

あの、佐智という娘の眼鏡の奥にあった双眸《そうぼう》。

それはどこか虚無で、まるで深淵《しんえん》のように光のなかった和志の独特の目によく似ていたが、明らかに違う。もっとおぞましく毒々しい何かが、あの目の奥にはたしかにあった。

今になって、ようやくそのことに気づいたのだ。

真穂はきっと不安を抱えて、この北岳に登っていたはず。

それなのに忙しさにかまけて、真穂を突き放してしまった。彼女の悩みを聞いてあげられなかった。

——星野さん。しっかりするんだ!

体を激しく揺さぶられた。

ハッと気づいた。見上げると、深町が背中に手をかけていた。

「夏実!」

深町の声が朦朧《もうろう》とした意識に切り込んできた。

目をしばたたき、ゆっくりと立ち上がった。すぐ傍で深町が彼女を見つめている。

「敬仁《たかひろ》さん!」

彼の名を口にし、胸にすがりついた。

深町が両手を回して、強く抱きしめてくれた。

「どんな〝色〟を見たかわかんないけど、恐れたり、打ちのめされたりしてちゃダメだ」

彼がそっと体を離すと、夏実は深町を見上げ、コクリと頷いた。

「いいかい。君のその特殊な力は、君を苦しめたり、追いつめたりするものじゃない。誰かを守るためにあるんだよ。だから君はこの山に呼ばれて、ずっとここにいる。いつも誰かのために突っ走ってる」

夏実は口を引き結び、深町を見つめて頷いた。

出かかっていた涙を、子供のように拳で拭った。

「行こう。彼らは肩の小屋から山頂を経て、こっちに向かっている。走れば、きっと間に合う」

深町に優しくいわれ、夏実は頷いた。

ふたりは濃密なガスを突くように走り出した。メイが嬉しそうにあとを追ってきた。

13

彼女が最初だった。

というか、すべては彼女のせいだった。

自分の中に、〝ボク〟というもうひとつの存在が生まれ、姿を現したのは、ひとえにあの目を見てしまったからなんだ。

去年の九月。

甲斐駒ヶ岳の登山道のひとつ、黒戸尾根と呼ばれる長いルートだった。

樹林帯を抜け、ようやく景色が開けたその場所にある狭い難所——刃渡りで、上から下りてきたひとりの女性とすれ違う瞬間、思わず体のバランスを崩した。鎖が渡してあったにもかかわらず、それをとっさに摑む余裕もなかった。

間近で顔と顔が向き合った、そのわずかな一瞬。

彼女の大きく見開かれた目が、〝ボク〟の心に突き刺さったんだ。

〝ボク〟は重力に引っ張られるがまま、長い間、落ちた。

立木に背中をぶつけたが、枝が大きくしなり、次の枝にまた受け止められ、気がつくと草叢《くさむら》の中に俯せになっていた。ゆっくりと上体を持ち上げ、上を振り仰いだ。

木の間越しに、自分が落ちて来た岩の垂壁が見えた。

ずっと上の方に鎖場のトレイルがあって、そこにあの女が立っていた。

大きく目を見開いたまま、黙ってこっちをただ見下ろしていた。

〝ボク〟は手を伸ばし、声を上げて助けを求めた。

けれども、その女は何もせず、それどころか、黙ってそのまま立ち去ってしまった。

足早に刃渡りを通って、そのまま麓に向かって消えていった。

そのときから、〝ボク〟はここに存在するようになった。同じ体を持つ佐智という女の中にいて、ときどき佐智を押しのけて表に出る。

そして〝儀式〟を求めるようになった。

最初はあのとき、置き去りにして去って行った女を捜した。同じ町にたまたま住んでいることを突き止め、ずっと尾行していた。そうしてあの日の真夜中、彼女がひとりでいるとき、その前に立ってやった。

驚いた顔。

大きく見開かれた双眸は、あのとき、〝ボク〟を刃渡りの岩の上から見下ろしていた瞬間のそれと同じ目だった。

——許して。怖かったの。だから、何もできなかったの。

彼女はそういった。

だけど〝ボク〟は許さなかった。

笑いを浮かべながら、彼女のあの目を突き刺した。

冷たく長い凶器を眼窩《がんか》に押し込んだ瞬間、えもいわれぬ陶酔を〝ボク〟は感じた。

それから〝ボク〟は虜《とりこ》になった。

〝生《い》け贄《にえ》〟となる相手。あの同じ目を持った人間を捜して、夜ごとに独りで出歩いた。

そして見つけると〝儀式〟に及んだ。

殺した死体はその場に放置することもあれば、車で別の場所に運んだりもした。

盗んだ車を二度ばかり使ったが、免許を取り立てだったせいか、ブロック塀の角にぶつけてしまい、大きく破損したために乗り捨てた。

しかしもう、車を使うことはないだろう。

すべては目だ。あの目がいけないんだ。

今まで刺し殺してきた女たち。父に逃げられ、毎日、昼間から酒浸りになっていた母も、最後の瞬間は同じ目をしてた。

それから、母と同じ日に殺したあの作家も——。

七人目の〝生け贄〟は、すでに決まっていた。他に考えられなかった。

水越真穂。

「あなたで最後……」

「え。何？」

真穂は思わず振り返って訊いた。

後ろを歩いている松野佐智が、小さく独り言のようにつぶやいたのだ。

時刻は午前九時を少し過ぎていた。北岳山荘を通過し、そのまま間ノ岳を目指して五人で歩き続けていた。

標高三千メートル。天空の回廊と呼ばれるこの尾根道は、晴れていたらさぞかし絶景が見られるのだろうが、あいにくと昨日からのガスが残って、視界はほぼゼロに等しい。微小な雨粒のようなものだから、ガスの中を歩いていると体が濡れる。そのため、全員がレインウェアを着込んでいた。

そんな情況でも目的地を定めたからには、そこまで行くというのが登山。

黙々と歩を運ぶ真穂たちは、やはり言葉も少なく、どこか足取りも重かった。

真穂の前を和志が歩いている。

その先、パーティの先頭を、悦子と章人のカップルが横並びで歩いている。和志はともかく、ふたりともさっきまでよくしゃべっていたのに、今はなぜか無言だった。そんな重たい空気を象徴するように、五人を取り巻くガスは、いっこうに晴れる様子もない。ときおり風が抜けるたび、目の前を大きな白い帯のようになって流れてゆくのである。

突然、真穂の前を歩く和志が足を止めた。

おかげで真穂は兄の背負ったザックに顔をぶつけそうになった。

危うくバランスを崩すところだった。

見れば、左側が切れ落ちて、崖になっているようだ。濃密なガスで下のほうは見えないが、もしもここから転落したら――。

「お兄ちゃん。どうしたの？」

驚いて真穂が訊いたが、和志はその場に立ったまま応えない。

先を歩いていた悦子と章人の姿は、とっくにガスの向こうに消えて見えなくなっていた。おそらく真穂たちが足を止めたことに気づいていないのだろう。ガスは視界を悪くするし、物音だって聞こえなくしてしまう。

「お兄ちゃん？」

真穂はもう一度、兄を呼んだ。そして不安になった。

和志がゆっくりと向き直った。

「ようやく思い出した。はっきりと」

そういった。

「何のこと？」

「ここだったんだ。何度も夢に出てきた場所なんだ」

和志の視線は真穂を素通りしていた。

ハッと後ろを振り返る。すぐ後ろに佐智が立っていた。

いつの間にかザックを体から外して足下に下ろし、雨蓋を開けて中から何かを引っ張り出した。

長い鉄串。バーベキューで使うツールだ。

「そんなものを何に……」

いいかけて真穂は気づいた。

佐智は無表情のまま、片手でレインウェアのフードを脱いで、後ろにやった。もう一方の手で鉄串を握ったまま、ゆっくりと真穂に向かって歩いてくる。

その顔を見て、真穂は驚いた。

違う。

この人は、佐智なんかじゃない。何か別の――。

その瞬間、岩場を蹴って佐智が走ってきた。真穂は驚き、その場で硬直した。

何とか逃げようとしたとたん、体のバランスが崩れ、つんのめった。

すぐ前が崖だった。

そこから落ちそうになって、何とか岩に手を突き、体を止めた。

向き直ったとたん、間近に佐智の姿があった。

しかしそれは佐智ではなかった。まさに鬼面の形相《ぎょうそう》であった。

走りながら、彼女は逆手にして握った鉄串を振りかざした。それを真穂に向かって振り下ろそうとした刹那《せつな》、ザックを背負った和志の後ろ姿が目の前に立ちはだかった。

佐智が勢いのまま、和志にぶつかった。

真穂が両手で口を覆った。

ふたりは抱き合うようなかたちで立っていた。そのまま身をよじったおかげで、佐智と和志は互いに横向きになった。佐智が握った鉄串が、兄の首の辺りを貫通しているのが見えた。それなのに、血が出ていない。

足音がした。今になって悦子と章人が駆け戻ってきた。

「何なの？」

悦子が叫び、章人が驚愕《きょうがく》の顔を向けてきた。

「これはいったい……」

佐智が血走った目を剝《む》いた。悦子たちをにらみつけている。

「きさまら、〝ボク〟の邪魔をするな！」

男のような低い声で叫んだと思うと、和志の首からそれを引き抜こうとした。

しかし和志は無造作に佐智の利き手を摑んだ。自分の首に鉄串を刺したまま、相手の手をピクリとも動かさない。

兄は近くに立つ真穂に視線を向けた。

「良かった。これでお前を守れた」

口元が微笑んでいた。

その姿が少しずつ色褪《いろあ》せているのに気づいた。体の輪郭が不安定に揺らいでいる。

「お兄ちゃん！」

真穂が叫んだ。

「幸せに生きてくんだ、真穂」

そういうと、和志は佐智の体を捉えたまま、重心を崩し、ゆっくりと倒れた。

ふたりの姿が崖の向こうに消えた。

真穂が悲鳴を放った。

夏実とメイ、深町が現場に駆けつけたとき、すべては終わっていた。崖っぷちに両手を突き、真穂が下を覗いている。その後ろに悦子と章人が茫然と立っていた。ふたりは足音を聞いて振り向いたが、真穂はそのままの姿勢でいた。

「何があったの？」

いいながら夏実が真穂の隣に立ち、そっと崖下を覗き込んだ。

傍らにメイがピッタリを身を寄せ、緊張した様子で同じほうを見ている。

流れていたガスが途切れて、二十メートルぐらい下の平らな岩場に、長身の男と小柄な女が横たわっているのが見えた。どちらも亡くなっているのか、ピクリとも動かない。

ひとりは松野佐智。もうひとりは――。

気づいて、夏実が掌で口を覆った。

彼女の隣で、メイが身を震わせ、悲しげな声を洩らした。

また足音が聞こえて、北岳山荘方面から走ってくる影がふたつ。大柄なニック・ハロウェイの姿はすぐにわかったが、少し遅れてやってくるのは、登山服姿の刑事、谷口伍郎だった。よほど無理をしてやってきたのか、満面汗だくで、死にそうな表情だった。

「What the hell is going on !?」

ニックが素《す》っ頓狂《とんきょう》な声で叫んだ。

棒立ちになっている悦子と章人を押しのけるように崖っぷちに来ると、彼は半ズボンから突き出した毛むくじゃらの膝を岩場に落とし、夏実と真穂の隣から崖下を覗いた。

そして「Oh, my god」とつぶやき、大げさに両手を上げた。

そのとき、夏実は気づいた。

遥か下に横たわっているふたりの姿。

そのうち、水越和志の体が、奇妙な〝色〟に包まれていた。淡い青と緑が斑《まだら》になったような光が和志の上に重なり、見下ろしているうちに、それがだんだんと薄らいでいく。

「お兄ちゃん」

傍らに両手を突いた真穂がつぶやいた。涙を落としながら、体を震わせていた。

崖下の和志の体が、やがて透きとおったように半透明になり、見ているうちに、どんどんかき消すように見えなくなっていった。気がつけば、そこに横たわるのは小柄な佐智の姿と、和志が残した大きなザックだけとなった。

ニックが崖っぷちから身を乗り出したまま、両手で顔を覆い、あるいは天にかざすなどのポーズを繰り返し、「No way！（信じられない）」と叫んでいる。悦子は章人の胸にすがって泣きじゃくっていた。

そして谷口刑事はその場に膝を突き、両手を合わせて瞑目《めいもく》していた。その口元がかすかに震えているのがわかった。

ふと、誰かの手が肩に回され、夏実は気づいた。

隣に深町がいた。

眼鏡越しに優しい目が向けられていた。

「敬仁さん……」

夏実がつぶやき、彼の肩にそっと頭を寄せた。

ゆっくりと視線を上げたとき、視界を覆っていたはずのガスはすっかり消えていた。天空の回廊と呼ばれる標高三千メートルの雄大な尾根から見晴らす、すべての景色が鮮やかに、くっきりと眼前に展開していた。

そして遥か空の上、そこにまるでオーロラのような光が揺らいでいた。

「あの光、見えますか？」

夏実が訊いたが、深町は黙って首を横に振った。

八本歯のコルで初めて水越和志を見た、あのときと同じだった。自分にしか見えていないのだろう。そうだ。きっと傍にいるメイにだって。

やがて、その光は風に吹かれるカーテンのように、小刻みに揺れながら次第に小さくなり、空に溶け込むように消えていった。あとは何ごともなかったかのように、目の覚めるほどに青い空が広がるばかりだった。

水越真穂がいつの間にか、すっくと立ち上がっていた。

その横顔。一筋の涙が流れ落ちている。濡れた瞳は、さっきまで夏実が見ていた同じ空に向けられていた。まるで、そこに何かを見ていたかのようだった。

メイが悲しげに高い声を洩らした。

夏実は涙を拭い、その被毛を撫でてから、そっと自分に抱き寄せた。

14

南アルプスはもとは赤石山脈と呼ばれ、長野、山梨、静岡の三県にまたがって、南北百二十キロにもおよぶ長大な山域である。

北は山梨県の甲斐駒ヶ岳だが、最南端にあたるのは長野県と静岡県にまたがる光《てかり》岳《だけ》である。その北東に位置する赤石岳は、北岳と並んで南アルプスの盟主とも呼ばれている。

そろそろ山に冷たい秋風が吹く九月初旬のある日。

登山起点である椹島《さわらじま》から入山した星野夏実は、暗い樹林を抜ける東尾根の急登を、汗水流しながらゆっくりと登っていた。ここは救助隊の管轄外《かんかつがい》であるため、救助犬を連れてくるわけにはいかなかった。代わりにといっては失礼かもしれないが、もうひとり――連れ添っているのは水越真穂である。

北岳の事件から半月以上が経過していた。真穂の足取りはしっかりしていて、さしてバテた様子もなく、黙々と夏実の足についてくる。

朝から抜けるような青空で、絶好の登山日和といえた。

高度計で調べると、すでに標高は二五〇〇メートルを過ぎていた。下界はまだまだ残暑が続いていたが、さすがにここまで登ってくると、風は冷たく、季節が夏から秋にうつろう時間を感じることができる。

歩荷《ぼっか》返しと呼ばれるだけあって、さすがに急登続き。しかし真穂はちっともへこたれずに、夏実の歩調に合わせてついてくる。

登りの行程の半分を過ぎた頃、前方に赤石小屋という山小屋が見えてくる。夏山シーズンがそろそろ終わろうという時期にもかかわらず、登山者は多く、山小屋は賑わっていた。

昼時にさしかかっていたため、夏実と真穂はここでザックを下ろし、ベンチに並んで座って、持参したランチボックスの昼食をとった。

ちょうどそのとき、北岳の警備派出所の進藤諒大《りょうた》隊員からの連絡がスマホに入った。

北岳一帯の幕営指定地で犯行を続けていた窃盗犯《せっとうはん》が、警視庁生活安全部サイバー犯罪対策課によって逮捕されたという。被疑者は都内在住、三十歳の無職男性で、盗品をネットオークションに出品していたために足が付き、特定されたらしい。

とりあえず一件落着だが、登山中の窃盗事件は全国的に増えているため、楽観は禁物だ。そう思って、夏実は通話を切ったのだった。

　ふたたび頂上を目指して歩き出し、富士見平《ふじみだいら》に到達すると、にわかに視界が開けて、絶景となった。前方に目指す赤石岳の頂上があり、その右手に東岳《ひがしだけ》(悪沢岳《わるさわだけ》)、千枚《せんまい》岳《だけ》の雄大な山容が、まるで手に取るように近くに見えている。

　真穂は気持ちよさそうに両手を広げ、大きく深呼吸をしてからいった。

「ここに来て良かった」

　夏実は彼女の横顔を見て、笑った。

　富士見平を過ぎれば、赤石岳山頂までは指呼の距離である。

　それでも焦らず、ふたりはマイペースを続けて歩く。

　標高三一二一メートル。

　赤石岳の鈍重な形状の山頂に、涼やかな風が吹き抜けていた。

　周囲はゴツゴツとした岩礫と砂礫ばかりで、まるで他の惑星の上に立っているような雰囲気だったが、少し下ったところに小さいながらも二階建ての避難小屋があった。

　真穂とふたり、小屋の前まで歩いて行くと、ちょうど扉が開き、髭を生やしたエプロン姿の初老の男性が出てきたところだった。

「いらっしゃい」

満面の笑みをたたえて挨拶をしてきたその男は、榎本義男《えのもとよしお》と名乗り、この避難小屋を管理しているという話だった。小屋の前でザックを下ろし、真穂とふたり、榎本といろいろな雑談をしていると、今度は小屋の出入口から中年女性が姿を現した。

江藤千代子《えとうちよこ》と名乗った彼女は、長年、榎本とふたりで、この避難小屋を切り盛りしてきたのだという。

ふたりとも、北岳で山岳救助をしている夏実のことは知っているといい、とりわけ救助犬メイのファンだそうだ。おかげで話が大いに盛り上がった。

今回、残念ながらメイは連れてこられなかったが、真穂といっしょにここにやってきた事情を話すと、ふたりとも真剣に耳を傾けてくれ、榎本は驚くべきことを話してくれた。

「そのオロクさん、実は俺が見つけたんだよ」

オロクとは南無阿弥陀仏の六文字から、山用語で遺体のことをいう。

真穂の兄、水越和志の遺体が発見されたのは、この避難小屋からさほど遠くない、崖下だった。高山植物の写真を撮るために、小屋を出て歩いていた榎本が、たまたま草叢の斜面に仰向けに横たわっていた登山者の遺体を発見し、その場から通報したのだという。

「案内してあげたら？」

千代子にいわれて榎本が頷いた。

小屋からそう離れていない場所だから、いっしょに行こうといってくれた。

夏実と真穂、榎本と千代子の四人で、赤石岳山頂から南に切れ落ちた大きなカール（圏谷）を下っていった。

「この辺りに、昭和十九年に日本軍の戦闘機が墜落したんだ。当時は戦時中だったから、ご遺体の回収なんてできなくて、しばらく放置されてたんだがね。戦後になってようやくパイロットのお骨を拾っていった。でも、エンジンだとか、機体の残骸《ざんがい》がまだあちこちに落ちてるんだよ」

そんなことを語りながら、榎本は草つきの斜面を下っていく。

彼に付き従う千代子の足取りも慣れたもので、足場の悪い場所も難なく越えてゆく。

夏実と真穂もふたりに続いた。

「さ。ここだ」

そういって榎本が草叢を指差した。

高山植物の花が咲き、青々と草が茂っていたが、そこは少し水が湧いているようで、地面が湿って黒っぽくなっていた。そんな場所にいくつかの石が積み上げられ、小さなケルンが作られていた。

榎本がこしらえたのだという。

真穂はザックを下ろした。雨蓋を開いて、中から花束を取り出し、それをケルンの傍にそっと横たえた。みんなでしゃがんで手を合わせ、しばし黙禱《もくとう》した。

「そういや、あんたの兄さん。いい顔してたなあ」

立ち上がって榎本がつぶやいた。

優しい顔で向き直ると、彼は真穂にこういった。「最初、発見したとき、まるで眠っているみたいに穏やかな顔だったんだけどね。とくに口元がさ、笑ってたんだよ。ほら、こんなふうに」

彼は自分の口角をわずかに吊り上げ、笑みをこしらえた。

夏実もつられて笑いそうになったとき、ふいに間近で音楽が聞こえた。

真穂と顔を合わせてから振り返る。

榎本の隣に立っている千代子が、どこから取り出したのか、小さなハモニカを両手で持ち、口に当てて吹いていた。

曲は〈庭の千草〉だった。

真穂は両膝を立ててその場に座ったまま、目を閉じた。

かすかな声で、歌を口ずさんだ。

庭の千草も　むしのねも
かれてさびしく　なりにけり
あゝしらぎく　嗚呼白菊
ひとりおくれて　さきにけり

夏実も隣に身を寄せながら、真穂の歌声とともに、千代子の奏でる美しいメロディに聴き入った。
風が優しく吹き、野面《のづら》をかすめて、また空へと帰って行った。

この作品は徳間文庫のために書下されました。
なお本作品はフィクションであり実在の個人・団体などとは一切関係がありません。

徳間文庫

南アルプス山岳救助隊K-9

さよならの夏《なつ》

2023年9月15日 初刷

著者 樋《ひ》口《ぐち》明《あき》雄《お》

発行者 小宮英行

発行所 株式会社 徳間書店

〒141-8202
東京都品川区上大崎三－一－一
目黒セントラルスクエア

電話 編集〇三(五四〇三)四三四九
販売〇四九(二九三)五五二一

振替 〇〇一四〇－〇－四四三九二

印刷
製本 大日本印刷株式会社

ISBN978-4-19-894890-0 (乱丁、落丁本はお取りかえいたします)